Ella cantaba boleros

y

La amazona

G. Cabrera Infante

Ella cantaba boleros

ALFAGUARA

ALFAGUARA

© 1996, Guillermo Cabrera Infante
© De esta edición:
   1996, Santillana, S. A.
   Juan Bravo, 38. 28006 Madrid
   Teléfono (91) 322 47 00
   Telefax   (91) 322 47 71

• Aguilar, Altea, Taurus, Alfaguara S. A.
Beazley 3860. 1437 Buenos Aires
• Aguilar, Altea, Taurus, Alfaguara S. A. de C. V.
Avda. Universidad, 767, Col. del Valle,
México, D.F. C. P. 03100
• Ediciones Santillana, S. A.
Calle 80 Nº 10-23
Bogotá, Colombia

ISBN: 84-204-8205-6
Depósito legal: M. 33.181-1997
Impreso en España - Printed in Spain

Diseño:
Proyecto de Enric Satué
© Ilustración de cubierta:
Jorge Carruana

PRIMERA EDICIÓN: ABRIL 1996
SEGUNDA EDICIÓN: JUNIO 1996
TERCERA EDICIÓN: DICIEMBRE 1997

Pequeño prólogo nocturno

Este libro, *qua* libro, debe su existencia a los consejos de dos escritores amigos. Uno de ellos, Mario Vargas Llosa, en fecha tan temprana, o tan lejana, como 1964 me aconsejó que publicara *Ella cantaba boleros* no como el hilo conductor que era de *Tres tristes tigres,* sino como una narración independiente. Han pasado exactamente treinta años para que yo hiciera caso: así soy de testarudo.

El otro escritor amigo es Javier Marías, quien con su perspicacia de autor y lo que es mejor, su autoridad como lector, me aconsejó, no bien apareció *La Habana para un infante difunto,* publicada en 1979, me dijo: «El último capítulo es perfecto. Debieras publicarlo por separado».

Y aquí están, juntos pero revueltos, los capítulos de *Ella cantaba boleros* (más, hay que decirlo, lo que iba a ser su final original y que por afán de simetría eliminé de *TTT,* ese *Metafinal* que he publicado por separado sin ser una separata y cuyo subtítulo se debe y puede leer también como *Meta final*) y el largo lamento de amor que tiene por maestro a Ovidio y su *Ars amatoria* y por exergo, luego suprimido, ese verso que Shakespeare cita en *Romeo y Julieta:* «Jove ríe ante el perjurio del amor».

Las dos narraciones celebran a la noche y parecen citar, recitar el verso de *Amores:*

O lente, lente currite noctis equi.

Que quiero traducir como:

Corre lento, lento jinete de la noche.

Londres, junio de 1995

La amazona

Hay algo vulgar en el amor, sin siquiera señalar al sexo. Quiero decir, en su expresión que se convierte invariablemente en una relación de vulgaridades. Un gran poeta griego compuso o recitó dos poemas: uno parece celebrar la guerra, el otro la persistencia en la intención del regreso al hogar. El primer poema en realidad expresa emoción ante la ira, la voluntad de venganza y la piedad, y su tono es elevado, heroico. El otro poema exalta a un héroe extraviado que no puede volver a casa y a su esposa porque en el camino otras mujeres le ofrecen diversas formas de amor y hasta le cantan canciones eróticas. Este poema es por supuesto inferior al primero en su intención épica y más que una epopeya parece pertenecer a un género que se inventará mil años más tarde, la novela. El amor ha debilitado el tono épico del segundo poema. Si en vez de amor hablamos de sexo nos encontramos que la vulgaridad es rampante aun en la nomenclatura actual o popular. La palabra más a mano, pene, que parece pertenecer a la jerga médica, significa en latín rabo, y el uso de la palabra vagina para el sexo femenino viene de una vulgar comedia romana

y quiere decir, sin asombro ni imaginación, vaina
—que según el *Diccionario* de la Real Academia
describe también, en sentido figurado y familiar, a una persona despreciable. (Es curioso que
en francés un *con* sirva para designar un estúpido, y *cunt* en inglés se aplica también a un tonto
miserable: ambas palabras significan en español
coño.) A su vez en toda el área del Caribe un vaina
es un idiota, aunque de niño me estaba permitido decir idiota pero no vaina, ¡por vulgar! Por
otra parte, la literatura erótica (con excepciones
brillantes en el mundo romano, algunos ejemplos renacentistas y las conocidas aves raras del
siglo XVIII) siempre ha estado condenada a la
vulgaridad, aun editorial. Esa condena me parece implícita en la expresión del amor, en el amor
mismo. En otro gran poeta griego (todos los
poetas griegos son grandes) veinticinco, veintio-
cho, treinta siglos después, que cantó a su vez al
amor y a la historia, no asombra que sus poemas históricos sean superiores en su expresión,
mientras sus poemas de amor resultan fatalmente
vulgares.

No es que yo tenga nada contra la vulgaridad. Al contrario, nada me complace más que
los sentimientos vulgares, que las expresiones vulgares, que lo vulgar. Nada vulgar puede ser divino, es cierto, pero todo lo vulgar es humano.
Dijo Schopenhauer que uno debe escoger entre
la soledad y la vulgaridad. Schopenhauer odiaba
a las mujeres, yo odio la soledad. En cuanto a la

expresión de la vulgaridad en la literatura y en el arte, creo que si soy un adicto al cine es por su vulgaridad viva y cada día encuentro más insoportables las películas que quieren ser elevadas, significativas, escogidas en su expresión o, lo que es peor aún, en sus intenciones. En el teatro, que es un antecedente del cine, prefiero la menor comedia de Shakespeare a la más empinada (ese adjetivo me lo sugieren los coturnos) tragedia griega. Si algo hace al *Quijote* (aparte de la inteligencia de su autor y la creación de dos arquetipos) imperecedero es su vulgaridad. Sterne es para mí el escritor del siglo XVIII inglés, no Swift, tan moralizante, o, montada en el fin de siglo, Jane Austen, *so proper.* Me encanta la vulgaridad de Dickens y no soporto las pretensiones de George Eliot. Dado a escoger, prefiero *Bel-Ami* a *Madame Bovary,* como ejemplo de ese artefacto vulgar que es la novela. Afortunadamente Joyce es tan vulgar como innovador, mejor que *Bel-Ami* casado con *Madame Bovary.* Fue Maupassant, al hablar de caza, quien dijo: «La mujer es la única pieza que vale la pena. Encontrarla es lo que da sentido a la vida.» Estoy de acuerdo.

En la segunda mitad del siglo XX la elevación de la producción *pop* a la categoría de arte (y lo que es más, de cultura) es no sólo una reivindicación de la vulgaridad, sino un acuerdo con mis gustos. Después de todo no estoy escribiendo historia de la cultura, sino poniendo la vulgaridad en su sitio —que está muy cerca de mi corazón—. En otra parte he exaltado el carácter precioso del lenguaje habanero, tan vulgar, tan vivo, tan sentida su desaparición. Es de este lenguaje ido con el viento de la Historia, una lengua muerta, que he exhumado una frase que parece ser cosa de cazador, cuando se refería a la conquista de una mujer —pero, ¿quién me obliga a no creer que la frase de andar por caza sea apropiada hasta el extremo de aparejar el ganar el amor de una mujer a una cacería?—. Ya los griegos usaban esta metáfora del amor como cacería y los romanos proveyeron a Cupido con un arco y una flecha. Esa frase, venatoria y venérea, es «El que la sigue la mata».

No recuerdo cuándo la oí por primera vez, pero sí sé cuándo me la dijeron a mí, como consejo de montería de amor. Fue expresada por el hermano mayor de un compañero del bachillerato, a cuya casa yo iba a estudiar muchas tardes. Ese estudiante graduado me la dijo al oírme hablar de una muchacha lejana que era conocida por mí solamente como la Prieta del Caballo. He hablado de ella y de su cercanía distante. Esa muchacha miraje permaneció tan inalcanzable después como antes del consejo amatorio —que tal vez fue dado con un gran grano de sal—. Pero la frase se probó sabia, aunque entonces yo la creía meramente apropiada para alentarme en mi persecución del amor, en esa época depositado en una muchacha prieta con un prendedor en forma de caballo. Fue muchos años más tarde que la puse en práctica sin saberlo y sucedió que solamente cuando se probó un axioma de amor que la recordé.

Solía anotar en mi memoria las características vitales de muchas muchachas (mi materia gris era mi libro negro), teniendo en mente el momento en que me sería útil ese conocimiento —que en muchos casos se limitaba a una mera visión persistente—. Sabía o sospechaba que en los medios artísticos había muchachas que eran más o menos fáciles. Muchas no habían leído a Isadora nunca y mucho menos estudiado el *Ananga Ranga,* pero estaba mi relación literaria-erótica con Julieta Estévez, que amaba tanto el teatro, que cuando su matrimonio fracasó en el sexo decidió tomar en serio la actuación —ella, tan accesible aunque todavía no había pasado de la mutilación común de Eliot, ya frecuentaba los medios teatrales—. Estaba además mi propio contacto con el Grupo Prometeo, del que estuve tan cerca que solamente mi timidez (o una incapacidad innata para expresar emociones) me impidió convertirme en actor, aun en actor aficionado.

Pero allí no encontré ninguna muchacha asequible, aunque muchas lo parecieran *(videlicet:* la espectacularmente bella María Suárez, tan campechana, vulgar y notoria por sus expresiones carentes de inhibiciones, como aquella declaración cuando recibió de su novio, en el hospital, convaleciente de una operación de apéndice, un ramo de flores con una tarjeta que decía Señorita

María Suárez, y ella exclamó: «¡*Señorita!* Esas flores no vienen de mi novio. Él sabe más que eso para venir a llamarme señorita a estas alturas») y lo más cerca que estuve de llegar a enamorarme de una actriz fue de la menuda, melenuda Elizabeth Monsanto (en mi pasión onomástica su nombre parecía lo más enamorable de ella), pero estaba siempre escoltada por su madre, vieja majadera empeñada en que me hiciera actor, insistiendo que yo tenía la voz y la presencia escénicas (¿cómo lo sabía?, nunca había subido a un escenario) de un galán, aseveración que repetía tan a menudo, acompañada ahora por la hermosa Elizabeth Monsanto, que llegué a la conclusión de que había una veta de locura en la familia, tara teatral.

Podía haber tenido en mi caza acceso a los ensayos de otro grupo, el Teatro ADAD, porque era una empresa casi familiar, llevada a cabo cada mes, mimos menstruales, por unos vecinos de este compañero de estudios cuyo hermano me dio una frase para que la hiciera mi divisa. Pero allí en la familia ADAD (nadie usaba su nombre modesto), había demasiadas mujeres mayores, casi contemporáneas de mi madre: aunque el que hace incesto hace un ciento. La tercera posibilidad, antes de descubrir la cantera inagotable de la Academia de Arte Dramático, fue el Teatro Universitario, que tenía sus oficinas (en realidad, reducidas a un cuarto o dos) frente al anfiteatro Varona, que conocía bien por las funciones de cine (apodadas de arte) y por las clases a que concurrí en el curso de verano sobre cine cuando me gané la beca con que me adelanté al cine al uso por el cine ruso.

Con esa mezcla de timidez, astucia y audacia que caracterizan el comportamiento del zorro, me acerqué al gallinero del Teatro Universitario —donde pronto fui recibido como un intruso—. No era que lo intuyera, lo sentía, lo sabía, me lo decía cada mirada de actores y actrices en cierne, de estudiantes con dotes dramáticas, de profesores de historia del teatro que detestaban mi desdén por la tragedia griega, mero Homero con diálogos, de directores dictatoriales (no he conocido un solo director, desde una banda hasta un Banco, que no sea un dictador: *Sick semper tyrannis!*) y solamente me permitió merodear por aquel predio promisorio mi relación con Juan Mallet, que bien se podía llamar Johann Malletus, con su delgadez tensa, su pelo rubio cortado en cepillo prusiano y su porte militar. Mallet estaba, por fortuna, completamente loco, a pesar (o por ello mismo) de que estudiaba psiquiatría, y era esencial al Teatro Universitario porque era su único luminotécnico. La noche de la función, alambrudo, aparecía más activo que el más principal de los actores, yendo de un reflector a otro y cuidando la luz de cada escena, protagonista en la oscuridad. Manejaba con mano tan experta como desnuda cables, interruptores y pizarras eléctricas y con tal descuido que yo temía a cada instante su electrocución inminente, sin haber cometido otro crimen que hacer posible la ilusión escénica. No sé si fue mi admiración de siempre por los electricistas (su luminotecnia estaba más cerca del mero electricista que del artista de la iluminación) o el magnetismo negativo de su locura lo que nos relacionó. Tal vez fuera el ajedrez, polo positivo de mi juego errático, Capablanca del peón de albañil. Mallet, un maníaco del jaque mate, que yo debía propiciarle no sin resistencia, admiraba mi capacidad de juego para perder.

Pero con Mallet por Virgilio pude descender al domicilio dantesco del Teatro Universitario y, si no fui aceptado por los que ocupaban aquellos habitáculos ardientes debajo de una facultad (prácticamente un sótano), al menos no fui mirado más como un intruso y pude ojear el catálogo de bellezas que ofrecía el elenco escénico. Una entre todas aquellas beldades (había también, por supuesto, fealdades, pero supongo que es el despliegue de su belleza, el exhibicionismo, lo que hace que alguien quiera ser actor o actriz, sobre todo las mujeres, y así había más sirenas que gárgolas en aquel recinto mitológico: ésa es la palabra; allí se tuteaban con el complejo Edipo, habitaban la casa de los Atridas, merodeaban entre Medea y Jasón y conversaban con la Esfinge), vestal de Talía, atrajo mi vista, primero, y luego toda mi atención. (Todavía no conocía a Juan Blanco para preguntarle qué habría pensado él de la relación entre las actrices clásicas, siempre de pie, si esa verticalidad propiciaba la horizontalidad —o cuando menos un plano medio inclinado.) Ella era de mediana estatura (tal vez fuera más pequeña que yo, pero no me lo pareció entonces) y no muy proporcionada. Sus facciones más destacadas eran unos grandes ojos verdes. (Ya he hablado de la mitología de los ojos verdes en Cuba, donde una canción, *Aquellos ojos verdes,* ha hecho por ellos lo que otra canción, *Ojos negros,* hizo, supongo, por los ojos negros en Rusia. Además, está mi prima ópera, ahora tan lejos en el espacio como antes en el tiempo: un amor que sufrí de niño.) Aparte de los ojos estaba su boca, pintada, pero que se mostraba llena por debajo de la pintura, con labios bien formados, con ese arco doble en el labio superior y la larga onda ininterrumpida del labio inferior, que es tan común en las heroínas de los muñequitos y, muchas veces, del cine. De su cuerpo lo más extraordinario eran sus senos soberbios que sin embargo guardaban una proporción exacta con su figura. Tanto llenó mi vista su visión que no puedo recordar a ninguna otra muchacha vista aquel día y así, cuando pasó por mi lado, vistiendo un traje que se cerraba hasta el cuello, inusitado por el calor de la estación ardiente pero que hacía resaltar sus senos como si fuera un *sweater,* la miré tan intensamente que ella, sintiendo la mirada, me la devolvió pero no me vio. Quiero decir que miró en mi dirección pero su mirada atravesó mi cuerpo, me hizo aire, invisible, y ni siquiera notó mi presencia intrusa: el foco de mi mirada (mis ojos detrás de mis espejuelos) no existía para ella. Esa reducción al absurdo de la nada con una mirada aniquiladora porque no me veía la convirtió en inolvidable: no la vi en mucho tiempo, pero no la olvidé: es imposible olvidar los ojos de la gorgona que se ignora.

No sé si estuvo en alguna de las producciones universitarias (invariablemente dramas en verso: Lope, Calderón o el trío de griegos implacables: a cuál más insoportables), pero sí se ganó un puesto menor en la televisión. Un día (todavía vivía yo en Zulueta 408) la vi caminando calle Obispo abajo, despacio, casi paseando, y me acerqué y la saludé. Ella me miró y no me devolvió el saludo: pero esta vez me vio bien. Le pregunté que si no se acordaba de mí (¿cómo iba a acordarse del éter, no de *l'être?*), que nos habían presentado en el Teatro Universitario (cité el nombre luminoso de Mallet, que arrojó luz sobre mis credenciales) y ella entonces exclamó:

—Ah, sí, perdona. —Y me gustó que me tuteara y también que me mintiera—: No te reconocí —¿cómo me iba a reconocer si nunca me había conocido? Su voz (que no había oído antes) iba bien con su cuerpo: era baja, cultivada a la manera que es educada la voz de los actores: no aprendida en la niñez, por buena cuna, sino de adulto, por buena dicción. Llevaba un libreto en la mano y era obvio que era un guión de televisión, pero le pregunté que si iba a trabajar en el teatro, perverso que puedo ser.

—No, en el teatro no. En la televisión —me dijo, y nombró al autor mediocre que había escrito el libreto.

—Lo conozco —lo reconocía solamente de nombre, entonces para mí meramente despreciable desde un punto de vista literario, no político ni personal, como ocurrió después.

—¿Ah, sí? —dijo ella—. Yo no lo conozco.

El paseo —caminar se hizo de veras pasear a su lado— Obispo abajo, tan agradable, sólo los dos entre tantos peatones desconocidos, se hacía desagradable por la conversación y su sujeto, ese tercer hombre del tema. Pero de pronto ella tenía que irse, me dijo, y no le pregunté ni su dirección ni su teléfono —falla catastrófica en mi carácter, que provocó un terremoto emocional y me maldije mil veces cuando ella desapareció, no porque desapareciera, sino porque no dejara detrás otra estela que el recuerdo—. Es decir, desapareció literalmente porque pasó mucho tiempo y no la volví a ver ni en persona ni por la televisión, intruso intermediario. Pero una noche, poco antes de mudarnos para El Vedado, la capté caminando por los portales de la Manzana de Gómez. (Digo que la capté, no la cogí, porque hubiera implicado sorpresa pero también su atención a mi acción. La capté porque no soy una cámara, sino una cámara de cine: de haber sido una cámara de foto-fijas la habría capturado, fijado para siempre. Ahora la había captado, la tenía móvil pero en foco entre columna y columna de la arcada: se veía, vista de noche, con el alumbrado de las bombillas frente al Centro Asturiano, iluminada parcialmente, mostrada de noche por primera vez, más bella que nunca, ahora visible, ahora no visible, de nuevo visible.) Pero desgraciadamente no estaba sola: iba del brazo de un hombre alto, bien parecido, con un vago aire extranjero, no europeo ni americano, pero sí definitivamente nada cubano. Era obvio que ella estaba muy enamorada de ese hombre porque caminaba casi cosida a él y al mismo tiempo miraba su cara, sonreía de contento, aparentemente dependiente más que pendiente de la menor palabra de su conversación, que era un monólogo masculino y minucioso que parecía extender la columnata hasta el infinito —y yo los acompañaba, alegre y triste por la misma visión—. Los seguí de cerca, para verla bien a ella y ella por supuesto ni siquiera sospechó que yo estaba casi a su lado, que la miraba con intensidad discreta, ya que esta discreción me aseguraba no ser detectado por ella pero también me protegía de la estatura y la fortaleza de su compañero: es bueno poder ser a veces el hombre invisible.

Pasaron años y pasaron muchas mujeres en mi vida, hasta que pasó mi matrimonio. De algunas de esas mujeres, de esas muchachas más bien, he hablado ya, pero en todo este tiempo no olvidé a esa Venus desvelada en las honduras del

Teatro Universitario, vista otras veces, pero aparentemente desaparecida, devuelta al mar Caribe. Solamente me quedaba su nombre, que averigüé con mi pericia para estas investigaciones, después que ha desaparecido el cuerpo, que me hacían una especie de minúsculo Marlowe del amor. Ella se llamaba (y el nombre tenía que ser, como se dice, de todas todas un seudónimo) Violeta del Valle. No olvidé su cara —su boca besable, sobre todo sus ojos—, ni mucho menos su cuerpo —sus senos sinuosos: ellos eran mi memoria— y tampoco, ¿cómo podía hacerlo?, olvidé su nombre nemotécnico. Así, cuatro, cinco, tal vez más años después la volví a encontrar, de entre todos los lugares del mundo —es decir, de La Habana—, en ese sitio de reunión que parecía ser para mí el vórtice del conocimiento, del reconocimiento esta vez —en un ómnibus, vulgo guagua—. Yo iba, como todas las noches o como casi todas, a mi notaría nocturna, convertida en otro hábito, como el coito casero, una malquerida costumbre. Había cogido, como siempre, la ruta 28, domada, doméstica, incapaz de sorpresas, pero a unas pocas paradas subió ella (la reconocí en seguida: uno siempre recuerda sus sueños) y la vi caminar por el angosto pasillo y, entre bandazos de esta barca que tiene que partir, tomar asiento como quien accede a un trono —sin verme, como siempre—. Se sentó sola y, no bien hubo pagado y eliminado así la interferencia del conductor, me levanté y me senté junto a ella, salu-

dándola con mi acostumbrado hola que por alguna razón resulta exótico en La Habana. Ella me
miró y no dijo nada, ni siquiera respondió a mi
saludo ni retuvo mucho tiempo la mirada: el
hombre invisible apenas visible por entre la lluvia del tiempo —*Cloaked Rains*.

—¿No se acuerda de mí?

—Por favor —empezó ella, como dispuesta a quejarse a la primera autoridad posible (el
conductor, probablemente) de mi frescura. ¿Cómo iba un vasallo a sentarse en el trono junto a
la reina? Fue tal la distancia que puso entre ella
y yo en ese mismo asiento, que me pregunté si
no me habría equivocado. Pero no tenía duda:
era ella: esa combinación de grandes ojos verdes,
boca bella y en medio una nariz con ventanas
dilatables no para dejar pasar el aire, sino para
dar más expresividad a su cara, no podían pertenecer más que a la belleza aliterante, tantas
veces vista, descubierta con deseo, tantas veces
deseada.

—¿Violeta del Valle?

Me volvió a mirar, esta vez sin hostilidad
pero con atención.

—¿Yo lo conozco a usted?

Aunque el pronombre era distanciador,
su tono era amable.

—Claro que sí. Del Teatro Universitario.
Hemos hablado muchas veces, conversamos una
tarde que nos encontramos por Obispo de televisión y del teatro y de los libretos.

No arriesgué un tuteo inmediato que pudiera parecer demasiado avanzado, pero ella dio el primer paso:

—Ah, sí, claro que sí me acuerdo. Perdona que no te reconociera, pero ha pasado tanto tiempo.

Sí, había pasado tiempo, mucho tiempo, porque yo la había visto en su arrobado paseo por los portales columnados de la Manzana de Gómez y pensé en ella muchas veces, deseando volverla a encontrar un día, deseándola. Por supuesto que no se lo dije.

—Sí, bastante —dije—. Como tres años de esa conferencia que pronuncié Obispo abajo sobre la televisión y el teatro y la actuación.

Ella se rió. Más bien se sonrió, pero sus labios eran generosos y su sonrisa pareció una risa. Todavía sonriendo me dijo que había dejado el teatro pero no la televisión. Ahora era actriz en Caracas. También me contó que se había casado con un venezolano —sin duda el hombre alto, bien parecido, de aspecto no del todo extranjero, no exactamente habanero, con quien la vi del brazo— y sin yo preguntarle añadió que se había divorciado y estaba aquí por el verano. Le dije que siendo Caracas una ciudad de meseta era más fresca que La Habana en verano, y lo lógico sería pasar el invierno en Cuba y el verano en Venezuela. Estuvo de acuerdo conmigo, pero de una manera evasiva y sin decírmelo me dio a entender que era su divorcio y no el verano que la había hecho volver. Lamentablemente su parada estaba demasiado cercana, ahí mismo, y yo no podía esa noche bajarme con ella porque debía aunque fuera hacer acto de presencia en un trabajo que mi actividad como crítico de cine y mi labor diaria de corrector de pruebas iban haciendo cada vez más obsoleto —por no decir redundante, ya que veía a Ortega todos los días en su despacho de *Carteles*—. De todas maneras, aunque no pude abandonar el vehículo, ella antes de bajarse me dio su número de teléfono y yo le repetí mi nombre. Para que no lo olvidara le di en realidad mi seudónimo. Siempre he sentido que mi verdadero nombre, largo y farragoso, es además olvidable. También le di mi número, pero, cauteloso que avanza, le di el de *Carteles*, tierra de todos en la guerra del amor, donde quedaba mi trinchera ideal.

La llamé, por supuesto, al día siguiente según amaneció: mi patrulla de la aurora. Hablamos un rato y su voz sonó aún más cautivadora por teléfono (esa malvada invención para hablar que convierte las características en caricaturas: el teléfono es a la voz lo que la fotografía a las facciones) que en persona, tal vez porque ella quería sonar cautivante. Le pregunté dónde vivía y me lo dijo, y aunque en su calle había buenos edificios, me explicó con detalles que vivía del costado cercano al cementerio de Espada. Me asombró que siendo actriz de televisión venezolana viviera en una zona más bien modesta, del lado pobre de la calle San Lázaro, que no es una calle que se pueda llamar elegante. (Estoy siendo irónico, por supuesto, con San Lázaro, calle cariada.) Pero añadió en seguida que vivía ahora con su hermana, ya que pensaba regresar pronto a Caracas. Volví a llamarla otra vez otro día (el teléfono convertido en un melófono, campanas de Bell) y quedamos en que saldríamos. No me alentó a ir a buscarla a su casa, aludiendo más que aduciendo el carácter de su hermana —¿cómo sería, una megera mayor?— y quedamos en que nos veríamos en el *lobby* del Rex Cinema, ese sábado a las cuatro. Ella me dijo antes de colgar que estaría encantada de verme otra vez —y me pareció una adenda adecuada—. Ese sábado dejé *Carteles* sin perder el tiempo con ninguno de mis amigos, antiguos o actuales, y me fui a casa a bañarme, a afeitarme, a acicalarme, preparándome para una cita que había hecho hacía años. A mi mujer le dije que había una *preview* de una película japonesa y, como de costumbre cuando se trataba de ejercer mi oficio del siglo, no la llevaba al cine: el crítico como cura, célibe celebra la comunión. Estuve en el *lobby* del Rex Cinema (mi antigua querencia, en un tiempo el colmo de la elegancia y del *glamour*, donde encontré un amor fugaz, de un solo dado, pero ahora, cosa curiosa, sabía que no iba a llevarme un desengaño, ni siquiera un chasco: tetas a la vista) exactamente a las tres de la tarde, cuando mataron a Lola por infiel, para que no hubiera lugar a la menor confusión de presentimientos. Me senté en un sillón que dominaba las puertas de cristal y me dispuse a esperar. Antes miré el reloj y vi que eran las tres y media y no las tres, como había creído antes, evidentemente confundiendo el segundero con el minutero. Todavía tenía problemas con la lectura del tiempo. Me dispuse a disponerme a esperar. Entre las tres y media y las cuatro hubo un espacio que duró más de media hora. A las cuatro ella no llegó y yo no esperaba tampoco que fuera muy puntual, a pesar de trabajar en televisión. Después de todo, me dije, antes que actriz es habanera, y ella tenía cara de mujer que se hace esperar. Pero entre las cuatro y las cuatro y cuarto el espacio se hizo una separación. A las cuatro y media comencé a temer que no vendría, pero me dije que eran temores infundados, pura paranoia. ¿Por qué no iba a venir? Después de todo, ella no podía haber sido más amable por teléfono, más asequible en persona, más propicia en el tono de su voz y aun en la amplia sonrisa acogedora cuando nos encontramos de nuevo, después que presenté mis cartas credenciales. (Esta metáfora se iba a mostrar irónica dentro de un rato.) Pero eran las cinco de la tarde y ella no había venido. Cada vez el tiempo se hacía más largo y al mismo tiempo más corto: ambigüedades del tiempo, hijo de la eternidad y del momento. Esas horas sentado en el *lobby* del Rex (aunque me puse de pie una o dos veces y fui hasta la puerta de cristales, no con-

fiando siquiera en su translucidez, pero sin llegar a salir a la calle) me hicieron sentirme de-
fraudado, más bien como alguien que recibe un
billete falso: burlado y furioso por la burla —aunque estos sentimientos se atenuaban por la esperanza de que todavía viniera ella—. Pero a pesar
de la lentitud del paso del tiempo en mi espera,
en la esfera dieron las seis de la tarde —y entonces fue obvio que ella no vendría—. No sufrí
una decepción, como me había ocurrido en situaciones semejantes unos años atrás (como la
padecí en este mismo cine cuando Esther Man-
zano se redujo a un nombre) sino que fue un desengaño o, mejor, un engaño. ¿Por qué haber
hablado en ese tono íntimo por teléfono y pro-
metido venir al cine conmigo y dejarme plantado? ¿No habría sido más directo y más simple
decirme que no podía venir, darme una excusa,
ponerme una excusa? ¿Es que esta fácil reidora
era una mujer difícil? ¿Acostumbraba ella a este
tipo de timo? Era muy frecuente en La Habana y
curiosamente solían practicarlo las actrices. Recuerdo una actriz, Esperanza Isis, particularmente
notoria por su versión de *La ramera respetuosa,*
actuaba en teatro arena, donde prácticamente se
quedaba desnuda en escena, rodeada de ojos ávidos, puta irrespetuosa, de fama nacional. Ella
había sido una *vedette* célebre y se convirtió en
actriz entre las manos sucias de Sartre. Había un
crítico teatral, especialmente adicto a las actrices, casado con una antigua belleza de sociedad,

que se enamoró de esta encarnación escénica de
La putain después de Pétain y ella le daba citas
respetuosas en sitios concurridos, como Prado y
Neptuno a las doce de la noche, en la esquina no
del restaurante Miami, sino del Bar Partagás,
justo debajo de la bañista en *maillot de lumières.*
Como ella era amiga de Rine Leal (por la crónica
celebratoria que Rine había escrito en su estreno), lo invitaba a dar una vuelta en su automóvil
con chófer (era doblemente rica como *vedette*) y
señalándole a una figura solitaria parada en la
esquina antes luminosa y ahora hasta la bañista
tenía su traje de luces apagado. «Mira, mira, ahí
está —le decía a Rine, mencionando el nombre
del crítico por su apodo íntimo—. Lleva esperando en esa esquina desde las doce. ¿No es verdad que es cómico?» Rine me contaba que a veces daban estos paseos a las dos y las tres de la
mañana y allí estaba el crítico teatral esperando
a su actriz actual. Lo más singular es que esta
vedette devenida actriz por un golpe de teatro
arena solía cambiar a menudo el lugar de la cita
y allá iba el crítico a encontrarla —siempre en vano—. Frivolidad, tu nombre es Esperanza. Sin
embargo, tanto esperó su cita, que llegó su oportunidad y la actriz-cum-*vedette* se acostó finalmente con ese crítico constante, como premio a
su tenacidad —que era para Esperanza Isis como una forma de fidelidad.

Pero yo no conocía entonces la fábula nocturna de la actriz voluble y el crítico tenaz (ésta

ocurriría en el futuro próximo) y estaba realmente furioso. No sé de dónde saqué papel de
escribir (tal vez regresara a *Carteles,* no recuerdo:
el frenesí tiene mala memoria) y le escribí una
nota que comenzaba por decir simplemente Violeta del Valle, que era lo menos que podía llamarla, y seguía diciendo que lamentaba haberla
hecho perder su tiempo en su afán de dejarme
plantado y hacerse esperar, tiempo que debía ser
precioso para ella y por tanto me consideraba en
el deber de pagar por él. Ponía punto final y la
firmaba con mi maldito nombre. La carta era un
sinsentido, pero lo que hice después fue un desatino. Incluí todo el dinero que llevaba (había
cobrado ese sábado como siempre) y se lo incluía
(le decía yo) como forma de pago por mi espera.
Es evidente que Stan Laurel no habría escrito
una carta mejor. Conseguí un sobre y metí en él
la carta, incluyendo el dinero. Acto seguido me
dirigí a su casa, la que me costó trabajo encontrar (para colmo, metáforas metropolitanas, ella
vivía en la calle Soledad), ya que quedaba al
final de la calle, como ella me había dicho, y yo
había olvidado, o confundido o traspapelado, entre mi papel y la tediosa (ya nada más que ella
podía ser odiosa) calle San Lázaro, donde me bajé. Di con el número. Pertenecía a un edificio
relativamente nuevo (tal vez hasta hubiera sido
construido al principio de los años cincuenta),
bastante limpio, bien alumbrado (ya para entonces, entre mi carta y mi búsqueda, había oscu

recido) y bien cuidado, con una puerta no muy ancha abierta y una escalera angosta que arrancaba a un costado de la entrada, mientras al otro se abría un pasillo largo. ¿Cómo encontrar su apartamento? No había pensado en una casa cuando ella me dio su dirección, pero tampoco en un edificio de apartamentos. ¿En qué habría pensado? ¿Una suerte de palacio en ruinas? ¿Una casa solariega degradada? No sé, y en ese momento no me preocupaban mis pensamientos —o mejor dicho, sólo pensaba en su puerta—. Traté de hallar su nombre en el casillero de las cartas, visible a un costado del pasillo, pero no había más que números sin un solo nombre. Era evidente que nadie esperaba cartas nunca: allí el cartero no llamaba jamás. Finalmente decidí buscar la ayuda de esa institución habanera, la encargada, que es una invención infernal sin la que no se pueden pasar ni los edificios más humildes: el lema parecía ser: «Que no haya Hades sin cerbero.» Encontré su habitáculo sin necesidad de letrero: era el único apartamento de los bajos que tenía la puerta abierta. Por alguna razón misteriosa según se avanzaba en la escala social, más se cerraban las puertas y en algunos edificios la encargada también vivía encerrada, a pesar del calor y de que el aire acondicionado nunca llegaba al hábitat ardiente de ese equivalente habanero del can con tres cabezas. La encargada era una mujer de mediana edad, trabada, evidentemente acostumbrada al trabajo y atenta a lo que pasaba a su alrededor: su oficio no era sólo observar el orden higiénico y social de su barco sino, verdadero Caronte, vigilar las almas a bordo. No tenía en mente entonces estas alusiones como alucinaciones, sino extraer de ella la información necesaria a mi misión. Le pregunté por el apartamento de Violeta del Valle. Casi me respondió: «En la vida», que es una forma habanera de declarar que nunca se ha oído y mucho menos conocido a semejante persona. Le dije que ella era actriz de televisión. Menos la conocía: es más: no tenía televisión. La describí con ojos verdes y boca botada en un último esfuerzo por dar con su apartamento, convencido de que ella no me había mentido, de que efectivamente vivía en esta casa. La encargada se tomó su eternidad para responder esta vez. «Ay —dijo finalmente, como si le doliera el recuerdo—, la que vive en Venezuela.» ¡Esa misma! Pero agregó: «Ella no vive aquí —y hubo una pausa antes de añadir—: Aquí la que vive es su hermana.» ¿Cómo preguntarle dónde vivía ella entonces? Momento en que añadió: «Claro que ella vive con su hermana ahora.» Estaba acertado: se trataba de ella, de Violeta del Valle, que vivía en Caracas y ahora estaba pasando el verano con su hermana. Es evidente que me estaba contagiando con la encargada en su proceso mental. La interrumpí en otra de sus aclaraciones («Claro que ella no se llama así. Al menos así no se llama su hermana») para pedirle el número de su apartamento. Ese mismo, y casi iba a añadir un por favor cuando recordé lo peligroso que puede ser ese extraño extra en La Habana. Me dio el número del apartamento y me dijo dónde quedaba: el primero en el descanso. Se refería a la escalera, no a mí. Antes de irme añadió, conocedora de idas y venidas y vecinos: «Pero a lo mejor no hay nadie ahora.» Le di las gracias por la información, también di media vuelta, recorrí el pasillo a la calle, llegué a la puerta abierta, pero en vez de salir subí los escalones y en la puerta del rellano de la escalera me detuve ante una puerta cerrada, me agaché y sin trabajo introduje el sobre (que ahora me daba cuenta de que había tenido en la mano siempre) que contenía mi Marxista misiva, toda *non sequiturs,* y todo mi dinero. Afortunadamente no tendría que explicar a mi mujer, que llevaba las cuentas de la casa, qué había pasado con mi sueldo de esa semana: el lunes, con la ayuda del garrotero, verdugo habanero, viejo prestamista, íntimo enemigo, tendría dinero y tal vez una explicación de por qué no me habían pagado el fin de semana, sino al principio.

Ese lunes, antes de entrevistarme con el gárrulo garrotero, corrigiendo una novela de amores posibles por imposibles de Corín Tellado (*Carteles* había cambiado de dirección y también *Vanidades,* y ambas revistas de dueño, pero Corín Tellado, novelista rosa pálido, permanecía, como la Tierra, al salir el sol y al ponerse: siempre estaba allí, eterna, sobre ella el mar de galeras en que naufragaba mi *Titanic* literario: la nave a prue-

ba de hundimientos, hundida en su viaje inau-
gural), en esa labor de odio que es amor estaba
cuando me llamaron por teléfono. Ya no había
las restricciones arbitrarias de la antigua empresa y pude recibir la llamada. Oí una voz clara,
tal vez un poco burlona, que decía, evidentemente contaminada por mi lectura enferma (la
corrección es una forma de traducción) de Corín
Tellado:

—Hola. Te habla la venus de los ojos verdes.

Era ella. Había evidentemente ironía en
llamarse a sí misma la venus de los ojos verdes,
pues en la guagua, al preguntarme cómo me
acordaba de ella años después de esa caminada
Obispo abajo, le dije yo (sin admitir nunca que
la había visto otra vez) que cómo iba a olvidar
aquellos ojos verdes, un poco a la defensiva, ci-
tando la canción de Gonzalo Roig, pero diciéndole de veras Venus. Si no lo conté antes es porque la frase era en realidad tan literaria (una cita
de amor de un poema maldito) que sólo me hacía perdonar el preciosismo para permitirme apro-
ximarme sin ser visto a esta criatura, a mi pieza
a cobrar, yendo tras sus huellas intermitentes,
tanto tiempo de cacería en coto Vedado y en La
Habana. Además, el ruido del motor apagó un
poco mi voz venatoria.

—Ah, qué tal —dije yo, con un tono apagado a propósito, aunque por debajo hubiera una
ansiedad que trataba de disimular malamente.
Debía ser obvio para ella.

—Nada, te llamaba para decirte que recibí una carta y la abrí. Era tuya pero no era para mí, aunque la leí por curiosidad. Tú sabes, la mujer de Barbazul, el cuarto cerrado y todo eso. Me pareció muy interesante carta aunque no era para mí, ya te digo. Pero te quiero decir algo que es mejor que te lo diga en persona. Además, tengo una cosa que devolverte, ya que es tuya.

—No tienes que devolverme nada.

—Sí, yo insisto —dijo ella con un tono teatral. Me sentía embarazado.

—Yo quiero que me excuses por la carta —le dije.

—Ya te dije que no era para mí —me dijo—. Pero quiero verte. ¿Cuándo tú crees que podemos vernos?

Era mi momento de hacerme difícil, además de postergar el embarazo de enfrentar su cara y mi carta.

—No podré hasta el sábado. Trabajo todo el tiempo.

—Ya sé que es usted un hombre muy ocupado —volvió a usar su tono levemente irónico—. Pero supongo que podemos por lo menos vernos, ¿no?

—Sí, claro, por supuesto.

—¿Podemos vernos el sábado?

—Sí, por la tarde podemos. O por la noche. O el domingo.

—No, el sábado está bien. ¿En el mismo lugar?

Me quedé callado un instante. Superstición de los lugares. Pero no fue más que un instante, porque ella agregó:

—Prometo que estaré allí puntual. Como para la televisión. El sábado, a las cuatro, en el vestíbulo del Duplex, entonces.

—Sí, está bien. El sábado a las cuatro —acordé con cierto temblor en la voz que aumentaba con las palabras. Pero ella no sonó triunfal al despedirse con ese vale odioso:

—*Chao.*

Colgué y me quedé mirando al teléfono, que es un acto no sólo inútil sino estúpido. No lo quería creer. No quería creer ni su llamada ni su tono ni su voz ni sus palabras. No quería creer lo que me dijo, mucho menos la cita concertada con certeza. No quise creerlo en toda la semana ni tampoco el sábado y mucho menos lo creía cuando entraba al *lobby* (que ella llamaba vestíbulo: no por su cultura, que por alguna razón me pareció menor que la de Dulce Espina —sus lecturas comparadas de toda la literatura a su alcance con las escenas de obras de tres o cuatro autores americanos— y pensé que se debería a su estancia en Venezuela, Sudamérica más lejos de los Estados Unidos que La Habana) a las tres y media exactas para impedir que un fallo cronométrico hiciera que se me escapara de la trampa tenue. Además, eludía la hora fatal para Lola. Me senté no en mi asiento de la vez anterior (no por superstición, sino porque estaba ocupado por una vieja gorda) y me dispuse a esperar —soy el hijo Esperante—, la vista fija en la entrada, observando las dos hojas de cristal desgraciadamente decoradas sobre el mismo vidrio con hojas de una vegetación opaca, impidiendo la visión penetrante, pues el Rex era como el América y, un poco más modestamente, como el Fausto, típicamente años cuarenta, un cine hecho a la manera *art-déco* tardía —sólo que nadie lo sabía, ni siquiera yo, que creo que la arquitectura siempre aspira a la condición de historia.

El tiempo pasó con su extraña combinación de lentitud indiferente que no podía menos que ser intencionada. Muchas personas y no pocas parejas entraron y salieron por las dobles puertas grabadas tautológicamente: hojas sobre hojas. Ya eran casi las cuatro y me disponía a idear un nuevo golpe de teatro (más bien literario) que aboliera el azareo y me acercara a aquella muchacha tan elusiva, cuando justamente a la hora señalada (no puedo evitar sonreír al escribir la frase que era el título habanero para *High Noon:* como si la confrontación de Gary Cooper y los cuatro villanos fuera una ocasión amorosa o como si mi cita cuasi amorosa fuera un duelo del Oeste) ella hizo su entrada. Empujó una de las puertas vaivén y por un momento se extravió, casi como si no supiera a quién buscar entre el público del *lobby* (debía de acabarse una tanda), hasta que sin moverse de la entrada, dejando que los futuros espectadores y los pasados parroquianos la envolvieran en su ajetreo, me vio porque

yo me ponía de pie después de haberla mirado
bien: más que linda estaba (o tal vez era) bella,
con su pelo castaño en ondas que bajaban desde
lo alto, como una corona suave, por los lados de su
cabeza y de su cara. No podía ver, por supuesto
(debido a la distancia y a mi miopía), sus ojos
violentamente verdes, pero sí contemplé por un
momento su figura, fijándome por primera vez,
creo, en sus piernas, que eran tan perfectas como
las de Julieta, tal vez más llenas, pero siempre
bien hechas, con tobillos largos (no tan largos
como los de una muchacha que todavía no ha
cruzado mi camino, no ha entrado en mi camino
de visión, que encontré más tarde en mi vida
cuando sabía apreciar la belleza de un tobillo
por sí, no porque formara parte de las piernas)
y la falda a la moda no dejaba ver sus rodillas, y
me alegré porque siempre encuentro las rodillas
feas, al menos grotescas, excepto cuando las mujeres están sentadas. Venía vestida con un vestido, no con blusa y falda, sino con un traje de
salir, cuya parte superior le llegaba hasta el cuello y al tiempo que dejaba ver sus senos bien
colocados, sin la desmesura de Dulce y sin la
perfección de Julieta, que había que verla desnuda para apreciar sus tetas tiernas, le descubría
los brazos que estaban tan bien modelados como
sus piernas, asombrosamente curvos para no ser
delgados. Tal vez su talle fuera demasiado corto
—pero ésta era una apreciación de concurso de
belleza y yo no era un juez, ni siquiera un jura-

do, sino un testigo tímido. Su color claro (y lo que yo más podía apreciar desde mi punto de mira miope eran colores), su piel trigueña pero sin la palidez de Dulce, aunque carecía del dorado delicioso de Julieta, era de una belleza habanera y el tono del traje verde claro, con algo de gris, estaba evidentemente escogido para realzar sus ojos —lo que comprobé momentos más tarde, cuando me acerqué a ella a saludarla— tanto como su boca escarlata. Me sonrió y sus labios fueron tan acogedores y vulgares como las palabras que salieron por entre ellos.

—Hola, ¿qué tal?

—Bien, antes —le dije—. Ahora muy bien.

Ella cogió la alusión sin tener que hacerle la historia de Esperanza y el crítico esperando —que, además, yo no conocía.

—Lamento en el alma lo del sábado pasado. Créeme, no fue culpa mía.

—No tiene importancia ahora. Lo importante es que estás aquí, que existes.

Iba a decirle que el sábado pasado no ocurrió nunca: ella lo canceló con su presencia ahora. Pero me temí que era algo para decirle a Julieta (que me obligaría a leer: *«Aldous I do not Hope to turn a game»*) o tal vez a Dulce (que sin duda encontraría que ya había sido dicho antes por Jorge Isaacs en *María),* pero ella era alguien demasiado práctica, me parecía, intensamente terrenal y tal vez muy popular para hacer ninguna declaración literaria.

—Bueno, aquí estoy —dijo—. ¿Cómo hacemos?

—¿Adónde quieres ir?

—Donde tú digas. Decidí dedicarte todo el sábado. La mañana me la pasé embelleciéndome, la tarde esperando para llegar a tiempo. Di tú.

Por supuesto que de ser yo más joven (y ni tanto: ya había concertado esa clase de cita no hace mucho, meses apenas) la habría invitado al cine, pero no la veía a ella mirando noticieros y cortos en el Rex Cinema o contemplando la película de arte del Rex Duplex —¿estarían todavía pasando pedazos de *Fantasía?* Afortunadamente yo me sabía la topografía de la zona al dedillo, como la palma de mi mano y todas esas otras metáforas manuales: no por gusto había crecido a pocas cuadras de allí.

—¿Qué te parece el Ciro's?

—¿El Ciro? —ella, que no sabía inglés, se comía la ese posesiva, ese confuso equivalente del *chez* francés y dejaba al *night-club* desnudo como un bar—. No lo conozco.

—Yo tampoco. Supongo que es nuevo. Está aquí cerca. Podemos ir, y si no te gusta nos vamos con la musa a otra parte.

—Perfecto —no cogió la alusión pero yo sí oí su dicción. Ella tenía la pronunciación de esas ces que raras veces se oyen como kas en Cuba entre una vocal y otra consonante que delataba su educación teatral para la Televisión. Julieta las pronunciaba pero suavemente, excepto cuan-

do estaba disgustada —lo que no era raro en
Julieta, furia frecuente. Pero era el culteranismo
de Julieta lo que la llevaba inclusive a hacer
sonar las eses como raramente las suena un habanero —o siquiera una habanera. Dulce estaba
marcada por su habitación: había vivido demasiado tiempo en un solar. Mi mujer, a pesar de
su educación de convento, las pronunciaba con
desgana —tal vez porque el Dios de los católi-
cos no es abstracto. Solamente quedaba esa criadita curiosa, que era un monumento vivo al ra-
dioescucha total, cuando la asaltaba su otro yo
radial, su falso Hyde radiofónico para convertir
su verdadero Jekyll vulgar. Ahora, oyendo a Violeta del Valle, pude reflexionar sobre estos mati-
ces de pronunciación femenina. La había tomado del brazo y desplazado hacia un lado del *lobby*
y mirando atentamente, casi intensamente, esa
cara bella y en su nariz que se dilataba al hablar
(equidistante de las dilataciones de Dulce y de
Julieta), en su boca llena, aun en los ojos verdes
pude ver por primera vez qué tenía de negro:
muy leve acento racial, un antepasado remoto
pero, parafraseando un poeta popular, había si
no un abuelo por lo menos un tatarabuelo que
había dejado su marca africana en esos rasgos deli-
ciosamente imperfectos, una genuina trigueña
que, sin embargo, recordaba a la falsa rubia de mi
niñez, Jane Powell, toda tetas y ojos verdes. Tal
vez alguien, en otra parte, no lo notara, pero sé
de otro escritor que lo hubiera detectado en el

Sur, poblado de mulatos mutilados. Al mismo tiempo era tan sutil mezcla que resultaba un espejismo: ahí estaba debajo de su cara otra cara y, al mismo tiempo, no estaba la cara oculta si se la escrutaba: ella era como la sexta esencia de la mulata y, al mismo tiempo, era completamente blanca. Me interrumpí en estas reflexiones —que duraron menos tiempo que el que se tomó ella para completar la palabra perfecto con perfección— para volver a coger aquel brazo acogible (no sin antes pasarme la mano levemente por el pantalón para hacer desaparecer de la palma el sudor posible), empujé con la otra mano la segunda puerta giratoria, la de salida, y dejamos el *lobby* que me había hecho desgraciado una semana antes y feliz ahora, para abandonar los recintos del doble cine, torcer a la derecha, caminar unos pasos sobre la acera tatuada de exóticos (efectivamente, copiados de las calles de Río de Janeiro) dibujos, girar a su vez más hacia la derecha en la esquina de la joyería Poética de Cuervo y Sobrinos, dando la espalda al Hotel Royal Palm y su elegancia año treinta, marchar casi al mismo paso frente al bar abierto (que ella miró como con desconfianza), caminando un poco más abajo por Industria opuestos a Glamour, la boutique decididamente afrancesada (la primera en declararse francesa en La Habana, una ciudad llena de tiendas cubanas, de almacenes españoles, de *stores* americanizados) y antes de quedar atrapados en los predios enfrentados del Teatro

Campoamor y del Cine Lira (tal vez ya se llamara Capri), la hice descender la escalera abrupta que llevaba al sótano que se anunciaba como el Cabaret Ciro's y era un mero *night-club,* ahora, de día, un club regalándonos con su perfume que me era desconocido (no había estado en otro *night-club* en mi vida que el Mocambo y fui de noche) y sería tan recordable como el olor (los extraños llamarían hedor) del Esmeralda: esencia de cine barato, con su mezcla intoxicante de licores embotellados pero destapados, aire acondicionado rancio y humo de tabaco estancado. Recuerdo casi más ese olor que el perfume que llevaba Violeta del Valle porque era Colibrí, tan en boga a fines de los años cuarenta y ahora un poco fuera de moda al llevarlo ella, que estaba vestida como dictaba Dior a mediados de los años cincuenta.

Ciro's estaba, por supuesto, desierto a esa hora, excepto por el barman y uno que otro camarero —o tal vez el barman se desdoblara en camarero espiritista—. Pero esta soledad me colmaba: yo todo lo que quería en el mundo era estar a solas con Violeta del Valle, oírla hablar, mirar su cara de una belleza que se hacía cada vez más penetrable, oler su perfume aunque fuera Colibrí —es más, le agradecí que me regalara de nuevo ese aroma que me recordaba la primera vez que fui al ballet, que me senté en la platea y en la luneta del frente, justamente delante de mí, estuvo sentada toda la tarde (era una matiné, la función que más me gusta en el teatro, en el cine y ahora en un club) una mujer despidiendo gases sutiles que mi madre, no recuerdo cuándo, me dijo que se llamaba Colibrí.

—¿Qué quieres tomar? —le pregunté a Violeta del Valle, cuando el camarero, demasiado veloz y evidentemente solícito como respuesta a su soledad se acercó a nuestra mesa.

—Un Margarita, por favor —dijo ella.

Y me gustó tanto su boca al pronunciar sus palabras, como ese por favor tan exótico en La Habana. No sé por qué razón, qué altanería urbana, qué decadencia de las costumbres, qué falta de educación hacía que en La Habana nadie pidiera nada por favor, cuando en mi pueblo era obligatorio —a mí por lo menos me obligaban a hacerlo tanto como a decir «Sí, señor», «No, señora». Recuerdo todavía el día que fui a una cafetera de esquina y le dije: «Un café, por favor», y la vendedora me miró fijo y me dijo: «Ay, niño, qué bobera es esa de por favor.» Tal vez querría indicarme que ella estaba allí para servirme y yo no le debía ningún favor. Pero no lo he podido olvidar, como una marca de La Habana de indelebles costumbres.

—¿Cómo? —preguntó el camarero, extrañado tal vez por el favor.

—Un Margarita —repitió ella.

—¿Qué es eso? —preguntó el camarero.

—Un cóctel.

—¿Un cóctel? ¿Cómo se come?

—Se hace con tequila y...

—Ah, pues no tenemos tequila.

Aproveché para mediar: no quería que la ocasión comenzara con un fiasco. Si empiezan así, suelen terminar igual: fruto del fracaso.

—¿Por qué no pedimos, por ejemplo, dos daiquirís?

De los tragos creados en La Habana ése es el que mejor hacen en *night-clubs* y bares americanos. Además, si mis ojos pudieran trepar escaleras, cruzar calles, atravesar la manzana del Teatro Campoamor, traspasar el edificio del Centro Gallego, vadear el Parque Central y bordear el Centro Asturiano, podría ver junto al parque Alvear —constructor del acueducto recordado por una plaza exigua y una estatua seca— el Floridita, bar que se supone que es el centro universal del daiquirí, donde mana como agua coloidal. Si no lo inventaron en la fuente de juventud del Florida se comportan como si hubieran perfeccionado la fórmula: poción del Dr. Jekyll habanero que después de ingerirla varias veces se convierte en ubicuas versiones criollas de Mr. Hyde, también llamado a veces el Señor High. (Hay diversas alusiones a Jekyll y Hyde en mi cuento, y es seguramente porque la fábula del intelectual y la bestia es una metáfora sexual disfrazada de dilema moral.) Me había dirigido al camarero tanto como a Violeta, y ella, con sus ojos verdes todavía, riendo con ellos antes de sonreír con la boca ávida de margaritas, me dijo:

—Está bien.

—Dos daiquirís —dije yo al camarero que se fue, supongo que contento de no tener que experimentar con *cocktails* que no conocía con bebidas que no tenía. Cuando se refugió él tras la barra de seguridad, ella abrió su cartera, sacó un sobre que reconocí al instante y me lo entregó:

—Aquí tienes tu mensaje.

Si hubiera dicho Mensaje a García habría resultado la mujer perfecta. Me alegré de que no lo dijera; detesto las perfecciones.

—Quiero advertirte —me dijo— que mi hermana estaba furiosa. Ni siquiera quería que viniera a verte hoy. Es más, no sabe que estoy contigo. Me dijo que me tratabas como una prostituta, aunque usó otra palabra.

Fue entonces cuando me di cuenta de lo que había hecho: había sido un ardid que dio resultado, otra trampa para mi presa, *trick and tits,* y eso disminuía su enormidad a mis ojos, pero verdaderamente no me había portado bien —objetivamente considerada la carta era un insulto—. Aunque en realidad la trataba con su contenido como lo opuesto a una puta: por servicios no rendidos. Sin embargo era una regla del juego ofrecer mis disculpas.

—Perdona —le dije—, pero estaba furioso. Te esperé tanto tiempo. Además de que me habías asegurado que vendrías.

No le dije que pensé que se había burlado de mí de la manera que la actriz futura se burlaría del crítico actual. No podía hacerlo aunque hubiera querido: ninguno de los dos, Esperanza y Esperando, existían entonces.

—Ya sé —dijo ella—. Pero créeme, no pude venir. Hice todo lo posible pero fue imposible.

—Bueno, eso no tiene importancia ahora —le dije, cogiendo el sobre y echándolo en un bolsillo íntimo.

—Está todo ahí —dijo ella, y supuse que se refería sólo al dinero—. No quería conservar la carta tampoco.

—Lo comprendo y no te culpo. Fue atroz de mi parte.

—Eso indica que eres muy apasionado, como Alejandro —por un momento tuve que localizar al Alejandro apasionado. ¿El que tan pronto se llamaba Alejandro como Paris, al que Helena hizo mortal con un beso? ¿El conquistador griego? ¿Alejandro Dumas, padre o hijo? Finalmente recordé a su marido venezolano y sentí celos: así soy yo: padezco celos retrospectivos, introspectivos, prospectivos. Para salvarme de mi caída de celos llegó el camarero con los daiquirís en que ahogarlos. ¿Las penas de amor se ahogan como las penas? No había quién se bañara en esos elixires, mucho menos ahogar: estaban innecesariamente helados, el hielo batido convertido en una tundra, en círculos árticos, añadiendo frío al aire acondicionado que era excesivo para dos.

Ella tomó su copa y, acercándola a la mía, dijo: «Chinchín», saludo de costumbre que rechinaba tanto los dientes como el hielo coloidal de los daiquirís. Era otra forma del despedidor *Ciao.* Debía de ser escandalosa la cantidad de italianos que emigran a Venezuela, tanto que Bolívar pudo haber dicho: «He arado en el Tíber.» Me sonreí y toqué suavemente su copa. Al menos creí que lo hacía con suavidad, pero al ver temblar su copa entre sus dedos y debordarse un poco del iceberg desmenuzado, me di cuenta de que no había calculado bien la distancia entre ambas copas con los fragmentos del glaciar que caían en la mesa. Me disculpé y ella dijo: «No importa. Significa buena suerte.» No recuerdo cuántos daiquirís más tomamos en aquella penumbra helada: sólo recuerdo el frío creciente en mis labios y el mareo que me asaltaba, como si fuera un navegante sin norte en la bahía de Hudson. Debíamos de haber pedido whisky. Pero lo habrían servido con hielo. *Scotch of the Antartic.* Para olvidarme del Ártico en el trópico hablamos. ¿De qué hablamos? Hablamos por supuesto de ella, de sus intentos como actriz de teatro en La Habana, condenados a la inercia —no de movimiento sino de estancamiento—, del Teatro Universitario. Después habló de la Televisión, de los pocos papeles que consiguió en el Canal 2 habanero y de cómo decidió emigrar a Venezuela, donde le iba muy bien, y de su matrimonio, en el que le había ido mal. Momento que aproveché para iniciar una finta que con el tiempo se convertiría en toda una estocada y de ahí en maniobra, en técnica del duelo del amor —y si sueno como ese autor favorito de mi madre, M. Delly, es porque en el amor no queda más que repetir las palabras, como hacen Romeo y Julieta, o repetir frases hechas, ¿y quién mejor dictándolas que los autores de novelas baratas, denominación en la que no incluye juicio literario sino mera mención de su precio? En una palabra: le dije que yo también estaba casado. En el futuro acostumbraría a pronunciar esa oración como una declaración de principios, que quiere decir que hay que tomarme como soy, en el estado civil en que estoy y que no pienso cambiarlo en el futuro inmediato —a menos que...

—Me lo temía —dijo ella.

—¿Es que se me nota?

—No sé. Algo me lo decía. Desde que te conocí.

Es evidente que hablábamos de distintas versiones de mi vida: cuando ella me había conocido, hacía rato que yo la conocía, y cuando yo la conocí a ella no estaba casado todavía.

—¿Te importa mucho? —le pregunté.

—No realmente. Nada impide que dos personas casadas entablen una amistad.

¿Estaba ella casada aún? La última vez me dijo que estaba divorciada. Extraño y, además, ingrato. Pero no quise comenzar una indagación. Por otra parte me temía que volviera a surgir el nombre de Alejandro, tan detestable para mí, no por pertenecer a este Alejandro fantasmal, una noche en el recuerdo, sino por presente, materializado, porque había sido o era marido de esta belleza aterida aquí a mi lado. Traté de hablar de otra cosa, del teatro por ejemplo, pero era evidente que su conexión con el teatro era tan remota ahora como la mía. Desde los días en que iba de safari sexual por el Teatro Universitario habían pasado muchas cosas, entre ellas tan importantes como la verdadera pérdida de mi virginidad, la relación íntima con una o dos mujeres, la cárcel por las palabras, la cárcel de palabras y hasta mi matrimonio como consecuencia de la condena. El teatro era tan antiguo como la edad histórica de las obras que montaban en el Teatro Universitario. ¿Hablaríamos de cine? Pero eso era casi sacar a lucir mi profesión: bien podría hablarle de corrección de pruebas. Sin duda el símbolo del dele tanto como el último estreno eran igualmente parte de mi trabajo: el único cronista de cine que corregía sus pruebas. Ya sé: hablaríamos de televisión. Yo no era como los escritores de mi generación, que se vanagloriaban de despreciar la televisión, sin darse cuenta de que era el mismo desprecio que había sufrido antes el cine. A mí me gustaba la televisión como espectador, incluso me interesaba como escritor y hasta una vez traté de escribir libretos para la Televisión, hacer alguna adaptación para un programa de misterio que se llamaba *Tensión en el Canal* 6 y que, a pesar de su cómico nombre, permitía ejecutar algunos ejercicios de suspenso. Hablé de televisión.

—Ah, la televisión —dijo ella, en un tono que no era declamatorio porque por debajo de sus expresiones siempre había un dejo popular, producto sin duda de san Lázaro y sus mulatas—. Es una lata, créeme. Lo único que se gana buen dinero. Al menos en Venezuela. Pero todas esas marcas en el piso —casi miré al suelo por la intensidad de su voz—, ese muchachito agachado frente a ti, como en posición de mirarte por debajo de la falda, si no fuera porque lleva esos auriculares —ella dijo, claramente, audiculares, lo que tiene una lógica impecable pero no es exacto: he escrito auriculares porque no quiero ser implacable con su recuerdo, además, sonaba tan bien en su voz irreprochable— y un libreto en la mano, siempre pastoreándote.

Se refería, sin duda, al coordinador, oficiante que a pesar de su nombre tan técnico no es más que alguien que ejerce el oficio odiado de apuntador ambulante. Temía que ella se fuera a internar por ese camino de toda actriz de teatro quejosa de la intrusión de la tecnología en las tablas. Traté de inventar un obstáculo que la hiciera desistir de entrar en esa selva suave de las lamentaciones.

—Pero seguramente que te harán muchos *close ups*. Ojos como ésos no se ven todos los días y mucho menos en Caracas.

Puedo ser cursi pero también eficaz. Ella se sonrió y, de haber sabido inglés y conocido el refrán, me habría dicho: *Flattery will get you knowhere*, pero era evidente que lo sentía y como muchas de las mujeres (nunca se lo he oído decir a un hombre) que expresan dicho dicho, aun correctamente, al mismo tiempo disfrutaba la celebración. La adulación lleva al adulterio. Pero no hay que acuñar nuevas frases sino coñar frases hechas.

—¡Ah, los closops! Es lo más aterrador porque una se siente desnuda.

—¿Y qué tienes contra sentirte desnuda?

—Nada frente a un espectador —dijo con cierta sonrisa—. Tal vez muy poco frente a muchos espectadores, pero es terrible cuando estás desnuda frente a nada, solamente mirada por ese bicho mecánico con un ojo vacío al medio y un guiño rojo al lado.

Era una buena descripción de una cámara de televisión.

—Polifemo polimorfo.

—¿Cómo?

—Nada, nada. Sigue.

Pero no había que animarla: ella era una actriz en activo.

—Cuando me hacen un closop es cuando más desamparada me siento. Me da miedo de que se me vea todo.

—Pero todo lo que se te va a ver es bien visible.

Era doble verdad: además de su boca, sus labios bordeaban simétricos una dentadura inmaculada, de dientes parejos, blancos, entre encías perfectas. Ya he descrito además el resto de su cara, y si bien es verdad que algún día ella padecería una doble barba, ahora su barbilla no completaba un óvalo pero sí un dibujo sin mácula. Ella volvió a sonreírse antes de continuar:

—Quiero decir que las emociones se vean demasiado o no se vean, o resulten falsas. Es una agonía. Por eso disfruto tanto este tiempo en La Habana.

—Entre los nativos.

—Entre mi gente.

Me alegré de que no dijera que había disfrutado el tiempo de su matrimonio, que sospeché pasado fuera de la televisión, a juzgar por la posesión tan total que demostraba su marido aquella noche habanera llena de columnas hace tanto tiempo —y tan poco en verdad. Todo el rato que hablamos habíamos estado tomando, tiritando entre esquimales esquivos, y me sentía además de congelado bastante animado, tal vez porque el ejercicio mental es un antídoto contra el frío glacial y ahora amenazaba con ser brillante pero también borracho, capaz de ser chambón. Además, el tiempo pasaba y no pasaba nada. Decidí que era hora de atreverse a una salida en la noche boreal, calculando por la brújula que era toda norte, sopesando a Violeta del Valle, flor de invierno y no de invernadero, no tomándole el peso a ella misma sino teniendo en cuenta que era divorciada, que era además actriz, que se veía líbidamente liberada. Pero, ¿cómo empezar? Debía ensayar una movida original, una apertura Ruy López dirigida directamente a la dama.

—¿Qué tal si estamos solos a un tiempo? —quien ha enamorado a más de una mujer se ve condenado a repetirse: la primera vez como drama, la segunda como farsa.

Ella me miró, miró en derredor al bar tan solitario como Laponia en invierno, al que los dos camareros que eran de veras pingüinos hacían parecer más desolado.

—¿No te parece que estamos lo suficientemente solos?

Había que concederle un tanto, pero yo no estaba allí para llevar la cuenta, aun en el ajedrez amoroso.

—Quiero decir solos los dos.

Ella se sonrió.

—¿Tú quieres decir sólo tú conmigo sola?

Era hora de poner las cartas sobre la mesa: el ajedrez devenía mero póker: decadencia del juego del amor.

—Eso es.

—¿En un cuarto?

Me detuve un momento antes de responder. ¿Tendría ella un as oculto?

—Sí.

Me temí que ella reaccionara si no violentamente en contra, al menos negativamente.

—Está bien.

—¿Sí?

—Sí.

—¿De veras?

—De veras.

Casi parecía que yo quería convencerla de lo contrario o de que se tratara de una virgen riesgosa. Era evidente que las cosas del amor habían cambiado mucho en La Habana (de Cuba no sé: yo vivía en una isla que era la ciudad) en sólo cinco años. En 1949 Julieta era una pionera que arriesgaba el calificativo de puta (sin admitir la vox populi que puta era sólo la que cobraba) por acostarse con el hombre que ella amaba —o que solamente le gustaba, para no alardear de que me amara alguna vez. El resto, todas las muchachas que conocía, eran vírgenes profesionales y algunas, como Catia Bencomo, consideraban el sexo, si no el mero amor («el mero amor» —¡si me oyera Ovidio!), como una provincia peligrosa, una suerte de contaminación contra la que había que vacunarse y si su adolescencia les prestaba sus encantos, que eran su mayor atractivo, no era culpa de ellas y había que eliminarlos. De aquí la resolución de Catia de usar espejuelos cuando su miopía no era aguda. Así Julieta quedaba como una vestal del amor, una virgen contraria a la que había que rendir tributo por su entrega al sexo, santa Julieta —y muchos de mis amigos, aún hoy día, tienen un recuerdo grato para ella, considerándola una verdadera iniciadora; no sólo la que nos inició a casi todos en el sexo, sino ella misma iniciada en una liberación que culminaba ahora en la naturalidad, más que en la facilidad, con que Violeta del Valle accedía a mi proposición más torpe que irresistible, mi póker contra su canasta. Pedí la cuenta y pagué —con mi dinero, no con el de Violeta, el que me había devuelto, los billetes *doux*. Emergimos a la calle y nos recibió el verano, el horno del estío, la atmósfera de tintorería que ahora agradecía después de mi estancia entre los lapones. Me sentía contento de estar vivo en La Habana, yendo detrás de ella, caminando lentamente, no sólo para admirar sus caderas francas, harrisianas, pero también porque había bebido demasiado y ya se sabe lo que dice el otro franco, rabelaisiano, de la divina botella, aunque no dice que sus formas son las de una mujer: esta mujer tiene la forma de su contenido. La luz violeta del verano se había vuelto un crepúsculo suave, más rosa que malva, mientras caminábamos rumbo a la posada urbana, yo llevándola del brazo, como cosa mía, haciéndola volverse a la derecha, bajando por la calle Industria apenas dos cuadras hasta Barcelona. Cuando la cogí del brazo, al salir del bar, ella me dijo:

—Si me dicen algo no hagas nada, por favor.

No entendí.

—¿Cómo?

—Que si alguien se mete conmigo no reacciones. No quiero escenas.

—Nadie se va a meter contigo —le dije, para asegurarla, aunque yo no estaba muy seguro a mi vez. Violeta tenía unas tetas provocativas, que llamaban mucho la atención, y su cuerpo era muy de hembra y llevaba además su cara bella. Estaba, lo que se decía en La Habana, buenísima con intención unívoca. Por otra parte yo conservaba mi maldita figura adolescente, a pesar de sacos y de hombreras, y juntos por la calle era evidente que ella era demasiada mujer para mí, como Silvano Suárez dictaminó de Beba Far para mi furia. Pero ella no tenía nada que temer. Yo no era violento, al menos no físicamente; podía ser un crítico cítrico, con humor ácido, pero era un ciudadano pacífico, obediente tanto de las leyes de la física como cívicas, desde mis días del bachillerato, cuando hubo pasado el primer año inexperto en la escuela primaria en La Habana, salvado de milagro de los abusadores del colegio, entré al bachillerato y al poner el primer pie en el Instituto (donde la violencia demostró su fuerza fatal ya antes de ingresar, viendo volar a un alumno audaz al estallarle una bomba que iba a poner tal vez en el *Diario de la Marina,* que estaba a una cuadra del Instituto y de mi casa, tal vez en el mismo plantel), evité estar entre las víctimas de los violentos a fuerza de ingenio, con una broma aquí, con un chiste allá, una parodia grotesca acullá, haciéndome el gracioso aunque formaba parte en un principio de los que eran considerados los débiles, los estudiosos, esos filomáticos odiados por los duros, los violentos, y así, cuando se produjo mi gran cambio y en vez de estudiar libros de texto, leía literatura, en vez de jugar a pelota auxiliaba a organizar funciones teatrales, en vez de ir al cine en un grupo ruidoso ayudaba a crear un cine-club, dejé esa violencia detrás sin siquiera sentirme tocado por ella, como el pato que no sabe que es impermeable y le quedan unas cuantas gotas olvidadas que resbalan húmedas por su cuerpo seco. Asimismo evité la violencia en la calle y me tocó en suerte no tener que enfrentarla al pasear por ella con una mujer, si bien es verdad, los paseos siempre tuvieron lugar por avenidas oscuras, poco transitadas, a oscuras —y pocas de mis compañeras podían considerarse una belleza popular. Otra cosa, sin embargo, era ir ahora con esta mujer excesivamente hermosa, espectacular, por esta Habana céntrica de día. Afortunadamente no nos quedaba más que una cuadra que salvar a la media luz del crepúsculo.

Cuando entramos al cuarto, que ella inspeccionó casi con una expresión de yo no he estado aquí nunca, dejando la cartera sobre la coqueta, me dijo:

—¿Quieres correr las cortinas? Detesto la luz.

Era una manía que unía a las mujeres. Afortunadamente al usar un verbo tan culto como detestar ella no empleó la inflexión que le habría dado Julieta Estévez, por ejemplo, que resultaba si no falsa al menos insincera, un eliotismo, o el tono libresco viejo —inevitablemente selvosudamericano— que habría usado Dulce Espina, sino que lo dijo con un dulce desdoro, y al decirlo entró al baño. Siempre me preguntaba qué hacían las mujeres en el baño antes de meterse en la cama. (De haber ido al Cine Niza y visto *Cómo se bañan las damas* habría sabido.) Después de correr las cortinas (las posadas, como casas continentales, hacían un uso generoso del cortinaje, con el propósito de promover la oscuridad más propicia al comercio entre ambos sexos, pero siempre daban una nota exótica —que en seguida desmentía el mobiliario, tan habanero que se llamaba mueblaje, ese que fue para mí a la llegada a La Habana un neologismo incomprensible: juego de cuarto) fui hasta la puerta del baño para verla no desvestirse sino reflejarse, pálida, en el espejo, la luz fría dando a su carne cálida una calidad distante al proceder ella a quitarse la pintura, antes escarlata, ahora morada, de los labios con papel higiénico. Como únicos clientes del club gélido, vigilados por los camareros obligados por su atención y tal vez por el frío, pendientes de la posible hipotermia, congelamiento y finalmente la muerte helados, no nos habíamos dado ni un beso y he aquí que sin siquiera besarnos (creo que le cogí una mano entumida con mis dedos ateridos una vez o dos) estábamos en el cuarto de baño de una posada, dispuestos a dejarlo para acostarnos en la cama favorable y hacer el amor —ese galicismo que aprendí de Julieta como la única forma decente de decir singar. Ah, que las palabras, no los actos, sean sentenciados por la moral.

Me hice a un lado cuando ella salió del baño y la seguí —y la perdí: al apagar la luz quedamos expuestos (mejor sería decir, sin revelar: devueltos a la calidad de negativos que tenemos antes de nacer) a la oscuridad total del cuarto, que era tan enemiga como el frío del club. Me quedé de pie junto a la puerta esperando a que ella se desnudara, oyendo cómo se quitaba la ropa con frufrús de raso o seda (¿o sería el enemigo nailon?) sin disfrutar de ese puro placer que es ver desvestirse a una dama. Ahora ella era una sombra que se desprendía de su cubierta de sombras, silueta que apenas podía discernir de los cuadrados —grandes y pequeños pero todos negros— de los muebles. La oí (es notable la cantidad de cosas que se oyen en la oscuridad) entrar entre las sábanas crujientes y luego su voz en dirección sur-suroeste (después de la noche nórdica del *night-club* todo era el Sur para mí) decir:

—¿Vienes?

¡Cómo no iba a ir! Pero primero tenía que desvestirme. Por alguna razón oculta —¿o sería mejor decir oscura en las tinieblas del cuarto?— no me había quitado siquiera el sempiterno saco, esperando a que ella me ofreciera el espectáculo eterno y siempre nuevo por que había esperado tanto tiempo. Fue fácil despojarme de la chaqueta y de la camisa, que no había tenido tiempo de sudarse después de haber estado congelada inviernos en el Ciro's. Lo difícil fueron los pantalones: siempre mi dificultad está en quitarme los pantalones, que es errática: viene y va. Hoy venía. Mi equilibrio es tan precario (de hecho camino con una pierna en la posición correcta, pero la otra, al nivel del pie, hace un extraño, un giro de centrífuga que la lanza hacia fuera mientras la fuerza centrípeta de la otra pierna la trae a su centro: nunca me hubiera fijado en esta anomalía si mi mentor, temiendo por su gata, no me lo hubiera dicho una vez que avanzaba por el estrecho pasillo de su apartamento hacia la cocina, y hasta ha habido más de un amigo que me ha preguntado por qué camino tan extraño, con ese pasillo que no llega nunca al baile) y una de las piernas del pantalón se me traba siempre en el zapato, incluso en el pie desnudo, y casi me hace caer, por lo que tengo que llevar a cabo la operación de quitarme los pantalones o bien sentado o cerca de algún mueble propicio. Esta vez no había una silla cercana y no quise sentarme en la cama, lo que me parecía marital, que le quitaba el carácter clandestino a aquella reunión —y di un tumbo tan estruendoso que ella preguntó desde la oscuridad de las almohadas:

—¿Qué pasó? ¿Te caíste?

—No, no —me apresuré a asegurarla—, solamente di un traspié en la oscuridad.

—Perdona —dijo ella— que insista en que esté todo tan oscuro pero nunca he podido quedarme desnuda con luz.

Suerte la mía. ¿Querría decir que nunca vería ese cuerpo codiciado, contemplar esa carne que esperaba espléndida, que sabía suculenta por los retazos que ella mostraba: brazos, piernas, cuello? Sin responderme me acerqué a la cama a tientas y me acosté a su lado en silencio, imaginando su imagen.

—¿Estás bien? —me preguntó ella con su voz que perdía para mí su falsedad eufónica y solamente sonaba bien cuidada. Ella debía referirse todavía a mi caída.

—Sí, sí, muy bien. No me pasó nada.

—No, quiero decir si estás bien conmigo, aquí.

¿Cómo podía preguntar eso? No me quedó más remedio que hacer que esa voz interior se exteriorizase.

—¿Cómo puedes preguntar eso?

—No sé. Es la primera vez. Supongo que debes sentirte extraño la primera vez. Yo me siento muy rara.

—¿Rara, cómo?

—No sé, aquí los dos, tan rápidamente, sin siquiera saber nuestros nombres propios. Tú me has dado tu seudónimo —por razones de seguridad sexual le había dado el nombre con que firmaba mis escritos, pero había además el problema de mi nombre, tan largo, con el que nunca había estado de acuerdo mi cuerpo, pero ¿y ella?— y yo te he dado mi nombre de actriz. ¿Tú sabes por qué pedí un Margarita en el club?

—Supongo que porque te gusta.

—No, es que mi verdadero nombre es Margarita del Campo.

Bueno, llamarse Margarita del Campo es casi tan floral como llamarse Violeta del Valle. Peor sería que se llamara Lirio Laguna o Amapola del Camino o Rosa Jardines. Se lo dije.

—Pero es que mi apellido tampoco es del Campo. Es simplemente Pérez. Margarita Pérez.

Margarita Pérez: por alguna oscura razón me había dado ahora por repetir mentalmente lo oído y decir en alta voz lo que pensaba. Decidí que ya habíamos hablado bastante, tal vez demasiado, y cansado de Violetas y Margaritas y Lirios me viré para besarla —lo que no hice exactamente en su boca porque ella estaba todavía acostada boca arriba o decúbito supino, como diría un forense si ella fuera un cadáver —y para todos los efectos eróticos lo era y yo no soy necrofílico. Pero no duró mucho su condición supina y se volvió para devolverme el beso. Esta vez se besaron las dos bocas, los cuatro labios y las tres lenguas finalmente. Digo tres lenguas porque por un momento me pareció que ella tenía una lengua bífida —pero era una ilusión de su arte amatoria. Besar sabía, tanto como Julieta y mucho más, por supuesto, que Dulce, infinitamente más que mi mujer: un trío de comparaciones que, a pesar de la dificultad (siempre es más fácil comparar dos cosas que tres: el triolismo es un embarazo para uno de los componentes) hice instantáneamente. Nos besamos, oliendo yo su verdadero olor por encima del aroma del alcohol, que aunque no es un hedor para mí (más bien al contrario: no me gusta realmente el sabor del alcohol, pero hay algo sumamente atractivo en su olor: supongo que si pudiera emborracharme aspirando y no bebiendo a estas alturas sería un dipsómano) interrumpe catar ese hálito íntimo de una mujer que es su aliento. Pegué mi cuerpo al suyo y sentí todo su esplendor táctil (el único posible en la oscuridad) de su cutis, de su piel extendiéndose a lo largo de mi cuerpo y llegué a la conclusión de que, si bien había leído todos los libros, ay, sabía que la carne no es triste: al contrario, es alegre, grata, exhilarante, y una vez más me dije que el teólogo que la castigó por oposición a la virtud continente, sabía lo que estaba haciendo: la carne condena, nos lleva a su contemplación, a su adoración, y es nuestra versión del paraíso: *Paradise lust*. Di gracias por tener entre mis manos, entre mis brazos, entre mis piernas toda aquella carne codiciada con la que había soñado cinco años, así que pasen, a la que había anhelado un lustro, a la que perseguí (despierto y en sueños, viéndola de lejos o teniéndola cerca pero remota, que me ignoraba mientras yo la exploraba poro a poro visible, como un Stanley de esta ignota afrocubana) por tanto tiempo y ahora estaba en mi espacio, verdadera pero increíble porque la poseía y pronto estaríamos en el momento sin tiempo, en esa eternidad a la medida humana que es el coito, la cogida, singar.

Todavía sin entrar en ella, solamente penetrando su boca con la mía, convirtiendo un hueco en un instrumento de penetración al tiempo que el segmento penetrado ejecutaba su propia entrada en mi boca, dejé de besarla con estos besos certeros míos, implacables, un momento para buscar sus senos, encontrar con mi boca aquellas tetas que siempre fueron un busto por la ropa encubridora, y bajé la cabeza hasta dar con uno de los pezones, que besé, mamé, casi perforé con mi lengua haciéndole el orificio que tendrían alguna vez por la maternidad, creando artificialmente lo que la naturaleza hacía con un propósito, con otra intención pero los dos a ciegas, yo por culpa de la oscuridad que ella originó: *fiat tenebrae*. Traté de buscar con la otra mano su otra teta.

—¡No!

Lo dijo ella con tal firmeza, tan fuera de tono, que me sacó de situación, y antes de preguntarle qué pasaba, qué había hecho yo mal con lengua o mano, me dijo:

—No, por favor, no me toques ahí. Puedes seguir como estabas pero deja en paz mi otra parte.

Se refería a la teta derecha, la que traté de encontrar, la que nunca encontraría. Era para preocuparse, pero estaba tan feliz de tenerla en cama, desnuda, entre mis miembros, abriendo ella ahora sus piernas, que me olvidé de su interdicción, mero capricho, y me subí sobre. Toda penetración es un conocimiento y llegaría el tiempo en que para tratar íntimamente a una mujer sería imprescindible acostarse con ella. Hasta ahora mi práctica del conocimiento era limitada porque para un cazador las únicas piezas que cuentan son las disecadas. Julieta era ya una mujer casada y había en ella una manía didáctica que la hacía indicarme por dónde entrar, cómo proceder, cuándo salir. Dulce solamente se preocupó la primera vez de disfrazar su desfloración —¿real, ficticia?— con adornos danzatorios: todo era culpa del ballet, y así mi primera penetración estuvo enmascarada por su hipocresía, por la danza que jamás empezó, Isadora Nunca. Con mi mujer fue el encuentro no con una virgen sino casi con la Virgen de la Caridad. Su educación religiosa, su verdadera religiosidad, más una cierta disposición a la histeria, convirtieron nuestra primera vez en la única vez por muchos días, una perforación más que una penetración, provocando hemorragias que me recordaban las hemoptisis de mi hermano y hasta la visión de la niñez, en el pueblo, de un muchacho que sangraba por la nariz sin causa conocida. (Esta primera desastrosa experiencia con una virgo intacta no impidió que pocos años después persiguiera la virginidad como una versión doméstica de Don Juan —Silvio Rigor, siempre aficionado a las metáforas musicales, habría dicho que era mi interpretación de la *Sinfonía Doméstica de Don Juan Strauss*— y me convenció de que la única manera de lograr una cierta inmortalidad en la memoria de una mujer era acostándose con ella primero que nadie, que la desfloración creaba un lazo, en algunos casos de amor, otras de odio, pero nunca indicaba indiferencia, y así la rotura de una mera membrana traía consecuencias inolvidables para la poseedora, que pasaba a ser la poseída y el primer penetrante resultaba un poseído, no en el sentido de excesivo orgullo, que no me interesaba, sino del alma que parecía residir detrás del himen y así liberada iba a alojarse en el amante. Curiosamente, con el acto viril de la desfloración, el hombre se hace un poco mujer.)

Pero ahora que Violeta se abría con la suavidad de sus carnes, que entraba yo en ese umbral del útero, me recibió como si llegara a mi casa, entré en sus casillas, el peón que se hace reina. En ese instante comenzó a moverse con una naturalidad que no pretendía enseñarme nada, que no me ocultaba nada, que lo ofrecía todo sin artificio y, al mismo tiempo, con un arte aprendido con la simpleza que demuestran, por ejemplo, ciertos pintores japoneses que parecían haber nacido pintando y, sin embargo, su edad, el cúmulo de experiencia, la misma calidad intemporal de su obra indica un aprendizaje porque, efectivamente, un arte siempre se aprende. No sentí celos en aquel momento por los múltiples amantes o el solo amante repetido que la enseñó a moverse —y no sólo a moverse porque era más que un movimiento, más que la succión hábil de la vagina, más que el golpe aparentemente de émbolo pero creado para recibir un pistón: su cuerpo, como en fuga, estirándose hacia un horizonte el cuerpo mientras dejaba detrás la vigorosa vulva, entregándome su pelvis cuando me hurtaba el torso, ella dividida en dos igual que si el coito la serruchara en un acto de vodevil vicioso: era como si huyera para entregarse, mitad y mitad, medio escape y medio enlace: era toda una actitud, indicando con la palabra no sólo la actividad sino la posición, eso que las ballerinas y los pilotos llaman *attitude,* mostrando que el sexo es un ejercicio mental que se ejecuta con el cuerpo —y ni siquiera me importó si fue ese alejado Alejandro ahora porque ella era, efectivamente, mía tanto como yo era de ella. Cuando alcanzó el orgasmo, cuando llegados los dos juntos al clímax, no gritó con el estruendo vocal de Julieta, que parecía considerar el bello arte del coito como un asesinato y que revelaba como su verdadero yo esa expresión que ella odiaba tanto: la vulgaridad. ¿O sería mejor llamarla vulvaridad? Violeta (aunque para mí había empezado ya a ser Margarita se quejó apagadamente pero con una intensidad que no estaba destinada para la galería (es un decir) sino para mí solo y fue un largo quejido que dio no sólo la medida de su orgasmo sino de un indudable, genuino sentimiento de gozo: ella gozaba conmigo pero, principalmente, gozaba para mí. No bien terminamos volvimos a empezar. Pero solamente lo hicimos dos veces, y tuve la impresión de que no había quedado yo bien. Esa sensación me asaltó la primera vez que estuve con Julieta, pero ella estaba en seguida dándome instrucciones (Cómo Conseguir un Coito en Cuatro Cuartetos), por lo que no me permitió hacerme consciente de mi ineficacia. También me pasó con Dulce, pero su premura en explicarme por qué no era virgen aunque lo era, la ridícula explicación y la comicidad de la situación, tampoco me hicieron advertir cómo es la falla en mi ejecución. Ahora era un hecho que yo, por una inhibición que no podía explicarme (o que hubiera llevado mucho tiempo investigar y encontrar su causa), resultaba un pobre amante la primera vez. Esa primera vez con Margarita (o Violeta del Valle, como debe llamarse todavía para la televisión, ahora, ay, haciendo papeles de madre o tal vez de abuela: nunca le pregunté su edad pero siempre me pareció que era mayor que yo —¿o era una imagen proyectada por su experiencia, su cantidad de vida vivida?) no quedé satisfecho con mi performance ni con mi hambre sexual. Esta última insatisfacción no se la declaré pero sí la primera, con una explicación que era la verdad pero también un cliché para salvar la cara.

—No suelo ser muy bueno la primera vez.

—No te preocupes —me dijo ella—. Has estado muy bien.

¿Hubo en su tono algo de la madre que no premia al hijo pero tampoco lo castiga? ¿O era no un materialismo amable sino el aliento de un director de escena con el actor que no ha quedado conforme con su propia actuación? En todo caso mostró una de sus cualidades en la cama: participaba del acto sexual, pero sabía separarse de su participación lo bastante como para juzgarlo. Una actriz amante del Verfremdungseffekt o V-Effekt, en el que V significara vagina, veterana, Venezuela. En el futuro vería algunas mujeres capaces de este desbordamiento de actriz y espectadora, pero ninguna lo realizó tan cabalmente como ella. Al mismo tiempo me mostró más de una vez que podía ser una mujer muy apasionada —tal vez demasiado.

—¿Te importa si me visto? —dijo desdoblada.

—No, en absoluto.

Se bajó por su lado de la cama en la oscuridad que había aumentado con la noche afuera, y en esa tiniebla su figura invisible se movía descalza para recoger su ropa y entrar al baño a arreglarse por *speculum enigmata,* donde cerró la puerta, ruido de cerradura, antes de encender la luz. Entonces yo fumaba cigarrillos —exóticos LM americanos—, habiendo abandonado la pipa de la guerra adolescente y sin haber adoptado todavía el tabaco, el habano, ese puro de marca. Hay en todo hábito una repetición y una síntesis, y un hombre que fuma es todos los hombres que fuman, y fumar después del coito es un hábito que no inventó Rodrigo de Xeres, descubridor del tabaco —es decir, del fumar esa yerba— a los europeos ni Sir Walter Raleigh que lo introdujo en Inglaterra, sino posiblemente su contemporáneo, el irreverente poeta Christopher Marlowe, que dijo que los que desdeñan al tabaco y el amor de los muchachos son idiotas, y me lo imagino inventando el hábito *of smoking after fucking*. Fumando la espero sentado en la cama, todavía dentro de las sábanas, desnudo bajo ellas, apoyado en las almohadas contra la cabecera, fumando la vi salir del baño: vestida tan elegante como cuando surgió por entre los cristales de la puerta —espejos con imágenes que multiplican su tránsito de la realidad exterior a la irrealidad del encuentro— en el Rex Duplex convenientemente maquillada —la boca de labios gruesos ahora desbordada por el rojo pastoso—, peinada en ondas largas y lista para abandonarme. Pero no: vino a sentarse en la cama, se sentó y se acercó tanto a mí que pensé por un momento, a pesar de su boca, que quería un beso —o una fumada.

—¿No notaste nada?

¿Cuándo? ¿Al salir del baño? ¿Al sentarse a mi lado?

—¿Notar qué?

—Cuando lo estábamos haciendo.

No pertenecía a la escuela de Julieta, que hubiera dicho haciendo el amor, ni a la de Dulce, que hubiera evitado referirse al acto sexual como no fuera para relacionarlo con algún oscuro escritor peruano que tal vez ni siquiera lo soñó. Alegría de Ciro. Ella usó un verbo, pronombres y un gerundio. Gramaticalmente era una oración.

—No. ¿Qué pasó?

Supuse que se iba a referir ella a su evidente ausencia de himen, estrechez o dificultad en el istmo. Por un momento pensé que tenía que ver conmigo, que era algo especial —un don, una cualidad, una caracaterística anatómica específica y oculta: no la vagina dentada voraz sino esa vulva versa que succiona con contracciones que son prácticamente un parto invertido y el pene se hace un feto en viaje de regreso— que mi concentración me había hecho pasar inadvertido.

—No pasó nada. Era algo que debía haber y que no existe.

No entendía nada. Me miró a los ojos.

—Eres muy inocente, ¿sabes? O muy dulce.

—Decídete por los dos —le dije en broma.

—No, en serio.

Estaba muy seria.

—Tengo que contarte algo. ¿Recuerdas cuando te dije no: cuando te prohibí que me tocaras el seno derecho?

Sí lo recordaba.

—Bueno, sucede que cuando yo era niña nosotros éramos muy pobres en Santiago. Mis padres están muertos y lo único que queda de mi familia es mi hermana. Yo era muy niña entonces y en casa no había electricidad, pero al lado de mi cama mi madre siempre ponía un quinqué. Una noche, con mi movimiento o porque estaba muy al borde del quinqué, cayó sobre mi cama y prendió mis ropas. Tuve una quemada muy grave en toda la parte derecha del cuerpo, pero no en la cara ni en el cuello ni en las piernas. Solamente en el pecho. Me llevaron al hospital y me vendaron, y tardé mucho tiempo en sanar. Cuando por fin me quitaron los vendajes las heridas se habían cicatrizado pero el brazo se me había adherido al pecho. Eso no tenía entonces más importancia que la inmovilidad del brazo. Estuve un tiempo, no recuerdo cuánto, con el brazo inmóvil y, finalmente, me hicieron una operación, hecha, como te imaginarás, en un hospital de emergencia, chabacanamente por un carnicero, y perdí parte del seno derecho, que todavía no era un seno porque yo era una niña, pero que debió crecer como el otro seno, que para colmo es grande y redondo, mientras al otro lado están todas las viejas cicatrices y el seno que me falta. Me hice actriz para ganar dinero y hacerme una cirugía plástica, pero vine a ganar dinero donde no hay muy buenos cirujanos. Ésa es una de las razones por las que he regresado a La Habana ahora, para operarme, pero el cirujano plástico de aquí, el doctor Molnar, dice que he perdido mucho músculo y las glándulas no se formaron, por lo que la operación es más difícil de lo que creía. Si no inútil.

Había hablado sin parar, como si recitara o se tratara de otra persona: es evidente que no se tenía ninguna lástima. No había dejado de mirarme a los ojos, la luz del baño entrando por la puerta abierta al caer directamente en la cama.

—Bueno, ahora lo sabes todo de mí. ¿No tienes nada que decir?

Iba a decirle que no tenía importancia (que es mi reacción verbal usual cuando algo tiene mucha importancia) pero antes recordé cómo fueron sus senos más que sus ojos lo que me atrajo esa tarde en el sótano universitario y cómo los había visto resplandecer parejos por encima de sus ropas tantas veces —uno de esos senos era de utilería, postizo, mero relleno. Era como si me revelara que uno de sus grandes ojos verdes era de vidrio.

—No tiene importancia —le dije finalmente—. Me gustas igual.

—Pero eso significa que no me verás nunca desnuda, que hay una parte de mi cuerpo que no podrás tocar jamás, que estoy, como se dice, medio vedada para ti.

—Queda todo el resto —le dije—. Que es mucho.

Tal vez demasiado para mí —su cuerpo quiero decir, con esa cualidad que los cronistas carnales llamaban escultural y que en inglés se designa por una palabra no menos cómica y al mismo tiempo imponente: *statuesque*. Ella era una suerte de versión de Venus a la que faltaba un pedazo de mármol, copia de Cirene, África antigua, que siempre me produjo erecciones su monumento.

—Bueno —dijo—, ¿podemos irnos ahora?

Parecía como si le disgustara estar un momento más en aquel cuarto que era para desnudarse, para el esplendor de la carne, para el amor total.

—Nos vamos entonces —le dije, y al levantarse ella salí de la cama. Me vestí rápidamente. Siempre me visto con más maña que me desnudo —pero todavía los pantalones se me traban en los talones nudos.

Cogimos un taxi que se negó —es decir, no el vehículo sino su chófer— a entrar por su calle sin salida y nos bajamos en San Lázaro, que ya se sabe que no es mi calle habanera favorita. Pero después de todo tendría que acostumbrarme a ella: no siempre nos íbamos a encontrar en el *lobby* del Rex Cinema. Caminando las dos cuadras que nos separaban de su casa recordé de pronto por qué este trozo de calle me era familiar. No era por el cementerio de Espada, ya que debía de hacer cien años que no enterraban a nadie ahí, el cementerio clausurado, hasta olvidado. El recuerdo era de haber venido a visitar a dos hermanas con Roberto Branly. Una de las hermanas tenía la cabeza de clavo y era gorda: una cretina sin cura que crecía hacia los lados mientras la cabeza se le iba achicando cada vez más, como si hubiera sido raptada por los indios jíbaros y le hubieran reducido el cráneo estando viva: una tsantsa que camina —o al menos que se sienta, porque siempre estaba sentada en su mecedora y se movía atrás y alante todo el tiempo. La otra hermana, espejo lúcido, era una verdadera belleza: alta, con un cuerpo que era demasiado adulto para sus dieciséis años y el pelo rojo —pero también era medio zonza. En todo caso yo era el tonto completo porque acompañaba a Branly a estas excursiones amorosas (que eran, por otra parte, ejercicios a cuatro manos: las de Branly ocupadas, las mías inútiles) y que no tenía papel que jugar, ya que Branly venía con su guitarra amarilla, barnizada, bruna por el tiempo, y cantaba sus boleros, mejor dicho sus canciones cáusticas, pues Branly era un adelantado y ya a finales de los años cuarenta componía canciones con armonías intrincadas, alejado de la obligada cadencia tónica-dominante que de veras dominaba el bolero cubano, y esta muchacha, que era todo el público que podía tener Branly (aparte de la chica cabeza de clavo que se mecía sonriendo como un metrónomo, moviendo su microcabeza como el péndulo de Maelzel —permiso para una digresión: ¿no hay una cierta siniestra simetría en que Maelzel, inmortalizado por Poe, luego de apropiarse del metrónomo, se apoderó y perfeccionó un autómata que es conocido como el Jugador de Ajedrez de Helzel?, el alemán un genio de la apropiación de lo ajeno), la belleza pelirroja, llamada para colmo Bárbara, sonriente como su hermana —de hecho las dos sonrisas, una en la cabecita y la otra en la hermosa cara rodeada de pelo rojo, parecían ser la misma, confiriendo a la microcéfala una como belleza, mientras que su hermana perfecta participaba del carácter grotesco de la sonrisa deforme, señalando que venían de la misma familia, que eran sin duda hermanas y en ciertos momentos, ciertas noches, parecían gemelas idénticas. Bárbara oía la música de Branly, que cantaba con voz apagada después de largas introducciones y rondas caprichosas con su

escaso aire sus canciones avanzadas como centine-
las perdidas, y decía ella de cuando en cuando:
«¡Ay, Robertico, pero qué linda melodía!», cuando los sonidos que producía Branly en su pobre
guitarra —acordes sin solución, invertidos, disonantes— eran todo menos melodía. A veces llegué a pensar que Bárbara era realmente la cretina
de la casa y que la silenciosa muchacha (era tan
joven como Bárbara, aun su minúscula cabeza la
hacía parecer a veces una niña injertada en una
mujer gorda) que se movía metronómicamente
en su mecedora, como marcándole el tiempo a los
contracantos de Branly, era una crítica musical
de una enorme sabiduría, que se reservaba su co-
mentario —sin duda adverso— de las composi-
ciones de Branly, esos solos de cuerda, esos concier-
tos de Branlyburgo, esas serenatas para enamorar
a Bárbara, que su hermana censuraba silenciosa,
posteridad presente.

  Estos recuerdos me tomaron unos pocos
metros, el espacio de abandonar el taxi renuente
y el momento en que Margarita —ya no sería más
Violeta del Valle para mí— me tomaba del brazo,
me hacía su Armando, ella, la amante condenada, cambiada la tuberculosis finisecular por una
mutilación, la imperfección invisible convertida en una enfermedad que era capaz de hacerse
más visible que sus cicatrices: estaba convencido
de que nunca la vería desnuda, ella que vestida
era una belleza, eso que se llamaba en La Habana
una real hembra —y fue en ese instante que regre-

sé del recuerdo, que sentí su brazo suave sobre mi brazo (la suavidad no estaba en su piel, que no sentía por sobre mi camisa y mi chaqueta, sino en la levedad con que lo colocó) que supe que me había enamorado, tal vez por primera vez. Sé que tenía que revisar mi pasado y llegar a la conclusión de que en los amores anteriores solamente me creí enamorado, que nunca estuve enamorado de Julieta y mucho menos de Dulce, y que el amor breve, falla de mi carácter, que sentí por mi mujer lo había anulado en seguida al conocerla íntimamente. Con Margarita, sin embargo, era el amor y lo sentiría, gozaría, sufriría a pesar de su personalidad —o por ella misma.

Caminamos despacio. Margarita caminaba despacio. Con una suerte de firmeza demorada. Sus carnes se mantenían en su sitio más de un momento. Sin nada de flaccidez. Como mostrándose en un esplendor. Pensándolo bien, ninguna de las mujeres que habían significado algo en mi vida, desde la lejana Beba, discurriendo por los pasillos de Zulueta, 408 como un bolero lento, hasta Margarita, ni una sola de ellas caminaba rápido. La única excepción era mi mujer, que se movía con una celeridad inestable. Pero Julieta, por ejemplo, era un espectáculo a cámara lenta verla bajando por la calle Inquisidor, moviendo sus caderas a un lado y otro, con un movimiento que invitaba a los piropos invariables, mostrando su reducido gran cuerpo y a propósito demorando su paso por las calles estrechas de La

Habana Vieja entre una pasarela de miradas masculinas, de voces y hasta de gestos amorosos que a veces se convertían en toqueteos —para conseguir de Julieta la sempiterna exclamación: «¡Qué vulgaridad!» Tal vez tuviera que ver con el desplazarse sin premura de estas habaneras (aun la habanera adoptada que era Margarita, ahora visitante de la noche, como la llamaría Germán Puig) el ámbito tropical, el calor, el dejarse acariciar por la brisa marina —pero, ¿por qué rayos no se apresuraban de día, bajo el sol tórrido, en la calígene, con aire de horno?

Llegamos finalmente a la puerta de su edificio y nos detuvimos allí para despedirnos, yo deseoso de concertar una nueva cita amorosa, ella morosa: ya desde la salida de la posada la sentía eludir mis alusiones a un nuevo encuentro. ¿Sería Margarita flor de un día? Decidí preguntarle directamente:

—¿Cuándo nos vemos de nuevo?

Todavía se demoró en responder.

—No sé —dijo por fin.

—Mañana por la noche.

—No, mañana, no. Tengo que salir.

—¿Con quién?

Me miró como reprochándome que me mostrara tan inquisitivo, tal vez posesivo.

—Con una persona —dijo.

—Con una persona, por supuesto. No ibas a salir con un fantasma —dije aludiendo al cementerio al eludirme ella.

Se sonrió.

—¿Para qué lo quieres saber?

Teoría del conocimiento, le iba a decir. Es el problema de nuestro tiempo. *This age of Kant.* Pero le dije:

—Para saberlo.

—Es una persona que no significa nada para mí, mucho menos para ti. Un ajeno insignificante.

—Bueno, quiero saber quién es ese enano extraño.

No se rió, ni siquiera se sonrió, sino que volvió a demorarse, a tomarse su tiempo, que era mi contratiempo.

—Es el dueño de una emisora. Es esa que está en el último piso del edificio Palace.

¡Mierda de Palace! Siempre surge en mi vida como un intruso de piedra.

—¿Qué tienes que ver con él?

—Tengo un compromiso ineludible.

—¿Tuviste que ver con él?

—¿Para qué lo quieres saber?

—Para saberlo.

Singaron, seguro. *This age of cunt!*

—Si lo tuve fue en el pasado. Estamos en el presente.

—Mañana es el futuro. Será el presente para ustedes dos.

—No, no tuve nada que ver con él. Es una persona mayor. Es como si fuera mi padre.

—Pero no es tu padre. Además, hay relaciones incestuosas.

Se sonrió, aunque yo no tenía intención de hacer un chiste. El incesto es cosa grave.

—Eres cómico.

—Lo digo muy en serio.

—Pero resultas cómico.

Iba a agregar algo más agrio cuando vi en su cara, su cabeza recostada contra el marco de la puerta sin puerta, yo dándole la espalda a la calle, que ocurría algo detrás de mí.

—Ahí viene mi hermana.

Me di vuelta a tiempo para ver la mujer que llegaba. Si Margarita era linda, esta aparición era bella, más bien hermosa. Aunque tenía la cara más delgada que Margarita, toda huesos, de hecho, su boca no era tan generosa como la de Margarita, con los labios parejos, el de arriba una imagen en el espejo del de abajo, los pómulos más altos que Margarita, pero mejor construidos, con las mejillas hundidas y unos grandes ojos que parecían desplazar toda otra facción de su cara. No eran verdes como los de Margarita sino amarillos, de un amarillo claro y a la vez brillante, lo que hacía intensa su misma mirada. No llevaba ningún maquillaje y vestía sin mucha elegancia, más bien con simpleza. No tenía el cuerpo de Margarita —es decir, el que Margarita mostraba por encima de sus ropas—, ya que la poca cintura hacía aparecer anchas sus caderas y bastante basta su figura. Era más alta que Margarita.

—Mi hermana —dijo Margarita, abandonando su posición en la puerta.

Su hermana se sonrió por toda respuesta. Había como una profunda tristeza en toda ella: en sus ropas, en su cuerpo, en su cara y hasta en su sonrisa y en sus ojos, que me miraron por un momento.

—Mira —le dijo Margarita—, éste es el muchacho de que te hablé, el que me escribió la carta ésa el otro día. Ésta es mi hermana Tania —me dijo a mí.

—Mucho gusto —le dije, y estuve a punto de tomar su mano, gesto que ella vio como si fuera tan arcaico como un besamanos. Ni siquiera respondió a mi saludo, sino que dijo:

—Oiga, usted hace cosas extrañas. —Creí que se refería a mi mano—. Esa carta.

Hubo un silencio intolerablemente embarazoso, del que me salvó Margarita:

—No tiene importancia, mi hermana. Ya él se disculpó.

Pero tuve que insistir:

—Le pido que me disculpe. Fue una cosa repentina.

—Pues tiene usted unos prontos... —dijo ella sin siquiera quejarse: era una mera declaración.

—Tiene usted razón. Fue una estupidez mía.

Pero ella se adelantó hasta la puerta sin hacerme caso. —Yo subo en seguida —dijo Margarita, que se había convertido en una versión popular de Catia Bencomo. Irécomo.

—Está bien, no te apures —dijo su hermana—. Por ahí viene Pepe.

Me dio la espalda en el momento en que yo tendía la mano para (no sé aún realmente) dársela, para despedirme con un movimiento amistoso o tal vez para ambas cosas. O era mi viejo reflejo social, todavía activo. Tenía la mano extendida cuando ella ya había desaparecido escalera arriba.

—Lo siento —le dije a ella.

—¿Qué cosa?

—Lo ocurrido, el efecto en tu hermana.

—No te preocupes. Siempre pasa así. Ni los años la han hecho olvidarse.

Me pareció una exageración. Era evidentemente hiperbólico hablar de años: no habían transcurrido más que días, una semana escasa.

—¿Los años?

—Sí —dijo Margarita—. Ya hace cinco años. Más.

¿Cinco años? ¿Más? ¿De qué hablaba?

—¿Cómo cinco años? —le pregunté, y ya iba agregar: «Serán siete días», cuando ella explicó:

—Mi hermana Atanasia —se detuvo—. Su verdadero nombre es Atanasia, pero es un nombre tan de campo, que yo se lo cambié desde chiquita, pero ella es todavía Atanasia en el Registro Civil, y hasta insiste en darlo como su nombre cuando hace falta.

—Apostaría que tú tampoco te llamas Margarita.

Ella me miró, entre sorprendida y divertida, y ganó la diversión:

—¿Cómo lo sabes?

Le iba a decir que era intuición onomástica, pero le dije:

—Adivino que soy.

—Pues bien. No me llamo Margarita, pero no te voy a decir mi verdadero nombre. Es tan horrible, que lo llevo oculto. Mis padres no tenían idea de lo que marca un nombre.

Hasta ahora era yo el que había hecho los cambios de nombres, y así Julia devino Julieta y Dulce se vino a llamar a veces Rosa, pero éste era mi primer encuentro con el enmascaramiento por los nombres: cubrir un estigma. Aunque yo mismo usaba a menudo un seudónimo (había llegado a usar en realidad cinco) pasarían unos años antes de encontrarme con gente que se cambiaba el nombre como de traje —sobre todo mujeres—. Pero he hablado de estas metamorfosis en otra parte. Quiero ahora simplemente anotar mi primer encuentro con una persona que descartaba nombres como una serpiente la piel. Tal vez el próximo encuentro con ella significara un nuevo nombre. *Call me Ismaela.* (Aunque Julieta Estévez regaló por lo menos sendos nombres franceses a su marido y a su amante, eran meras traducciones, no bautizos.)

Pero más que su nombre tras su nombre me intrigaba saber el secreto detrás de la sonrisa triste de la hermana de Margarita.

—¿Qué le pasó a tu hermana?

—Ah, pues ella estaba casada con un hombre al que quería mucho. Con locura. Quiero decirte que nosotras somos muy apasionadas. Que te sirva de advertencia. Era un muchacho muy lindo que la quería mucho. Esto ocurrió en Santiago. Un día ellos salieron a dar una vuelta y alguien nuevo en el barrio o un buscapleitos, no sé, cuando ellos pasaron le dijo un piropo a mi hermana, una verdadera grosería, sin respetar a su marido. Éste salió a defender su honor y el otro tipo le clavó un puñal en el corazón.

Aquí no hizo Margarita una pausa, sino la hago yo ahora para reflexionar sobre su uso de la palabra puñal. Un poco más y dice una daga y hace de la narración una tragedia renacentista. ¿Por qué no había usado una palabra más usual, como cuchillo, que fue posiblemente el arma que usó el agresor?

—Mi cuñado cayó muerto delante de mi hermana. Al otro hombre, al asesino, nunca lo cogieron. Pero eso no importa. Lo terrible es que la vida de mi hermana, que era tan feliz, se convirtió en una tragedia. Se volvió como loca, sin querer admitir que su marido estaba muerto y enterrado. Con pesadillas de noche y alucinaciones de día. Hablando con el difunto todo el tiempo. Fui yo finalmente quien la convencí de que viniera para La Habana, porque para colmo la familia de su marido la acusaba de ser causante de su muerte por ser una mujer tan provocativa. Pero, dime tú, ¿qué culpa tenía mi hermana de ser bella?

Entonces me pareció una tragedia truculenta a veces, otras un drama didáctico —era un destino que se podía repetir—. ¿Qué pasaría si alguien usara un piropo brutal con Margarita mientras iba conmigo? ¿Cómo debía reaccionar yo? ¿Estaría el bestia con el cuchillo todavía en acecho? Tal vez una premonición o el mero recuerdo la había hecho actuar con tantas precauciones en la calle cuando iba conmigo esa tarde. Quizás ella temía que había una daga destinada al corazón de su compañero, venida desde el fondo de la memoria para hacerse realidad en la herida. Pude conjeturar sobre ese destino más tarde, otras veces. Ahora me apenaba la suerte de su hermana, condenada por su belleza. Pero a veces, luego y sobre todo ahora, tiendo a pensar que todo fue una dramatización de Margarita y que nunca ocurrió ese drama simétrico de la belleza, la posesión de la belleza, la lujuria por la belleza, la muerte por la belleza, la condena por la belleza. En todo caso guardé un silencio que era prudente, pero debió parecer respetuoso —que duró hasta que llegó Pepe, evidentemente el marido actual de Tania (decidí aceptar su nombre ruso junto con su tragedia española), que saludó a Margarita y a quien vi pasar y subir las escaleras como el prototipo del cubano (mejor dicho, del habanero: en mi pueblo, tal vez por la pobreza, la gente tendía a ser magra, casi Quijotes y poco Panzas) con sus caderas tan anchas como los hombros, el pelo raleando desde la frente sin darle visos de inteligencia a la cara, caminando escalera arriba con su paso regular. Evidentemente, por su voz, por su aspecto, por su ropa era una persona decente, tal vez el dueño de una bodega o de un café de esquina—, en todo caso alguien que no se merecía aquella belleza triste con su sonrisa que no llegaba a ser sonrisa, que era como la mueca bella impresa sobre su cara perfecta. Al poco rato, Margarita me dijo:

—Voy a subir. Me quiero acostar. No sé por qué estoy tan cansada.

No se lo iba a revelar yo, pero el sexo fatiga, sobre todo su clase de sexo. El conocimiento carnal cansa.

—¿Cuándo nos vemos? —Era yo, implacable que soy.

—No sé. Yo te llamo.

—Está bien.

Como consolación por la fisiología, me premió con un beso suave sobre los labios, sin llegar a mancharlos de pintura escarlata. Estábamos bajo la luz de la entrada del edificio y entonces no se veía mucha gente besándose en la calle en La Habana, donde era un delito contra la moral, violación del orden público y atentado contra las buenas costumbres. Otra cosa sería apenas tres años más tarde: muchas cosas cambiarían para entonces, pero no las iba a cambiar Margarita ahora con un solo beso: ahí estaba todavía la luz, ahí estaba la moral al uso. Pero para Margarita un beso era una despedida apropiada.

—Vaya —me dijo. Pero no me moví del sitio—. ¿No te vas?

—No —le dije. *Here I stand. As I cannot do otherwise—,* quiero verte subiendo las escaleras.

Se sonrió maliciosa.

—¿Crees que voy a salir de nuevo por casualidad?

Nada estaba más lejos de mi mente.

—Ni me pasó por la cabeza.

Ella nunca adivinaría mis motivos privados que tuve que hacer públicos.

—Solamente te quiero ver subiendo los escalones, uno a uno.

Se sorprendió un momento pero, al ver mi cara, la expresión de absoluta seriedad del Charles Voyeur, mis ojos de Salvador Díaz Mirón, mis manos todas *peeping thumbs,* me dijo:

—Está bien. —Y entró y procedió a subir los peldaños, acto en que su cuerpo se hacía elástico, al empujarse hacia arriba perdiendo un momento el equilibrio, y volvía a estabilizarse al alcanzar el próximo estadio de ascenso, sus caderas cubiertas de calicó formando diseños de carne inestables y hermosas, desapareciendo los muslos largos por debajo de la falda: era una ascensión carnal: mujer vestida subiendo una escalera.

El domingo fue doméstico más que domesticado, porque tenía siempre su fiera enjaulada dentro de mí. El lunes siguiente lo pasé soñando con ella: la tarde en el Ciro's que fue una educación, mi Ciropedia, el sexo a oscuras (¿qué color tiene el pubis en la oscuridad?), el temblor táctil de su carne en tinieblas, el *braille* de su piel y su cuerpo con suavidad de esponja abisal, me hundieron en ella a veinte mil leguas de viaje subcutáneo. Pero estaban también mis torturas actuales esperando inútilmente su llamada, maldiciendo que no me llamaba, sabiendo que no me llamaría: las mujeres tienen una razón que el corazón no comprende —y deseando todo el tiempo, entre sueños y alucinaciones producidas por su falopio, verla, volver a verla siempre—. Cuando terminé mi trabajo forzado, Ben-Hur de las galeradas, liberado por el cine, yendo al cine ya que era mi noche de estreno pero apenas viendo la película (era una historia de amores imposibles, *Senso* o *Huracán de verano*, en que me curaba de mi obsesión por Alida Valli para caer en el mar de Margarita, sin tocar fondo) el deseo de verla a ella en cuatro dimensiones, las tres dimensiones de la vida y la cuarta dimensión del recuerdo, convertido ahora en necesidad como de droga dura, en una imperiosa gana que era absolutamente irracional porque bien podía esperar un día o dos a que ella me llamara. Fue impulsado por esta ansia totalmente insana que me encontré caminando del cine hacia su casa (después de todo no era tanta la distancia real: todos los cines de estreno ahora, con excepción del Payret, del Acapulco y del Rodi —lo mismo vale para el Trianón de enfrente— quedaban a poca distancia de su casa), bajando la irredimible San Lázaro,

llena de llagas, doblando por Soledad y llegando
hasta el final de su calle, la noche cálida habanera
calentando mi cuerpo caminante después del excesivo aire acondicionado del cine, que hacía mi
chaqueta necesaria, innecesaria ahora, llevada en
la mano, cogida por la punta de los dedos y col-
gando sobre un hombro como una capa quevedia-
na, dejando que el tibio terral me secara la camisa sudada en la espalda por la caminata, que
tocaba ahora a su fin, como la calle. Espada, ca-
balleros.

Miré la hora. No era tan tarde para La Habana, que solía ser una ciudad nocturna, que dejaba atrás los hábitos de aldea andaluza cada día
más y se acercaba ahora a esa calidad noctámbula
de la vida en la noche de una capital. Mi ideal
era vivir de noche, atender a mis asuntos y a mis
amores, dormir de día y suicidarme ante un edicto adverso, abriéndome las venas bajo una ducha
tibia. Petronio, servidor de mi César. De regreso
de Roma no creía que Margarita se hubiera acostado todavía. Con esa certeza subí los escalones
que me serían tan familiares en unas horas y toqué
a la puerta. No abrió nadie. Pensé que después de
todo tal vez ella ya estaría durmiendo. Estaba
decidiendo si irme o volver a tocar, tirando al aire
una moneda mental, cuando se entreabrió la puerta. Surgió un segmento de cara que no reconocí
hasta que la puerta se abrió más y la cara era la de
Margarita, sin maquillaje y alterada por el sueño;
pero no: era su hermana.

—Ah, es usted —fue lo que dijo.

—Sí, perdóneme que venga a molestar a esta hora. ¿Margarita no está?

Fue bueno que ella me dijera que se llamaba más o menos Margarita porque habría sido ridículo preguntar por Violeta del Valle a esa hora. Pero en seguida me asaltó una duda: ¿Y si en realidad su hermana nada más que la conocía por su verdadero nombre, oculto como un estigma, que yo ignoraba?

—No, no, todavía no ha vuelto.

Ella debió notar la consternación en mi cara, porque abrió más la puerta y pude ver que estaba en refajo: fiel a la imagen de las mujeres de su tiempo, dormía en refajo. No tenía mal cuerpo, visible hasta los medios senos que salían por entre el satín: tenía una cierta perfección en su pareja piel oliva. Se parecían mucho Margarita y su hermana, aun en su leve, tenue, casi imperceptible mestizaje.

Las hermanas —¿cómo rayos se llamarían?— como buenas santiagueras tenían entre sus componentes raciales ese elemento esencial etíope —por supuesto mi Etiopía era tan literaria como la del abuelo de Pushkin: aquí había que hablar de Dahomey, del Calabar, de los campos del Níger—. ¿No era, después de todo, la heroína de ficción favorita de la isla desde el siglo XIX una mestiza llamada Cecilia Valdés, la mulata nacional? Ni Margarita ni su hermana eran mulatas, pero se acercaban al arquetipo. Ella, por supuesto, ignoraba mis reflexiones, reflejando sólo soledad en mi cara, como contaminado por el nombre de la calle.

—Pero debe de estar al volver —me dijo, refiriéndose a la elusiva de su hermana—. ¿No quiere esperarla dentro?

La pobre, despertada violentamente por alguien que era casi un desconocido, un intruso, no reaccionaba con enfado, sino que era hospitalaria y me invitaba a pasar a su casa.

—No, gracias. La veo otro día.

—¿Quiere dejarle algún recado?

¿Me provocaba a escribir otra carta, otros insultos deshonestos?

—No, nada más que estuve aquí.

—Está bien —me dijo, y cerró la puerta gentilmente.

Bajé la escalera como un derrotado porque pensaba no en Cecilia Valdés ni en la mulata ideal, sino en dónde andaría Margarita y qué estaría haciendo con quién. Salí a la calle Soledad y eché a andar en busca de San Lázaro, pero al llegar a la esquina me di media vuelta y regresé al edificio donde vivía Margarita. Decidí esperar a su regreso, ver con quién volvía y confrontarla con el hecho de estar hasta tan tarde en la calle —porque de pronto se había hecho medianoche—. No habían pasado más que unos minutos desde que comprobé que no era tan tarde para visitar a Margarita, pero el tiempo es evidentemente relativo y mi estado de ánimo lo compro-

baba con más precisión que los ejemplos más
simples propuestos por Einstein. Envuelto en la
física de los sentimientos me recosté al marco de
la puerta dispuesto a esperar: después de todo
ella no debía tardar mucho en regresar. Miré la
escalera de cemento que ella había llenado con
tanta carne vestida —pensé en su carne desnuda, en unas manos masculinas recorriendo ese
temblor tibio que sentí en la oscuridad del túnel
del amor—. Para no desesperar por la espera y
por mis recuerdos que eran imaginaciones eróticas decidí recorrer la historia de la calle como
otra forma de pasar el tiempo mientras lo me-
día. Ahí detrás estaban los restos del cementerio
de Espada, como quien dice el cadáver de un
cementerio. El camposanto (eso es lo que era) se
llamaba de Espada porque fue construido de
acuerdo con los consejos del obispo Espada en el
siglo XIX, después de las muchas protestas de las
llamadas fuerzas vivas (supongo que hay aquí
una ironía en el hecho de que las fuerzas vivas se
pronuncien sobre las que se pueden llamar fuerzas muertas) de la ciudad, cada vez más creciente, contra la costumbre de enterrar cadáveres en
las iglesias. Es evidente que ya entonces abun-
daban más los cadáveres que las iglesias, aun en
una ciudad tan pía como La Habana del siglo XVIII.
Así vino a construirse el cementerio de Espada
en una zona de extramuros que ya se llamaba San
Lázaro (y que entonces debía ser una calle tan fea
como ahora) y fue fundado el flamante cemente-

rio de Espada, donde se enterraba a los muertos en nichos, práctica que no tardó en hacerlo obsoleto —o al menos superpoblado. Hoy (es decir, ayer) no quedaba nada del cementerio, o al menos no podía ver lo que quedara sentado en el escalón superior de los dos que accedían a la entrada del edificio. Pero detrás de esa zona oscura fue donde jugaron unos muchachos con una calavera y dos tibias sin darse cuenta de que era el símbolo de la muerte. Eran estudiantes de Medicina, de ahí su familiaridad con esqueletos, pero también tuvieron la desgracia de ser entusiastas bajo una tiranía. Se pasearon en una carretilla que antes servía a funciones más fúnebres, mientras esperaban la lección de anatomía. Dejaron de jugar cuando apareció el barbudo profesor, pero su juego resultó mortal. Alguien advirtió poco después que el cristal del nicho de un prohombre español había sido rayado —es decir, execrado—. En seguida surgió la especie de la profanación de la tumba de un héroe hispano y la acusación contra los estudiantes cubanos fue automática. Pronto se inició un proceso que culminó cuando varios estudiantes de Medicina fueron condenados a muerte —entre ellos algunos que no habían asistido a clases en el cementerio y otros que ni siquiera estaban en La Habana cuando se cometió el supuesto delito de lesa mortandad—. Todos los condenados fueron elegidos por sorteo, la justicia convertida en arte aleatoria. Ocho fueron fusilados y en su asesinato —no puede tener otro nombre la ejecución—, al tiempo que mostraron, políticamente, que el Gobierno colonial se convertía en poder totalitario, se hicieron inmortales y tienen una gran plaza como monumento en el sitio que fueron fusilados, el Parque de los Mártires. Nadie recuerda el cementerio y la tumba supuestamente ultrajada (y el muerto profanado) cayó en el olvido, pero todos los estudiantes cubanos recuerdan a los estudiantes de Medicina fusilados y su inocencia ha vencido no sólo su condena, sino a la muerte —¿será que la memoria es imperecedera, que no lo es la vida, que el recuerdo puede salvar de la muerte?

En parejas preguntas estaba cuando regresé de la memoria histórica a la calle desierta, a la ciudad actual y a la noche. Dos patrias tengo yo: La Habana y la noche, pero parecía tarde. Decidí conocer una segunda opinión y consulté mi reloj: eran las doce y media. Debí demorarme demasiado entre mártires y tumbas para que el tiempo pasara tan abrupto. No se veían señales de Margarita, ahora margarita de la medianoche. Me levanté y recorrí la acera hasta la esquina. No había nadie, ni siquiera una pupila insomne. Una calle más allá, por San Lázaro noctámbulo, pasaban algunos ómnibus y autos. Comencé un largo proceso habitual que empezaba en la inquietud, se continuaba en el desespero y terminaba en la furia. Pero aún estaba en sus inicios. Todavía podía regresar a la puerta de su edificio, pero el propósito era oscuro porque era evidente que ella no iba a volver por ese extremo, ciego, heroína entre tumbas. No era una sombra del cementerio lo que yo esperaba, sino su carne viva. Tal vez sentía que era más natural quedarme en la entrada de su casa que en la esquina. Pero, ¿qué hay de natural en la espera? Esperar es un arte o una filosofía. Lo natural es la impaciencia. Además, me temía que no regresara sola. Volví a sentarme en el duro escalón de la entrada, frío como una losa, sin crónica que contarme, sin espejo de martirio en que verme, sin reflexión que hacer, solamente mirando la escalera por la que subió vestida ella y acuciado por ese lúcido frenesí, que dan los celos, que proyecta imágenes oscuras, volví a ver a Margarita, esta reina Margot en una cama y desnuda (lo que era un prodigio de imaginación: mi linterna mágica), acostada con otra persona (lo que era más que una posibilidad) y la mera idea de que ella pudiera ya no dar, sino sentir placer con alguien que no fuera yo resultaba intolerable: era yo Yago de mi Otelo. Ocelo. El tiempo pasó lentamente, pero como los minutos eran idénticos, sin nada que los marcara excepto la comprobación que yo hacía al mirar la esfera del reloj (aunque si alguien me hubiera pedido en ese momento la hora habría tenido que fijar mi atención en las manillas para poder darla con exactitud), como los mismos cuartos de hora y las medias horas eran indiscernibles, el tiempo pasó rápido —excepto por mi humor, que marcaba cambios que iban del desaliento a la ira para volver a una calma inútil porque inmediatamente pensaba en ella, Margarita marchita, la imaginaba en las posiciones sexuales (no podía decir que fueran amorosas) que resultaban de una lascivia y una obscenidad insoportables, aunque de haber estado ella conmigo habrían sido de una belleza inmortal y una fuente erótica inagotable. Pero como no la había visto desnuda, como no sabía de su anatomía más que lo que dejaba adivinar la ropa (más revelada cuanto más lejos del sexo, como cuando subía la escalera toda vestida, Margarite Duchamp), eran posiciones de su cuerpo durante el acto sexual totalmente imaginarias y aunque yo no lo sabía entonces esas imaginaciones me ayudaban a sofocar los celos: esa mujer en un sesenta y nueve grotesco no era ella, era una visión, un doble, tal vez hasta sacada de las novelitas leídas hace tanto tiempo o inventadas por mí no para placer, sino para tormento: la rueda sexual, el potro de Margarita, las tenazas para pezones. Nunca había sentido celos semejantes. Sí, había una ocasión remota en que mi prima hermana, hermana casi de crianza —de nuevo los ojos verdes como amor y odio: el principio del dolor— se entretenía en inocentes juegos sexuales con Langue, el niño rubio de la casa del fondo en el pueblo, después de haberme besado ella el día anterior. Pero esa visión pertenecía a la más remota niñez, al tiempo que descubrí el amor y los celos producidos por la misma persona, un agente de doble inoculación, la vacuna actuando antes que el virus y los dos entremezclados en el tubo de ensayo de ese recuerdo infantil. Cuerpos y anticuerpos.

Miré el reloj y vi que era la hora española: eran las tres. Las tres de la mañana: yo que había hecho feliz muchos chistes con esa hora considerada como un título, el nombre del vals que tanto gustaba a mi madre, la hora cumbre de la madrugada, estaba de pronto presa de esa medida exacta. Había mirado el reloj y eran exactamente las tres de la mañana: no las tres menos cuarto o las tres y cuarto, sino las tres precisas, antes preciosas, ahora precipitadas. Debí mirar el reloj otras veces, pero no registré la ocasión, y de pronto era el momento decisivo, lo que se llama la hora de la verdad: era yo, como el patético Vicente Vega, como mi misma mujer, engañado. La diferencia dolorosa estaba en que yo lo sabía. Había resultado cornudo por adelantado, coronado antes de haberme sentado al trono, sentenciado antes del vero edicto. Además, ¡eran las tres de la mañana! No sólo estaba la escandalosa fuga de Margarita sabe Dios con quién, sabe el diablo dónde, sino el hecho de que nunca había estado hasta tan tarde fuera de mi casa después de casado. ¿Qué excusa iba a dar? ¿Qué iba a decir? ¿Cómo explicar que el estreno de una película, de un deber, pasara a la ausencia inexcusable? Me puse en pie para regresar a casa, al mismo tiempo que como un barrenillo trataba de idear, gusano que no muere, una invención de Morella, de poeta con delirio, tremenda (un accidente aparatoso a un amigo ausente: a Fausto le estalló una probeta —pero no, Fausto está ineludiblemente unido a Margarita; se descubriría todo: habrá que inventar otro incidente improbable: mientras más grande la mentira, mejor: gracias, Goebbels—) cuando en ese momento entró una máquina por la calle y siguió hasta la esquina de Jovellar, donde se detuvo, iluminando mi figura sombría alegremente. Pensé que alguien se había equivocado y tomado la calle ciega por una abierta, pero cuando los faros me dieron de lleno en la cara supe, sin música de cítara, que me concernía. Me oculté tras el marco de la puerta, pero seguí atento al coche. Se bajaba de él una mujer, quien después de descender se entretuvo en hablar con alguien, evidentemente el chófer. Como en La Habana era imposible distinguir una máquina particular de un taxi, pensé que ella estaría pagando el viaje, la mujer escrupulosa en liquidar sus gastos o en contar su vuelto. Pero la mujer equis se tomó demasiado tiempo junto al automóvil y aunque llegué hasta pensar que el chófer tenía problemas con el cambio, conversión en vez de conversación, pronto supe —o mejor, adiviné— que no era una mujer anónima aquélla, sino que se llamaba Margarita o como se llamara ella realmente. Peor, no se trataba de un taxi, sino de un coche particular que la devolvía a su casa, impedido el vehículo de llegar hasta donde yo estaba, su casa, porque era una maniobra difícil salir de aquel callejón sin salida y además era evidente que el chófer —no un autista, sino su amante— iba a subir por Jovellar. Un golpe de faros nunca abolirá el pesar. La mujer —es decir, Margarita: ya no tenía dudas de su identidad— abandonó la máquina y caminó despacio (ni siquiera la noche hecha madrugada ni la calle desolada la hacían abandonar su paso de habanera adoptada) por la acera ésta y, cuando estuvo casi en la puerta, la máquina dio media vuelta al fondo y se perdió tras la esquina alumbrada. Fue entonces que salí de mi escondite, envuelto en sombras, y avancé hacia ella. Ella se llevó el susto de su vida, tomándome por un asaltante, Jack the Rapist, cuando era en realidad Jack the Wretch, y por un instante no me reconoció, pero cuando lo hizo, cuando vio que era sólo yo solo, el miedo se convirtió en cólera:

—Pero, ¿qué cosas haces aquí a estas horas?

Las palabras, ahora muertas, horizontales por el recuerdo, no pueden transmitir el silbido de su voz que había perdido el tono acariciante por completo, Eva hecha una serpiente. Fue su voz venenosa la que me detuvo de decirle que era yo quien debía hacer esa pregunta.

—Yo —fue todo lo que dije como afirmando quién era.

—¿Quién te crees que tú eres?

—Yo estaba.

—Pero, ¿tú te crees que eres mi marido o qué, para vigilarme así?

—Yo no te vigilaba, te esperaba.

—Es lo mismo.

—Quise esperarte.

—No tenías por qué esperarme.

—Pero son las tres de la mañana.

—Ya sé la hora que es.

Es evidente que debía haber sido más fuerte, imprimirle una mayor convicción a mis argumentos. Pero mi convicción era mi condena. En realidad, ¿quién era yo para vigilar sus salidas y sus entradas? Estaba convicto aunque no confeso.

—No me gusta que me controlen. Yo soy mayor de edad y una mujer libre, ¿me oíste?

—Sí, te oí. Tienes razón. Eres mayor de edad y una mujer libre. Pero yo quería verte esta noche y vine después del cine, pero no habías regresado. Me puse a esperarte creyendo que regresarías en media hora y entre el obispo Espada y los estudiantes de Medicina...

—¿Quiénes?

—Nadie, nada. Perdí la noción del tiempo, simplemente.

—Pues bien podrías haber estado hasta las mil y quinientas esperándome, porque por poco no regreso.

Eso quería decir que había pasado la noche con el hombre que manejaba la máquina. Quiero decir, encamados. Los celos fueron mi fuerza.

—¿Quién era ese tipo?

—¿Y a ti qué te importa? Déjame pasar, anda.

Yo estaba todavía en la puerta, ella en la acera, y le bloqueaba el paso, además de llevarle una buena ventaja en estatura. Aún hoy me pregunto cómo tuvieron tanta fuerza sus movimientos contra mi posición ganadora, una reina en jaque que daba jaque mate. Pero yo había perdido el juego desde el principio. Bajé los escalones, abandoné mi casilla y la dejé pasar. Ella subió la escalera sin siquiera mirar hacia atrás. Yo tampoco dije nada, ni siquiera adiós. No la miré en su ascenso. A esa hora comencé el regreso a casa, derrotado, a pie, una retirada subiendo como si bajara por Jovellar hasta llegar a la Universidad, hundiéndome en la Calle L y la Calle 25 y de allí, por la acera de la Escuela de Medicina, entre rejas, finalmente gané —es un decir— la Avenida de los Presidentes y la Calle 27. Cuando abrí la puerta de mi apartamento me encontré un comité de bienvenida —me habría sentido decepcionado de no haberlo—, compuesto no sólo por mi mujer y por mi madre, sino por mi padre y hasta mi abuela. Mi mujer, con su vientre que delataba su estado (nunca dejaba de asombrarme que con todas las mujeres con que me había acostado, ninguna hubiera quedado preñada, y mi mujer, a los tres meses de casados, ya estaba encinta: pero me felicitaba por su condición, que me permitía una libertad, sexual y de toda índole, que no había tenido antes en mi matrimonio; era para tocar una fanfarria por las trompas de Falopio), no dijo una sola palabra y entró hacia los cuartos, hacia nuestro cuarto, con cara compungida. Fue mi madre, como siempre, quien me preguntó:

—¿Dónde has estado hasta ahora?

Es evidente que era mi mujer quien debiera haber hecho esa pregunta, pero mi madre se ponía de su parte, como había hecho desde nuestro noviazgo: pobrecita huérfana de convento. Anita la huerfanita encuentra su Mamá Diamantina.

—Por ahí.

Había tal desgana en mi tono que lo hizo definitivo, y era que efectivamente no tenía nada que decir: estaba absolutamente vacío. Mi madre no preguntó nada más esa noche. Fui hasta el baño, oriné, entré en mi cuarto, me quité la ropa y me acosté al lado de mi mujer, que evidentemente estaba despierta y lloraba. Me sentí varias veces culpable, pero ninguna condenado.

Al otro día recibí una llamada en *Carteles* y pensé que era mi mujer, que no me había hablado en toda la mañana, pero en seguida reconocí la voz.

—¿Ya sabes quién te habla?

—No.

—¿No sabes?

—No tengo la menor idea.

—¿Tienes tantas admiradoras?

—Unas cuantas.

—Es Margarita.

—Ah, ¿qué tal?

—Te llamaba para disculparme por lo de anoche.

—No tienes por qué disculparte. Yo no tenía ningún derecho.

—No se trata de derechos. Se trata de que me diste el susto de mi vida. Lo menos que yo esperaba era encontrarte allí escondido.

—No estaba escondido.

—Bueno, en las sombras —se reía—. Admite al menos que no eras muy visible.

—Nadie lo es en la oscuridad.

—¿Ves como estabas en lo oscuro?

No dije nada.

—Bueno —dijo ella finalmente, ante mi silencio culpable—, te llamaba no para hablar de anoche, sino de esta noche. Quiero invitarte a casa.

¿Qué iba a sacar yo yendo a su casa? ¿Otra humillación? ¿Encontrarme con las huellas de su amante, cuya memoria ella quería borrar de mi mente? No me quedaba duda de que el hombre invisible en la máquina de celos era su amante y no había que ser muy ducho para saber qué habían estado haciendo juntos hasta tan tarde.

—No sé si puedo —le dije.

—Vamos a estar los dos solos —dijo insinuándose—. Mi hermana va a salir. Ven.

No dije nada de momento, pero hasta mi silencio indicaba que la idea de verla en su casa, sola, me tentaba.

—Por favor —insistió ella—. No te hagas del rogar.

—No me hago de rogar —dije, y no dije más.

—Ven, anda, que tengo una sorpresa para ti.

Todavía me ilusionaban las sorpresas, sobre todo anunciadas por una voz de mujer, acariciante como era la de Margarita ahora, tan diferente a la de la sibilante sierpe de la noche anterior (y me acordé de nuevo de anoche y la ilusión casi se hizo trizas), invitándome a revelar su sorpresa en su compañía. El recuerdo presente era de desilusión, pero ella repitió tanto lo de la existencia de una sorpresa y yo era débil, soy débil, débil es la carne y la mía temblaba gelatinosa ante la memoria del contacto con la carne invisible de Margarita. Claro que fui. Puedo resistirlo todo menos lo irresistible. Llegué después de la comida: mi comida, de la de ella no sabía nada, nunca lo supe. Era tan espeso misterio como lo que había hecho con el hombre invisible pero demasiado presente. No había llegado entonces a invitar a cenar a las mujeres que pretendía, como haría más tarde. Me limitaba a llevarlas a un paseo colonial o a un *night-club* de moda y al cine de estreno, lo que había hecho con otras menos marcadas en mi vida. Con Margarita había sido ir al club de día (o convertido en diurno por la hora) y sin mediar otro obstáculo hipócrita, con una franqueza que le agradecí, fuimos directamente a la cama. Ahora estaba en su casa, presumiendo que ella ya habría comido, sentado en la modesta sala del apartamento de su hermana, decorada con los inevitables muebles forrados en nailon verde *chartreuse* (al uso en las aspiraciones de una elegancia de clase media en La Habana mediados los cincuenta), con una lámpara de pie de pantalla amarillo limón y la reproducción de rigor de un cuadro con una escena zoológica (bien una pantera negra increíblemente estilizada sobre ramas rosas o un flamenco en una laguna florida de lirios) realizada en colores y líneas que eran irreales pero no tan improbables que se pudiera considerar vagamente surrealista, escuela que sería un grupo de asalto a la sensibilidad doméstica y tomado como un insulto privado. Era una suerte de irrealismo cursi que parecía complacer el ansia de fantasía exótica del alma de clase media habanera y sin duda copiado de un concepto de la decoración originado en Miami —si es que algo podía tener su origen en esa ciudad calcada—. Ahora la atmósfera de la sala de la casa de la hermana de Margarita (hay demasiados des en esa oración, pero así eran de sucesivas las posesiones) prefiguraba ese edificio miamense donde de seguro habría sillones como ésos, cuadros como aquéllos, sofá como éste al que vino Margarita a sentarse a mi lado graciosamente con dos vasos llenos en la mano. Me pregunté cuál sería la frase de *rigueur* de Rigor ante este ambiente. Rigor mortal.

—Vaya —dijo ella entregándome uno de los vasos—, aquí tienes mi sorpresa.

Mi sorpresa fue grande, pero no tan grande como cuando Julieta delegó el delgado, delicado volumen de poesía con poemas de Eliot, *Ash Wednesday,* que yo convertí en *Hatched Wednesday,* en mis manos y pronunció su toma léeme en Inquisidor. Margarita ahora me ordenaba un toma bebe en Soledad.

—¿A qué no adivinas qué es?

No tenía la menor idea. Se lo dije.

—Pruébalo —me conminó.

Lo probé. Sabía a alcohol, fuerte, un poco amargo.

—¿No sabes todavía?

—Un trago.

—Sí, pero, ¿qué trago?

—No tengo la menor idea.

—Sabía que no ibas a adivinar. ¡Tonto! Es un Margarita. Me tomé el trabajo de conseguir la tequila y los otros ingredientes. Todo para ti. Bebe un poco más.

Le hice caso. Sabía a bacilos búlgaros.

—¿Te gusta?

¿Qué le iba a decir? Le dije que sí. Un bacilón.

—Sabía que te iba a gustar. Es mi trago preferido y se llama como yo. ¿No te parece perfecto?

Era evidente que le gustaban las simetrías. Yo odiaría tomar una bebida que tuviera mi nombre, aunque por otra parte yo no escogí mi nombre, me fue impuesto y lo detesto.

—Bebe, que hay más.

Le hice caso. Me parecía ominoso que hubiera más, porque era una bebida bastante cargada. Además tenía el poder de aumentar el calor de la salita a temperatura de fornalla. Por otra parte, pude observar que ella no bebía tanto como debía —es decir, no tanto como me compelía a mí hacerlo—. ¿Querría emborracharme? No le sería difícil, porque realmente no era un bebedor, aunque cumplía con las obligaciones sociales propias de mi sexo al ir con compañeros de *Carteles* a beber los sábados después del pago al bar de la esquina, La Cuevita, que era una covacha, otras veces más lejos, a los bares de los muelles en la Alameda de Paula, casi siempre al Bar Trucutú (en recuerdo del héroe cavernícola) y una que otra vez fuimos a parar a la calle Virtudes, al Bar la Gruta, en la frontera del barrio de Colón, del bar al bayú. Hubo otras ocasiones, casi todas después de conocer a Margarita —lo que me devuelve al extraño brebaje que tenía en la mano y me llevaba de vez en cuando a la boca, mientras ella me miraba, su vista del vaso a mi visaje, tratando de escrutar lo inescrutable: mi cara de chino, media luna pacífica, Charlie Changai—. Nunca me gustó el sabor de la bebida pura, ron o whisky, y siempre escogía cócteles como el Cubalibre o al daiquirí, donde la Coca-Cola o el gusto de limonada disfrazaban el alcohol. Pero no me gustaba nada el sabor del —¿o debo decir de la?— Margarita, que tenía un sobregusto amargo. Mas Margarita me conminaba a beber más Margarita.

—Bebe, bebe —me decía, y se recostaba a verme beber.

En una ocasión se levantó del sofá y se sentó en uno de los sillones frente a mí, mirándome directamente, no con el medio perfil que era todo lo que permitía el sofá, cara a cara, observándome. Era una mirona y sacaba placer en verme beber hasta la borrachera. Escoptofílica de dipsómanos —los griegos tienen palabras para todo—. Esta maga Rita en su antro, rodeada de panteras pintadas, observaba cómo yo me iba poniendo puerco por la poción. Sabía cada vez más a acíbar. Margarita se sonrió con una extraña sonrisa (estoy seguro que su sonrisa era sana y mi mirada malsana) y al final me dijo:

—Tengo algo que declararte.

Creí que era una confesión sobre su salida y traté de impedirlo con convicción, pero sólo me salió una suerte de adiós manco. Lengua de manos. Un indio de otra tribu o un sordomudo. A excusas exclusas. Pero ella parecía estar preparando una declaración de dependencia. A pesar de mis gestos de un hombre que se ahoga en el alcohol, dijo:

—¿Qué dirías tú si te dijera que te he echado veneno en la bebida?

—Que eres una Margarita venenosa. Hay rosas ponzoñosas, por qué no había de haber una margarita.

—No, no es broma. Lo digo en serio. Te puse veneno en el trago.

Vi que lo decía con toda seriedad. Mortalmente seria. Dejé de sonreírme (es decir, fue en el momento que me di cuenta que me sonreía frente a su seriedad que también me puse serio) y la miré fijo a los ojos. Estaban tan serios como su cara. Todos estábamos serios en ese momento: yo, ella y sus ojos que se veían luminosamente verdes. Pensé en el color verde y el mar, en el verde y el mal, ¿me vería ella verde con sus ojos? ¿No estoy demasiado verde para morir?

—Te acabo de envenenar —sentenció ella—. No tienes más que minutos de vida.

No había pensado nunca en la duración del acto de envenenar, entre su comienzo, su ejecución y su final. ¿Se dura horas o segundos? ¿Cuándo empieza el envenenamiento? ¿Cuando se administra el veneno y/o cuando actúa? No era el momento de tales indagaciones porque me sentí de veras envenenado. ¿Qué efectos produce un veneno? ¿Dolor de estómago? ¿Convulsiones? ¿Asfixia, estertores y finalmente la muerte? ¿O un colapso violento?

—Cuando te caigas muerto —siguió ella—, te saco de la casa, te bajo por la escalera, te arrastro hasta la calle y te dejo junto al muro —es decir, mis restos mortales en los restos del cementerio de Espada: un muerto moderno entre los muertos antiguos, pero igualmente muerto. Estaría menos vivo que los estudiantes, que tenían un mo-

numento en el Cementerio de Colón, un parque
con su nombre colectivo y un día en el calendario
histórico: 27 de Noviembre —Fusilamiento de
los Estudiantes de Medicina—. Efemérides luc-
tuosa. Todos los recordaban en Cuba, nadie podía
olvidarlos: no estaba permitido: no se debe olvidar a los mártires. Mientras que yo les costaría
trabajo aun identificarme a las autoridades poli-
cíacas, como decían los periódicos, y tendría que
esperar tumbado allí en el extremo ciego de la
calle hasta que me levantara el forense —frase que
siempre me había intrigado: ¿levantaba el forense
personalmente los cadáveres dejados en la calle?
Entonces más que forense sería forzudo. Fuerza
forense. Aforado desaforado. En este delirio estaba (producto sin duda del veneno: alguna poción venezolana, con componentes de curare: verde que te odio verde, verde de muerte, todo verdor
perecedor) cuando oí una carcajada enorme, una
catarata, no una cascada, la caída del Ángel muy
cerca de mis ojos cerrados, de mi agonía extraña-
mente apacible, de mi ven dulce muerte mientras
yo agonizo, y con un esfuerzo extraordinario abrí
los ojos. Vi a Margarita riéndose, acercándose a
mí, quitándome el vaso de la mano y bebiendo
el resto del veneno lento rápido —un pacto suici-
da, sin duda—. Pero para un pacto hace falta el
acuerdo de por lo menos dos y yo no había dado
consentimiento para que me mataran. Entonces
habló ella, con una voz muy alegre, nada parecida
a la del que va a morir, como sin duda le ocurriría

después de haberse bebido la mitad de la pócima ponzoñosa. Estricta estricnina. Rictus, risa. Se reía. De mí. Era la escena de las burlas.

—¡Te lo creíste, te lo creíste! —dijo—. No digas que no, que te vi bien. Te lo vi en la cara. ¡Te lo creíste!

¿Qué me había creído?

—Júrame por tu madre que no te creíste envenenado. Hasta te estabas muriendo y todo.

Volvió a reírse, esta vez menos estruendosamente —o tal vez no tan cerca de mi oído. De mis tímpanos ahora témpanos.

—¿Soy o no soy una buena actriz?

Salí de mi sopor, de mi estupor, de mi estupro —sin duda ella me había violentado emocional y casi físicamente de un golpe. ¡De manera que era todo teatro! No me había echado cicuta en el trago. Sócrates sin simposio. No tengo vergüenza en contarlo ahora, pero la tuve entonces al enfrentarla a ella: tal era mi ingenuidad en ese tiempo que me creí que ella me había envenenado de veras, solamente por la sugestión de su voz, de sus ojos verdes y la pésima pócima que había confeccionado como cóctel. Se acercó a mí y me dio un beso en la boca, húmedo de la bebida pero también de su saliva, savia, sabia: intenso y muelle con todos sus labios gruesos, ventosas, no bembas.

—Mi pobre envenenado.

Se echó hacia atrás de nuevo, como para mirarme mejor, verme bien. Marga mirando a Lázaro cerca de San Lázaro: creed y resucitaros.

—Si te creíste eso eres capaz de creértelo todo, querido.

Por fin reaccioné, ante su última palabra, a la Julieta.

—No me creí nada. Estaba haciendo cine como tú teatro. ¿Por qué me ibas a envenenar? ¿Para qué? ¿Por quién? El motivo crea el crimen.

—Ah —dijo ella triunfal—, yo tengo respuesta para todas tus preguntas. Me vengo —y aquí hizo una pausa para que yo cogiera su doble sentido— de los hombres todos. Lo hago para cobrarme una deuda con la sociedad que me ha hecho una amargada. Enveneno a mis amantes por mi placer de verlos en su agonía, observarlos cómo mueren y mirarlos. ¿No te parecen pocos motivos?

—Tú eres todo menos una amargada.

—¿Qué sabes tú? Nunca me has visto como soy. —Y sin ninguna transición añadió—: Ahora vámonos, que mi hermana está al regresar con su marido. Ya hemos jugado bastante.

Todavía tenía yo la ingenuidad de preguntarme a dónde íbamos a ir: era evidente que ella quería decir a un solo sitio, ese sitio donde se está solo en compañía, donde dos hacen uno. Aunque podía haber varios sitios para un mismo principio y diversos fines. Calculé las posibilidades a mi alcance y decidí que el mejor lugar era la posada de 11 y 24. En el taxi su belleza era acentuada, como en el cine las estrellas, por las luces y sombras de la calle San Lázaro, antes de ascender a la oscuridad de la Colina Universitaria (era una manía habanera latinizante llamarla así, pero una de las colinas —ni siquiera sé si llegaban a siete— insistía en llamarse, vulgarmente, la Loma del Burro en vez del Ascenso del Asno), sus ojos se hicieron más intensamente verdes en el rincón oscuro del auto, desde el cual se insinuó hacia mí diciendo:

—No era un veneno.

—¿Cómo?

No sabía de qué hablaba.

—Que no era un veneno lo que te di, pero sí algo más terrible —hizo una pausa dramática, radical casi, ya que en ese tramo la calle estaba a oscuras y sólo oí su voz, sin poder ver su cara—. ¿Sabes lo que fue?

—Ni idea —decidí oír su cuento verde.

—Debías tenerla, pero te lo voy a revelar de todas maneras. Era un filtro de amor.

No podía negar que su oficio era dramatizar, falseando: debía ser en Venezuela también una actriz de radio: la estrofa de que estaban hechos los sueños sonoros de María Valero.

—¡«Un filtro de amor»! —le reproché—. ¿De dónde sacas un nombre tan rebuscado? ¿Por qué no dices, como en Santiago, un bilongo? ¿O, como en todas partes en Cuba, una brujería?

Me miró, su cara ahora de vuelo visible, al bajar del taxi por la calle L, casi llegando a Radiocentro, y sonrió:

—Bueno, si tú lo quieres, voy a ser chusma: te hice un amarre.

Había usado la palabra apropiada para los negros brujeros de La Habana. La ventanilla estaba baja y, a pesar de la velocidad del taxi y el aire que entraba a raudales desde el mar cercano, no pude evitar cierta náusea. Yo sabía lo que quería decir exactamente un amarre, de qué estaba invariablemente compuesta aquella versión habanera del filtro de amor: nada de mixturas malvadas homéricas ni de pociones medievales ni del «medicamento magistral» romántico. Un amarre de mujer siempre contiene gotas de sangre menstrual. La miré a ella y estuve a punto de preguntarle si era verdad lo del brebaje, pero su belleza, su boca entreabierta (no por celo, sino porque estaba a punto de decirme algo) y sus ojos que me miraban fijamente en su transparencia verde no me dejaron hablar para saber la verdad: la beldad me enmudecía.

—¿Sabes por qué lo hice?

—Supongo que para amarrarme. ¿No es ése el objeto del amarre?

—Quiero que me ames para siempre.

Ella era capaz, como Julieta, de decir estas cosas sin ruborizarse. ¿Qué responder a semejante declaración?

—Siempre es un tiempo algo largo.

—Para siempre jamás y enteramente. Aun cuando yo no esté ya. Yo sé que no voy a estar un día, pero quiero que me sigas amando aun cuando me haya ido.

—Suena muy definitivo. ¿Para qué te vas a ir?

—No sé —dijo ella, y de pronto le dio un vuelco veraz a su voz—, supongo que tendré que regresar a Venezuela un día de éstos y tú no vas a venir conmigo.

No me explicaba su cambio. Había pasado de ser agresiva y distante anoche para ser hoy, esta noche, una amante devota, una esclava amorosa.

—¿Qué te ha hecho cambiar?

—¿Cambiar? ¿Cómo?

—Sí, de anoche acá.

—No he cambiado nada. Siempre he sido la misma, pero anoche, después que te fuiste...

—Después que me hiciste ir.

—Bueno, como quieras. Después, cuando me quedé sola, me puse a pensar por qué habías esperado por mí todo ese tiempo y me di cuenta que yo significaba más para ti de lo que ni siquiera había soñado. Me lo hicieron saber tu extraña carta, la otra tarde, y tu espera de anoche. Pensé que tú significabas algo para mí. No tanto como Alejandro un día. Pero tú tienes además una pureza y una inocencia.

—No creas, que puedo ser muy maldito —la interrumpí usando ese habanerismo.

—Como quieras. Pero Alejandro no tuvo ni podrá tener tu virginidad.

—¿Virginidad?

—Bueno, inexperiencia, una cosa angelical.

Pensé en el ángel caído, en la mefistofelicidad del mal, pero no dije nada: de lo que no se puede hablar, lo mejor es callar.

—Alejandro carecía. Aunque él significó mucho para mí, tengo que admitirlo.

Se calló y me alegré porque no soportaba que me hablara de ese Alejandro antiguo, casi mítico pero que yo sabía que existía no sólo porque ella hablaba de él, sino porque lo había visto y es más, estaba con ella y recordaba el bienestar que ella exudaba, como un vaho en la noche habanera, vaporosa y visible bajo las luces del portal de la Manzana de Gómez, esa fruta prohibida del bien y el mal de la ciudad, presente siempre en el recuerdo ella: su cara, su andar, la manera alegre de agarrarse entre columnas al brazo de este hombre que viene a interrumpir con su presencia la felicidad del momento —o del recuerdo.

Cuando abrí la puerta del cuarto ella me advirtió rápida como un reflejo. Dos veces no vi el alma, dos.

—Recuerda no encender la luz.

—¿Y cómo vamos a entrar en el cuarto, a tientas?

—No quiero decir ahora, sino después.

Claro que lo sabía, pero le quería tomar el pelo tanto como cogerle el cuerpo. Encendí la luz, entramos y cerré la puerta.

—Yo me cambio en el baño —me dijo—, pero, por favor, no te olvides de apagar la luz.

—Descuida, que cuando salgas habrá un reflector alumbrándote.

Le iba a añadir: *Seins et lumières,* pero era cruel, crudo. Ella me miró, se sonrió, se rió y entró al cuarto de baño. Me desvestí con la luz prendida —no iba a añadir a mis dificultades naturales sacarme los pantalones al tacto de nuevo, acto artificial, contra natura— y apagué la luz y en seguida me metí en la cama y me acosté, esperando. Vi cómo la luz del baño se apagaba en las rendijas y oí abrirse la puerta, pero no oí nada más (su paso era felino: una pantera negra en la oscuridad, sus ojos verdes ardiendo con fulgor en el bosque de la noche) hasta que sentí cómo se metía en la cama, penetraba debajo de la sábana y venía hacia mí, sobre mí, sintiendo su seno solo sobre mi pecho, blando y duro a la vez, su cuerpo hecho carne táctil sobre mi cuerpo, su blandura convertida en una suavidad que había que celebrar porque era única: una mujer, toda una mujer, mi primera mujer en mi vida. Era la primera mujer que había tenido arriba y me sentía extraño, invertidos los papeles, pacientemente pasivo porque ella no estaba allí para dejarse penetrar, sino para otra actividad que resultó ser memorable.

—¿Sabes lo que voy a hacer contigo esta noche? —me dijo invisible, ahora toda radio.

No tenía la menor idea.

—No tengo la menor idea.

—Te voy a marcar para que todo el mundo vea que me perteneces.

Todavía no tenía idea de lo que quería decir con marcar, cuando comenzó a morderme el cuello, el pecho, los brazos, pero no a morder exactamente, sino a chupar, succionando la carne como si quisiera sacarme el jugo nérveo. Estas succiones eran más placenteras que dolorosas, como una ventosa suave, y comprendí la reacción de placer que sufren, pasivas, las innúmeras víctimas del vampiro en los diferentes avatares del conde inmortal, del Divino. ¿Sería ella una de las versiones de Drácula? ¿Margarita del Transilvalle? ¿Violeta vúlgara? Pero pude jugar mi papel activo entre sus posesiones marcadoras, ella arriba, abajo, de lado, siempre sintiendo su seno como un unicornio blando.

Cuando regresé a casa, ya tarde en la noche pero no tan tarde como para encontrarme a todo el mundo levantado (una de las paradojas paternas: regresas tarde y todos duermen, regresas más tarde y todos están en vela esperándote), me sentí satisfecho porque lo que después vino a llamarse actuación (de la cama considerada como escena: aunque el nuestro era un teatro táctil), la mía, había sido mucho más eficaz que la primera subida escénica, pero al mismo tiempo preocupado por las marcas de Margarita, sus devoraciones a flor de piel. Casi en puntillas me metí en el baño, cerré la puerta con llave y encendí la luz para abrirme la camisa. Allí, sobre el pecho, a un costado de los hombros y casi en el cuello estaban las improntas delatoras, las huellas del delirio. Traté de frotarlas con el índice, con otros dedos, con toda la mano, pero eran las manchas de Macbeth, indelebles: estarían ahí hasta el día del juicio: huellas de un pecado mortal. Apagué la luz a tientas y salí del baño, no sin antes abrir la puerta. Entré al cuarto silencioso dirigiéndome al gavetero que quedaba a un costado de la cama, operación riesgosa que realicé en la oscuridad con pericia de comando —o mejor de fotógrafo en cuarto oscuro—. Abrí una gaveta inferior y saqué una prenda de vestir. Regresé al baño, cerré la puerta y encendí la luz de nuevo: precauciones de Margarita, por Margarita. Esta vez me quité la camisa y, viéndome todo el cuerpo, no sin regocijo —tatuado erótico, *Queequeeg* de las Indias Occidentales, polígamo polinesio— me puse la camiseta T que había sacado del gavetero, ropa interior absurda en La Habana, que no usaba ni en pleno invierno y que ahora debería llevar todo el verano, porque Margarita me marcaría regularmente, una hechicera que vigilaba la propiedad de su único ganado. Justifiqué el uso de la camiseta encubridora ante las preguntas de mi mujer al día siguiente como una cura para un repunte de bronquitis, yo que ni siquiera tosía, los mejores pulmones de la familia. Solamente su inocencia —o su ignorancia conventual— me permitió salir del atolladero con tan pobre excusa. En una ocasión las marcas de amor de Margarita se extendieron muy alto por el cuello y así me vi buscando una bufanda por media Habana en verano y llevarla en alarde de elegancia, que provocaba no pocas burlas en *Carteles* y en el barrio, donde al principio me gritaban apodos. Rine me llamó el bufón de la bufanda y Silvio Rigor *le fou du foulard*. Sin embargo, lo más incómodo era usar estos aditamentos, ya que el verano hosco convirtió la camiseta y la bufanda en un sudario. Afortunadamente no tenía que quedarme desnudo ante mi mujer, porque ella era modosa y yo me hice casi casto. En cuanto a hacerle el amor, por ese tiempo la barriga enorme que cargaba ella (¿a qué bípedo grotesco comparar una mujer embarazada?) nos había vedado el sexo hacía rato y, como animales fuera de la época de celo, nuestros contactos eran meros reconocimientos táctiles, formas de asegurarle a ella que pertenecía todavía a la tribu.

Pero no todo era amor violento el de Margarita, ni siquiera sexo. Hubo muchas veces (ahora nos veíamos casi todas las noches, mi secretaría nocturna abandonada con el pretexto del cine, a mayor gloria de *Carteles*) que salíamos a recorrer su barrio, que evidentemente le gustaba. Le complacía esta domesticidad urbana de clase media baja con aspiraciones que ascendían según San Lázaro remontaba la cuesta de la Universidad y se internaba en la tierra incógnita de El Vedado, donde devenía súbitamente calle L, la españolidad colonial (o poscolonial, pues San Lázaro había prosperado y hecho habitable con la República, y nacía en la estatua al poeta pacifista Zenea, para morir ante el busto bello de Mella, líder estudiantil comunista, monumentos a mártires y, si existía un enclave exclusivo en su primera manzana, el Unión Club, había en su última manzana la meca del mal gusto de la clase media habanera (Lámparas Quesada, la pesadilla de Aladino, con cientos de candelabros, el cielorraso tejido de arañas de cristal, falsas lágrimas) americanizada de repente en el bautizo de una calle no con un nombre propio, una efemérides, un santo, un gobernador del tiempo de la colonia, un patriota mambí, un prohombre republicano o una nación más o menos amiga, sino con una letra justamente allí donde también las calles se llaman por números, La Habana imitando a Nueva York en los barrios menos neoyorquinos por residenciales y definitivamente marcados en su tropicalidad por la abundancia de jardines que no existían ni en La Habana Vieja de la colonia, ni en La Habana Nueva de principios de siglo, ni en esa medianía temporal y espacial que era la zona en que ella vivía, sin jardines ni mansiones ni grandes hoteles. Pero en ocasiones bajábamos en sentido contrario por Jovellar hasta el Parque Maceo y el Malecón y a veces la noche era insular y había allí jardines invisibles. Ya que el Parque Maceo ni siquiera tenía árboles y el parquecito de Colón (seguramente creado por Bobadilla para escarnio del Descubridor) enfrente era ese minúsculo parque de diversiones que fue mi primer zoológico y mucho más tarde el refugio de las parejas a veces dobles de mi mujer, entonces mi novia, y su hermana acompañada por Rine, que devendría su marido. Hablando del rey de Roma: una noche traje a Rine a conocer a Margarita en su doble aspecto de cronista oral de mis conquistas de Don Juanito (como decía Rine, Cazanova: invariablemente le contaba cuanta ocasión amorosa me encontraba, situaciones que él disfrutaba vicariamente, impedido de imitarme por sus sucesivos fracasos, fiascos sexuales que superó gracias al empleo liberal de la yohimbina y su contraveneno, el Nupercainal: farmacopea que de haber conocido Fausto no habría tenido que vender su alma al diablo) y de crítico de teatro. «Ella es actriz —le aseguré—. Actuaba en el Teatro Universitario y ahora trabaja en la Televisión en Caracas.» Margarita, caminando conmigo rumbo al Parque Maceo, lugar de la cita culta, iba nerviosa sin saber por qué. Le aseguré que era un amigo, viejo amigo, amigo leal. Pero cuando nos encontramos con Rine frente al Torreón de San Lázaro y se lo presenté, se sonrió con una sonrisa que yo no había visto antes en ella: era apocada, tímida, como si estuviera ante una prueba decisiva. Rine estuvo muy ingenioso esa noche, no sólo haciendo chistes con la creación de Dumas hijo y la virginidad de Violeta («Una margarita capaz de marchitar todas las camelias», le dijo a ella, y dirigiéndose a mí: «Has logrado desflorar la Margarita») que eran previsibles sino contando un cuento que me pareció en principio inapropiado pero que finalmente fue de regocijo mutuo porque le hizo gracia a Margarita. Ya yo lo conocía, pero ella no. Se trata del maricón (y lo que propició la versión de Rine fue inevitablemente estar en el Malecón) que va al médico porque tiene una molestia en el ano. («Anal, no mensual», aclaró Rine.) El especialista decide investigar y se calza un guante y luego introduce su mano envaselinada (Rine: «No hacía falta la vaselina, claro. Los muchachos de antes no usaban gomina») en el recto del paciente. Médico: «¿Le molesta?» Maricón: «En lo más mínimo. Siga, siga, doctor.» El médico continúa tanteando (Rine «Auscultando», pronunciándolo «ausculando») y no encuentra nada entre los pliegues del ano. Médico: «¿Alguna molestia?» Maricón: «Ninguna.» El médico va a darse por vencido, cuando tropieza con un cuerpo extraño, lo toca, lo tantea, lo agarra, lo afirma y lo saca. Médico, asombrado: «¡Es una flor!» Maricón: «Para usted, doctor.» Rine lo remató diciendo que claro que la flor no era una tímida violeta, sino una rosa encarnada. Rine siguió con una suite amarga que era el cuento verdoso que nos hizo Virgilio Piñera del adolescente que se perdió en el paraíso de un cine, Virgilio de guía por aquella historia de relajaciones de indias, el orificio de contar lo opuesto al culo florecido: el extravío de los sentidos una temporada en el interno. Este cuento encantó a Margarita, que luego me confesó que había encontrado a Rine sumamente simpático, diciéndolo con la implicación de que creía imposible que ninguno de mis amigos lo fuera. Debí traerle a Branly, que hacía chistes absolutamente inesperados, sus claves del alba bien templadas, como las cuerdas de su guitarra, acordes de movimientos verbales, disonancias contra la altisonancia y no cuentos conocidos, como el del enema de la rosa.

¡Ah las bromas del bravo Branly! Puras paronomasias *pour le piano* —¡sin piano!—. Este Satie latino, ladino y sato, en respuesta a todas esas tonadas tontas como *Damisela encantadora* (de Lecuona, el hombre que compuso *Estás en mi corazón* y luego le dio un infarto) compuso un bolero lento titulado *Acuerdo y desacuerdo* para ser cantado al unísono por un trío de voces femeninas. También tarareó una rumba lenta que nombró *Zapatos de dos tonos: mayor y menor.* Luego escribió un son lento al que llamó *Silbando.* Creo que debo revelar aquí que Branly no escribió una sola nota de uno solo de sus sones. Todavía me parece oírlo explicando la anomalía (porque música sí sabía), ya que pretendía que la notación musical moderna fue inventada por un músico renacentista llamado Cyprien de Rore. Branly, hombre de ingenio azucarero, siempre llamó a este escribano Chypre d'Erore, perfume de error.

¿Por qué, se preguntarán ustedes los que no saben leer música, este homenaje mío tan tarde en la tarde y en el libro y en la vida? Precisamente por la vida: Branly ya no está entre los vivos. Murió de cáncer del pulmón hace dos años. (¿O hace *tres* ya?) El cáncer puede explicar su voz y su vida breves, pero no su personalidad ni su talento. Consideren esto, todo esto, por favor, una explicación a priori para alguien, cualquier Margarita de la tarde (o tardía) que pregunte. ¿Quién, quién es ése? En cuanto a mi Margarita, nunca preguntó nada porque nunca conoció a Branly. Ni siquiera pude presentárselo, ya que Branly, de cuerpo presente, sería para ella todo menos un presente. Pero yo, cuando hagan el pase de lista en este libro, podré responder al nombre *Branly, Roberto* con ese «¡presente!».

Mi molestia no iba dirigida a Margarita sino contra el veredicto de Rine al día siguiente, que era como una resaca. Había encontrado hermosa a Margarita (me asombró que empleara precisamente ese adjetivo porque eso es realmente lo que ella era: una hembra hermosa) pero agregó que estaba convencido de que no era una actriz. «Si lo es debe ser muy mala», agregó Rine. No especificó su sentencia y yo, molesto, no le pregunté su delito. Pero insistió: «Si ella es actriz mi nombre es Lear», haciendo una demasiado evidente alusión a su apellido Leal, que el tiempo demostró que era el que mejor le convenía —aunque en ese momento yo pensé que hacía mejor el tonto. Es que el amor me convertía en desleal.

Otra de las pasiones de Margarita era el cine, pero tenía una especial debilidad por las películas mexicanas, y más de una vez en lugar de ir a un teatro de estreno a cumplir con mi deber de crítico me encontré camino del conveniente cercano Cine Florencia, donde el repertorio recurrente estaba compuesto por películas mexicanas, complaciendo a la clientela del barrio. Pero hasta allí me perseguían las obras maestras. Un día, cuando Margarita ya había desaparecido, vi *Más allá del olvido,* en que Hugo del Carril ama apasionadamente a una mujer, ésta se muere y, desconsolado, se marcha a Europa, donde encuentra un perfecto facsímil de la mujer muerta, de la que se enamora apasionadamente —y su amor la mata finalmente. Aquí el amor, el tema del doble y la necrofilia estaban ligados en un sueño pasional. Allí (aunque me había hecho habitual de las salas de estreno) tuve que ver más de un bodrio borroso, algún Cantinflas las más de las veces y por lo menos una obra maestra surrealista que unía a su intensidad emotiva una impensada comicidad. Ya la había visto antes, pero verla junto a Margarita fue una experiencia extraña. La película se llama *Abismos de pasión* y está basada en *Cumbres borrascosas,* y ya desde el título se puede ver venir la perversidad de Luis Buñuel contra Emily Brontë, a la que no sólo viola sino tortura y confunde. Nada más alejado de *Wuthering Heights* que esta versión, perversión mexicana. Ya sea porque Buñuel es sordo o por imposiciones de la productora, el reparto no puede sonar más cómico con sólo abrir la boca. Heathcliff se convierte en Alejandro (¡maldito nombre!) y lo interpreta Jorge Mistral con fuerte acento español que quiere parecer mexicano y consigue ser andaluz. Catherine es Catalina pero habla por ella Irasema Dilian, con el más pesado acento polaco. Mistral era moreno, mientras Irasema es rubia y así, racialmente, no forman tan pésima pareja —con los oídos tapados. Edgar es encarnado o descarnado por Ernesto Alonso, un actor epiceno mexicano que sesea su interpretación de un inglés débil como en la novela. Pero Isabella, esposa de Heathcliff, al convertirse en mujer de Alejandro se revela como la imposible versión refinada de una cabaretera de café del puerto: Lilia Prado, que más que mexicana parece una mulata cubana. (O tal vez sea una mulata mexicana.) Para colmo, el malvado Hindley es impersonado (en la única buena actuación de la película) por López Tarso, que siempre fue un eficaz villano mexicano y que aquí podía muy bien estar entre las tropas de Villa y no en la troupe de Buñuel, tal es su feroz individualidad. Particularizada en el momento en que, completamente borracho, le dice a la increíblemente pudorosa, temerosa Lilia Prado, que lo ve venir hacia su cama y se aterra: «No seas zonza. No tengas miedo. No te voy a violar» —y con su negación actúa en el espectador la certeza de una violación inminente. Allí me reía yo en lo oscuro como un aviso mientras al lado mío Margarita sollozaba, lloraba por los amores imposibles de Jorge Mistral y de Irasema Dilian. En un momento, sin embargo, casi nos reunimos los dos, ella riendo, yo llorando; cuando, al final, Catalina muerta y enterrada y Luis Buñuel más alejado que nunca del libro, hace bajar a Alejandro los escalones hasta la tumba de Catalina, que es un sótano, a violarla, a violentar su fosa en la cripta. Alejandro, perturbado por el dolor, alucinado, su sueño completado por la aparición de Catalina en su traje de novia en lo alto de la escalera, la reclama: «¡Catalina!» Como respuesta a su llamada recibe una descarga de escopeta, empuñada por López Tarso, la visión de Catalina desvanecida un momento antes, revelando al asesino alevoso. Queda en la cripta el cadáver de Alejandro (su nombre merecido) junto al de Catalina. López Tarso, triunfal, cierra la tumba y con la losa que cae termina la película, con un acorde romántico: en todo este sorprendente final ha estado sonando «La muerte de amor», de *Tristán e Isolda*. Cuando encendieron las luces, entre lágrimas, yo tendiéndole un pañuelo que esperaba que no se manchara de escarlata delator, secándose los ojos siempre verdes, Margarita me dijo: «¿No es verdad que es muy linda la película?» —y tuve que estar de acuerdo con ella sin decirle: es mal Brontë pero es buen Breton.

Aquella noche, en los bajos de su casa, tal vez influida por las imágenes, no cesó de besarme, creando una atmósfera húmeda de besos sin abrazos, los besos en el aire, entre mi boca y sus labios, los dos iluminados por el farol de la entrada, siendo un espectáculo privado en un sitio público —que nadie veía, aunque era gratis, porque era tarde para otros ojos que no fueran los míos, a los que los lentes despegaban del momento. Antes de irme, de soltarme de sus besos, me cogió una mano y de pronto, sin denunciar la menor intención (sin duda influida por la pasión del abismo), me clavó las uñas de su mano derecha sobre el dorso de mi mano izquierda, no con violencia pero sí con intensidad. Margarita tenía unas uñas largas, curvas, y esa noche comprobé su dureza y su filo. Quité la mano brusco, y reaccionando al dolor levanté mi mano (tal vez para pegarle, tal vez para salvarla de sus garras), cuando me dijo: «Eso es para que no me olvides. Mientras dure la cicatriz durará el recuerdo.» Las heridas eran profundas, sobre todo una hecha por uno de sus dedos armados, tal vez el índice, que corría sobre el dorso, de la masa opuesta al monte de Venus hasta la base del pulgar. Traté de restañarla con mi pañuelo pero seguía sangrando y ahora, al retirarme de su lado sin decir nada, sin deseo de venganza ni el solo deseo, solamente con la intención de ponerme a salvo, reculando de esa guarida que ella guardaba, de pie allí todavía, vigilante, al empezar a caminar hacia Jovellar, antes de doblar por esta calle y subirla, oí que ella me llamaba: «¿Te veo mañana, mi amor?» No dije nada y volvió ella a repetir la pregunta, la repitió tres veces, y sin volverme supe que me había seguido hasta la esquina. Pero yo no tenía intención de responderle, preocupado como estaba con la sangre de las estrías (¿qué otras marcas me haría esta mujer, posesiva como un ganadero entre cuatreros?) y con este peligroso arañazo de amor. Cuando llegué a casa, sin novedad, fui al baño y me lavé bien la sangre coagulada y vi que los arañazos no tenían importancia excepto uno: sólo el de la base del pulgar era una cortada. Estaba asombrado de que las uñas de Margarita pudieran ser un arma ofensiva —¿o eran en realidad una defensa? Me puse un esparadrapo en la estría que había vuelto a sangrar y me acosté, tratando de imaginar qué explicación dar a mi mujer, dormida, cuando despertara. Pensé que podía decir que me había herido con mi máquina de escribir de *Carteles*, pero por muy obsoleta que fuera una máquina de escribir (y las de la revista podían pertenecer a un museo del escriba) ninguna llegaría a ser tan agresiva: las máquinas de escribir son más bien masoquistas: reciben aporreos y golpes directos y ninguna ataca al hombre, mansa. Tal vez dependiera de la marca. «Es una Underwood vieja, muy complicada.» Bonita excusa. (Es más, no podía ser ni una explicación ni una excusa: era una coartada para un criminal ajeno, pero la pasión nos unía como un delito.) Además, mi mujer era mecanógrafa y sabía de Underwoods, de Remingtons, de Smith-Coronas, y estando en estado debía de saber hasta de Hermes Babys. ¿Qué alibí aliviaría mi cortada? A la mañana siguiente, antes de levantarme, dormido todavía, decidí que le diría que había habido una pelea confusa en *Carteles* (lo dejaría todo ambiguo: yo podía ser un contrincante o el mediador) y esa mano marcada era el resultado inmediato. El resultado mediato fue que decidí no ver más a Margarita. Tal vez lo había estado pensando antes, tal vez lo formulé solamente ahora, como formando parte de la mañana después. Lo cierto es que su violencia se vino a añadir a lo oneroso que resultaba aquel amor entre las sombras, la misma ilegalidad, pues si bien yo no dudaba antes en engañar a mi mujer con la primera viajera que se cruzara en mi ómnibus, eran amores pasajeros. Pero ésta era una relación más seria, complicada, un amor que se quería eterno. A menudo sacaba mis lecciones de la literatura, las más de las veces del cine y ahora un libro y una película se reunían para advertirme que los amores violentos terminan violentamente —y no tenía ya duda de la violencia de Margarita. Dejé de verla.

Hasta su próxima llamada a *Carteles;* no podía resistirme a su voz, a su tono, que no era exactamente suplicante pero que me pedía vernos, al timbre mismo de su voz. Tal vez Rine se equivocara y ella fuera una excelente actriz, pero en su voz había siempre un dejo sincero que me conmovía —además, ¿quién puede resistirse a una cara costumbre? Y volví a su casa, a casa de su hermana, a ese pozo de compañía al que se subía en vez de bajar. Fue un sábado por la tarde, que era el día en que más tiempo podíamos estar juntos. Su hermana, remota, misteriosa como siempre, viuda eterna, no estaba en su casa y, al abrir la puerta, ella cayó en mis brazos o más exactamente comenzó a besarme —ella, que podía besar sin manos. Luego, habló. Habló de lo que me necesitaba, habló de lo que me quería, pero ni una sola vez aludió a los arañazos que marcaban como un hierro: aunque yo no llevaba el esparadrapo, la herida mayor tenía una costra visible. Dando media vuelta, sin soltar mi cuello, me dijo:

—Vámonos por ahí.

Pensé que una tarde de verano en La Habana no era el mejor tiempo para enfrentar, casi afrontar, el doble insulto del sol vertical y el cemento horizontal del Parque Maceo o la extendida cinta de asfalto del Malecón, y se lo dije —claro que no con tales y tantas palabras.

—Yo quería decir a otra parte —dijo ella sonriéndose con la boca y con sus ojos verdes, y aunque no había vestigio alguno de una niña en ella recordé a mi prima en sus días de niña, con su inocencia depravada, prodigio amoroso, invitándome a la privacidad del excusado, cerrando la puerta alta de madera, quitándose la bata casi de muñeca, deshaciéndose de su pantaloncito minúsculo para mostrarme su cuerpecito sin senos y sin vellos, que fue para mí la revelación de mi vida —y comprendí bien lo que quiso decirme Margarita con los mismos ojos verdes veinte años después. En la esquina de San Lázaro y Hospital, esquina doblemente odiada, encontramos un taxi envuelto en el doble vértigo de la velocidad y la luz. Cuando, una vez dentro, le dije al chófer que nos llevara a 2 y 31 (éste asintió con un movimiento de cabeza ladeada, que era casi un guiño cómplice), ya que yo quería cambiar de escenario sexual, recorrer con Margarita las posadas que conocía y tal vez luego, si duraba nuestro encuentro (y ésta era la justa palabra, porque toda la relación estuvo siempre presidida por la precariedad y la duración de un momento que se quiere continuar), nos aventuraríamos a la Calle 80, en Miramar, a un hotelito en la frontera erótica, a donde no había ido nunca. Pero casi encima de mi orden ella me dijo:

—No, ahí no. Hay demasiada luz de día.

Y antes de pedirle al chófer cambiar de dirección (nuevo asentimiento que sería un consentimiento) sufrí un ataque agudo de celos porque su corrección significaba claramente que ella había estado ahí antes y, aunque, por supuesto, yo no podía reclamar su vida pasada, pensé que tal vez ese conocimiento exacto de la posada de día quería decir que ella había estado hace poco allí. Estuve tentado de decírselo pero me callé, diciéndome que una aclaración sólo conduciría a una declaración y, luego, a una discusión, y, por otra parte, ella no debía importarme como una totalidad, sino como el momento y lo que había pasado antes debía serme tan ajeno como el futuro. Además, estaba la presencia del chófer, tan atento como si fuéramos sentados en el asiento delantero —Margarita del lado de la ventanilla. Una vez dentro de la posada se repitió la ceremonia del cierre de todas las cortinas contra el sol cegador de afuera y no encender la luz, otro sol para marchitar a Margarita. Pero camino del baño ella me dijo, en tono de confidencia, más bien un susurro:

—Tengo algo para ti.

Pero no dijo más. Como siempre, me desnudé y me metí en la cama en el cuarto a oscuras, con la raya de luz del baño solamente visible por debajo de la puerta. Al cabo la oí llamarme y decirme desde detrás de la puerta cerrada:

—¿Tienes los espejuelos puestos?

Entonces yo solía llevar de día espejuelos oscuros que parecían gafas solares. Había vuelto a ellos desde los primeros espejuelos que me vi forzado a usar a los dieciocho años y escogí lentes negros para disimular que era miope, dejado llevar por el prejuicio que había en el Instituto contra los alumnos (sobre todo masculinos) que llevaban espejuelos, que era un signo de lo peor que podía ser un estudiante, es decir estudioso, y al mismo tiempo denunciaban la debilidad del usuario. Además, las gafas ahumadas eran unas antiparras contra la timidez, haciendo inmune al usuario de esa enfermedad del espíritu. Ahora volví a usarlos de día. Pero una noche, en que fui con ella al cine y llevaba los otros espejuelos de lentes transparentes, Margarita me preguntó si los necesitaba en realidad (era casi como inquirir por la necesidad de unos zapatos ortopédicos), si no podía ver nada sin ellos, y al afirmar mi dependencia de los lentes se rió y me dijo que nunca había pensado enamorarse de alguien que usara espejuelos. «Casada con un cuatro ojos», dijo, y se corrigió: «Bueno, casi casada» —pero no retiró el apelativo de cuatro ojos.

—Sí —le dije desde el cuarto, casi le grité: no hay barrera contra el sonido como una puerta cerrada.

—Bueno —dijo ella—, quítatelos, y cuando yo te diga te los vuelves a poner.

Hice lo que me pedía, casi me ordenaba, y por un momento vi la luz no cuadrada sino desbordada por la miopía de la puerta del baño que se abría. Pero ese chorro de claridad desapareció de nuevo y ella me dijo, ya en el cuarto:

—Póntelos ahora.

Hice lo que me ordenaba y presencié un espectáculo —porque era un espectáculo— inolvidable: ocurrió hace más de un cuarto de siglo y no he olvidado un mínimo momento, un solo sector de lo que vi. Ella estaba parada junto a la puerta semicerrada del baño y un rayo de luz que penetraba por la rendija, que antes habría sido intruso para ella, era ahora cómplice: la luz iluminaba su cuerpo; no todo su cuerpo sino la mitad, la parte izquierda, mientras que la derecha permanecía en penumbras aunque no podía distinguir nada de esa zona de carne eclipsada: era la carne iluminada lo que veía. La mitad izquierda de su cuerpo mostraba un muslo (no podía ver la pierna por el borde de la cama, pero no me importaba porque me sabía de memoria sus piernas) redondeado y largo con una forma en curva que llegaba hasta el comienzo de las caderas, de la cadera. Su cadera era alta y redonda: era la cadera de nada menos que toda una mujer, y aunque no era gorda tenía la suficiente carne para mostrarse más ideal de Rubens que de Velázquez y, al mismo tiempo, era muy moderna: nada de siglo XVII, que me tentaba con su sabiduría sexual. La doble curva del muslo y la cadera llegaban muy altas hasta su talle, que era corto (ya había podido adivinar que lo era a pesar de su ropa, pero ahora lo confirmaba) y a la vez hacía juego con la parte inferior de su cuerpo, en una armonía de olas y de ondas. La parte superior estaba dominada por una teta grande, redonda y perfecta, a la que el rayo de luz destacaba su pezón, el mismo botón de carne que había sentido en mi boca y entre mis dedos como un timbre mudo. Me extasié contemplando su teta única sin llegar a lamentar que no tuviera pareja, haciendo visible la música de las semiesferas, explorando ese hemisferio que había recorrido a ciegas. Ahora veía su cuello, libre, que no era largo pero tampoco corto, y sobre el que estaba muy bien puesta su cabeza. El cuello desnudo y la cara iluminada contemplaban ese cuadro carnal que ella había diseñado para mí: pintado con luz como Alton. Había una sonrisa en sus labios gordos y una cierta mirada desafiante en sus ojos, como declarando que me atreviera a comparar en su perfección ese medio cuerpo que me mostraba con cualquiera otro cuerpo completo que yo hubiera visto antes, en la vida o en sueños. Pensé solamente que era una amazona antigua y casi lo dije en voz alta.

Vino hacia la cama sin apagar la luz del baño, con perfecto control de la fuente luminosa, alumna adelantada de Juan Mallet en luminotecnia, y pude ver su silueta toda cuando subió hasta mí y no me interesé por tratar de ver dónde faltaba un seno porque la llanura de su cuerpo colmaba cualquier ausencia: no era gorda, no se podía decir que tuviera grasa sobrante, sino que la carne era dominante en su estructura.

—¿Te gusto? —me preguntó mientras se inclinaba para darme un beso.

Y por entre sus labios llenos pude decirle:

—Mucho.

—¿Te gusto entonces?

—Demasiado.

—No digas nunca demasiado en el amor.

Ella bordeaba el abismo de pasión cursi sin caer nunca en él. Mi temor con las habaneras —las otras eran todas exóticas— era que la cursilería las hiciera imposibles para vos y para nos, como le gustaba decir a Silvio Rigor, quien, contradicciones de la capital, en ese tiempo, solía rondar (cortejar sería mucho decir, aunque él le hiciera la corte en su casona de El Vedado: santa sede en la que era recibido como bufón) a Patricia Firth, a la que su madre cubana, maquinando

desde su mansión de la Avenida de los Presidentes, preparaba para casarla no con un hombre
pobre ni con un hombre rico sino con un Creso
criollo, un magnate que era su magneto, esencial al motor que movía las acciones de la familia.
Esta Patricia que coqueteaba con Silvio de manera mustia, bajando sus párpados de pestañas
largas y negras sobre sus ojos azules, que revelaban más que reflejaban a su abuelo escocés (ella
se decía descendiente directa de Patricio Firth,
el médico cubano nacido en Escocia que investigó
los orígenes oscuros del lupo eritematoso exan-
temático, lo declaró con porfía próximo a la
porfiria y descubrió la cura para esa mariposa
amancillante —que consistía en protegerse del
sol: remedio que en Cuba era una especie de un-
güento invisible; ¿cómo huir del sol en el trópico?— para desdecirse luego y declarar al lupo
incurable y fatal, fracaso de la práctica que no clau-
suró el éxito inicial de su teoría), herencia que
era demasiada posesión: bella, rica y, además,
con antepasados ilustres. La delgada, alta, linda
Patricia Firth —a quien Silvio Rigor llamaba
the Firth Lady— se dejó encandilar una noche
como una mariposa malva por los faros de la máquina de Fausto, ya aprendiz de bufo, en la que
éramos viajeros Rigor y yo, y moviendo ella en
un giro coreografiado su ancha falda de tafetán o
tul (nunca sé de las telas más que el nombre: es
su sonido no su visión lo que las relaciona), declaró ufana: «¿No es verdad que luzco radiante?»

—y este acto Silvio Rigor, en su amor ciego y sordo, se negaba a reconocerlo como cursilería. Fue sólo cuando ella anunció su compromiso contraído con un hacendado —prácticamente dueño de la Hacienda y no de una hacienda— que Silvio a la *rigueur* admitió: «Patricia es lo más cursi que he visto y oído. Ofende a la pupila y al tímpano. Además —me confesó—, padece del mal griego.» «¿Cuál es el mal griego?», le pregunté pensando en el lupus familiar, en la manía lupina de su abuelo nacido en las Highlands y muerto en La Habana. Y me dijo él: «Halitosis», ofendido del hedor.

Pero Margarita tenía un aliento dulce, ahora perfumado por el ron del Cubalibre que bebió de un golpe, olvidando que no era un Margarita, besándome todavía con los labios húmedos del trago, ya mojados por mi saliva, por nuestras lenguas y su visión, ese cine (la televisión es demasiado plana con su iluminación cruda, el teatro tiene siempre una luz que permita ver las palabras: solamente el cine ofrece esos claroscuros, esa luminotecnia dramática, esa fusión de las luces con las sombras como forma narrativa, y lo que había concebido ella con la bombilla del baño, la rendija de la puerta y su cuerpo era casi un *shot* en blanco y negro, una escena sacada, sin ella saberlo, del repertorio visual de Von Sternberg) que me había regalado me excitaron tanto (nada es tan erótico como el sexo entrevisto: ella me había enseñado su medio cuerpo y dejó que mi imaginación se excitara con la imagen prohibida de su otra cara de la luna) que la volteé en seguida y la penetré velozmente, casi violentamente, deseando perforarla, y mientras la besaba en la boca, después en el cuello, luego en su seno sano y ahora en su otro seno o en su cráter, sintiendo la piel estirada plana en diversas direcciones rugosas, haciendo cicatrices, la carne casi macerada pero seca, en contraste con la suavidad de su solo seno, llegué a amar esa parte en sombras de su cuerpo, sintiendo mi amor por Margarita transformarse en pasión supe que ella se estaba viniendo y apresuré mis movimientos, me hice el émbolo de su cuerpo y nos vinimos juntos —y casi en seguida volvimos a empezar. Solamente interrumpimos nuestra función, la fusión para beber, ya que a Margarita le gustaba la bebida y ordenar los tragos, recibirlos y tomarlos fueron nuestros únicos entreactos. Cuando terminamos todo lo que ella dijo fue «Amor» y repitió «Amor, amor», que casi era la letra de una canción que continuaba cómicamente: «nació de ti». Era evidente que Margarita concedía poca importancia a conseguir más de un orgasmo repetido. Era como si fuera mi misión, mejor: mi micción.

Ahora, acostada boca arriba, mirando casi ciega al cielorraso invisible, no había duda de que pensaba en otra cosa, y como lo que más me interesa de una mujer, aparte de su cuerpo, es su mente, quise poseerla por completo y, ya que había domado su cuerpo, controlar su mente. Pero ella hizo innecesaria mi pregunta de siempre: «¿Qué piensas?», porque antes de hacerla me dijo:

—Tengo que confesarte una cosa. ¿No te vas a poner bravo?

—Depende de lo que sea —le dije, con cierta tensión.

—Te he sido infiel.

Me sentí invadido por celos más súbitos que la tensión, por la sensación de que las mujeres en mi vida tendían a repetirse: Margarita había usado la misma frase culta y, por tanto, falsa que habría usado Julieta. ¿Por qué no dijo te engañé, que era más fácil y natural, si es que existen frases naturales? Pero por lo menos las mujeres son naturales en París. En La Habana están en estado salvaje —excepto dos o tres que yo me sé.

—Bueno, infiel no totalmente, pero sí un poquito.

—¿Con quién?

—Ahí está el problema. Es por eso que te digo que te he sido infiel a medias.

Visualicé en seguida el enorme Buick verde que la devolvió a su casa, al dueño de semejante carrocería, ya entrado en años y un coito interrupto. ¿Era esa forma de singar interrumpida lo que ella llamaba «infiel a medias»? ¿O quería decir una introducción hasta la mitad, medio bálano?

—¿Es el tipo de la emisora?

—No, no es ese tipo. No es con ningún tipo.

No entendía. ¿Era con un niño entonces, corrupción de menores, un pene minúsculo? ¿O un viejo acaso? ¿Gerontofilia?

—Es una amiga mía.

Salté por dentro pero también debí saltar en la cama. Los muelles de los colchones eran muy sensibles en las posadas.

—¿Una amiga?

—Sí, una vieja amiga.

¡Mierda! Tortilla con una vieja. Pero ella debía de estar leyendo mi pensamiento en la oscuridad: Braille mental. Era notable el número de cosas que ella podía hacer a oscuras. Después de todo había pasado gran parte de su vida entre las sombras.

—Ella es de mi edad pero hace tiempo que somos amigas. Siempre se me había estado insinuando, dejándome caer las cosas, haciéndome avances, hasta que las otras noches se me declaró en firme.

Nunca se me había ocurrido que las mujeres se podían declarar a otras mujeres como los hombres. ¿Cómo sería? ¿Formal o informal? ¿Qué se dirían? «¿Me aceptas por esposa, querida?» Era ridículo, pero más ridícula fue mi pregunta:

—¿Y la aceptaste?

—No, no la acepté pero sucedieron cosas.

Era la primera vez que me encontraba con una mujer con la que había tenido que ver que sintiera «sensaciones sáficas», como decía Silvio Rigor, que opinaba que «el tribadismo está más propagado que el tribalismo en esta aldea», que él llamaba a veces por su nombre indio de Abanatán. «Peor está México —le contradecía yo—. Allí en cada esquina hay una tortillera.» Como no encontraba un equivalente apropiado, le ayudaba yo diciendo: «Pero el Malecón es una gran dike», y reíamos los dos de haber salvado a La Habana para las lesbianas. Como ven, podía hacer humor antes como puedo despegarme ahora de la situación y reconocer no sólo el drama que hay en el lesbianismo sino la comedia del frufrú de los frotes sin brote, pero durante, es decir entonces, cuando Margarita me confesó su acto contra el hombre, yo estaba primero sorprendido (pocas mujeres había conocido tan femeninas aunque debía haber recordado la revelación de una aristócrata habanera, que declaró que cuando una mujer es muy femenina y muy dada al amor diferencia poco si sus amantes son del sexo contrario o de su sexo: lo que había oído ya hacía unos años en una reunión literaria en casa de Pino Zitto, y al ver que la concurrencia distinguida reía ante lo que se consideraba una ocurrencia distinta, yo también reí antes de oír a la descendiente de la legendaria condesa de Merlin decir que hablaba perfectamente en serio y que ella que era baronesa a veces se consideraba varón) al saber que Margarita podía interesarse en las mujeres y después me sentí escandalizado y después me puse furioso.

—¿Quieres saber lo que pasó?

—No, no tengo el menor interés.

Margarita, era evidente, como la baronesa que se transformaba en barón con la luna del trópico, hablaba perfectamente en serio. No era una broma de mal gusto como el Margarita envenenado, era una Margarita venenosa, una mapanare de ojos verdes.

—Yo quiero contártelo. Quiero que sepas todo de mi vida.

—No quiero saberlo.

Pero ella siguió hablando y ¿qué podía hacer yo? No iba a taparme los oídos con la almohada o ahogarla a ella, Desdémona graduada de Yago, yo Otelo que sabe que Emilia recogió el pañuelo.

—Esta muchacha —Margarita comenzaba, como toda mujer, por quitarse los años antes que la ropa: me hablaba de su contemporánea y la llamaba muchacha— es una vieja amiga de la familia. Ella es de Bayamo y vino a pasarse unos días con mi hermana. No hay más que dos cuartos en la casa y aunque el marido de mi hermana nunca duerme en casa —era evidente, desde que lo vi, que había una relación entre este hombre indistinguible y la hermana de Margarita que era idéntica a la nuestra: el marido de la hermana de Margarita era su amante a secas— ella tuvo que dormir conmigo en mi misma cama que no es muy ancha que digamos. Una noche, la otra noche, estábamos hablando a oscuras, con mi hermana ya durmiendo, y ella comenzó a recordarme los días de niña que yo había pasado en Bayamo. Hablaba de la casa, de las gallinas que tenían en el patio y cuánto me gustaban a mí los pollitos. Me recordaba también cómo jugábamos a las casitas debajo de la casa por un, por un, ¿cómo se dice?

—Desnivel —siempre me pierden las palabras: no debía haber respondido pero también había comenzado a interesarme su historia: nunca se sabe dónde un cuento se puede transformar en literatura.

—Sí, eso. Por un desnivel estaba montada sobre troncos y había como un sótano en el que nos metíamos a jugar. Me habló del tiempo en que jugábamos allí a los casados y de cómo ella, que es mayor que yo, siempre era el marido. Es verdad que jugábamos a los matrimonios y que ella era siempre mi marido. Al contarme todo esto, casi al acabar, me puso la mano sobre el seno y lo hizo tan pronto, en la oscuridad, que di un salto. Me preguntó que si me había asustado y yo le dije que no realmente, y realmente no me había asustado. De veras que no había de qué asustarse, pero el salto fue un salto por el recuerdo. Todo el tiempo dejó su mano sobre mi seno, sin tocarlo pero tocándolo.

Deduje que sería su seno sano y que su amiga estaba acostada a su derecha. Esta deducción no me tomó mucho tiempo y ella tampoco me dejó detenerme en ella porque siguió contando.

—Luego retiró la mano y la oí moverse en la cama. Lo próximo que supe es que ella estaba desnuda a mi lado. Se había quitado el refajo y se había quedado completamente desnuda. Lo supe porque me cogió una mano y me la llevó sobre sus senos al aire. Ella me obligó con su mano al principio, pero cuando quitó su mano yo no retiré la mía: la dejé sobre sus senos, sobre los dos, tocando uno con los dedos y el otro con el brazo. Y no pasó nada más, te lo juro. Ella insistió en continuar, insistiendo en que me quitara toda la ropa de dormir pero no me convenció y como se dio cuenta de que mi hermana nos podía oír si seguía insistiendo, volvió a ponerse su refajo y vino a pegarse a mí. Pero yo me dormí.

Dejó de hablar pero yo no dije nada.

—¿Te molesta?

No dije nada. Debí decirle que no era más que un episodio, que no daba para un cuento. Además le faltaba el final.

—Dime si te molesta, por favor.

Ese por favor me movió a pagarle su cortesía con una respuesta:

—Claro que me molesta.

—¿Te molesta que haya pasado o que te lo contara?

—Las dos cosas.

—Pero si yo no te lo hubiera dicho nunca te hubieras enterado.

Era obvio que yo no iba a conceder la razón, que era suya.

—Siempre me habría enterado. Uno siempre se entera de todo.

—Esto ocurrió entre dos personas solas y la otra persona no la conoces.

—Me habría enterado. Siempre hay terceros intermediarios.

—Pero te juro que no pasó nada. No fueron más que recuerdos de juegos de niñas. Nada más.

—Fue bastante.

Ella se quedó callada por un rato y luego, dijo:

—Te admito que ella ha seguido insistiendo, que está todavía en La Habana y cada vez que tiene oportunidad me hace avances. Pero yo no le he dado mucho pie. Le he hablado de ti, de mi amor por ti, de lo que me gustas.

Volvió a callarse.

—Dime una cosa —dijo de pronto—. ¿Te gustaría que ella se acostara con nosotros?

Silvio Rigor siempre decía que dentro de mí dormía un puritano con un puro —y tenía razón—. Dos veces, aunque fumaba cigarrillos. Esta vez con Margarita se despertó el cuáquero cubano. Le hablé en tono duro, casi violento. ¿O era simplemente temeroso?

—¡No me interesa! Para nada.

—Yo se lo insinué a ella y pareció gustarle la idea. Pero si a ti no te gusta...

—¡No me gusta nada!

—Bueno, bueno, está bien. No te pongas bravo. Era solamente para probar. Así únicamente accedo a acostarme con ella. Los tres. Tú y yo y ella.

—No me interesan esas combinaciones. ¿Cuántas veces te lo voy a decir?

—No me lo tendrás que decir más. Tú eres mi amor. Mi único amor. Mi amor para mí.

—¿A cuánta gente le habrás dicho lo mismo?

—Si supieras que a muy poca. Además, ahora te lo estoy diciendo a ti solamente. No existe para mí nadie más que tú.

En ese momento tocaron a la puerta. No era alguien que venía a compartir mi amor sino a impedir el sexo en exceso. El toque indicaba que el tiempo se había terminado. Proustianos procaces. Huxleys en La Habana. Hay que encontrar el tiempo para perder. El tiempo de templar debe detenerse. Se nos había acabado, a ella y a mí, el rato para pasar —y me alegré. No tenía absolutamente nada más que hacer allí. Antes de separarnos le dije que no la vería al día siguiente, domingo, porque iba a ir a Guanabacoa a un toque de santos. A ella no le interesaban los toques, ni siquiera le gustaba la música cubana, las canciones, los boleros, ¿cómo le iba a interesar ese ruido ritual? Pero antes de separarnos me hizo prometerle que la vería después, al caer la tarde. Al principio me resistí a acceder pero pensando que tal vez entonces pasaría el tiempo con su amiga en leves lesbianismos —al no estar yo, ella sería su placebo. Le dije que sí, que vendría a verla.

Yo había oído música verdaderamente negra sólo de pasada, sobre todo en Nochebuena, por la inolvidable Radio Cadena Suaritos, ese

dueño y único locutor con su fuerte acento español (algunos decían que falso) contrastaba en su
presentación de la batería conga y el Coro Iyesá
en su juego de estrofa y antistrofa, tan africano,
con Merceditas Valdés entonando en alto falsete
las frases yorubas repetidas *ad infinitum* pero nunca *ad nauseam* y siempre incomprensibles desde
la invocación: «Kabio sile», que podía ser otro
Kyrie eléison. Pero estas manifestaciones eran para mí tan ajenas, tan poco comunes, tan extrañas, en fin, como lo fuera una muñeira bailada
en la Artística Gallega, o los sonidos del gaitero
que siempre zumbaba sus chirimías y su roncón
desde los portales del Hotel Luz a la Alameda de
Paula, entre columnas coloniales. Todas éstas eran
músicas exóticas ante las que el pasodoble, por
ejemplo, resultaba baile de familia. Verdad que
no había toques de tambor en mi pueblo, que la
música que había oído en mi infancia eran los
repetidos puntos guajiros, acompañados por una
guitarra o un laúd o las orquestas de los balnea-
rios, o de los bailes de las sociedades que siempre tocaban danzones o habaneras o guarachas:
nunca descendían a la indecencia de una rumba
—primero tocaban una marcha fúnebre—. La
música más oída, la retreta de la Banda Muni-
cipal, que tocaba los domingos por la noche en
el Parque Calixto García, junto a la estatua de la
Libertad rompiendo las cadenas, eran arias de
ópera —aunque a veces condescendían a aires
antillanos y algunas melodías en boga, irrecono-

cibles entre el trío de tuba, clarinete y figle—.
Por la radio vecina sonaban infinitos los boleros
de moda, que todavía me sé: suenan eternos en
la moda de la memoria. Así la verdadera música
negra (el son, la guaracha y la conga eran música cubana, *sono populi*) la conocí en La Habana,
ya tarde, con Silvano Suárez sirviéndome de maestro de iniciación en las ceremonias sonoras: «Ése
es un toque a Babalú-ayé, que es San Lázaro» —así,
rubio y ojiazul, Silvano pasaba revista a los mi-
tos africanos.

Pero cuando regresó Titón de Italia, convertido en un cineasta diplomado, hablando de Roma y de ruinas (afortunadamente no mencionó
una sola de las Siete Colinas), pude decirle, co-
nocedor: «*Est rerum facta pulcherrima* Habana» y
enseñarle a él, un nativo, mi Habana viva. Reco-
rrimos el barrio de Cayo Hueso, tan mulato, en
medio de las calles blancas de San Rafael y San
Lázaro, y en San Miguel (en La Habana abundan
las iglesias y las calles santas), no lejos del Parque
de Trillo, con su estatua del general decapitado,
negro insurrecto de nombre legendario, Quin-
tín Banderas, cuya crueldad corría pareja con su
patriotismo, le enseñé a Titón un cartel de una
adivina que se anunciaba con un ojo verde enorme
—mal de ojo, el ojo ubicuo, el ojo del mundo:
mauvais oeil, the evil eye, malocchio, frases que no
se acercan remotamente a la latina *fascinatio:* la
fascinación del mal— sobre su puerta pintada
de color vino, indicando con el ojo que ella lo

veía todo: el pasado, el presente, el porvenir, y al mismo tiempo exorcizaba al enemigo malo que vigila siempre, vil vigilia, el ojo que no duerme. Era una pitonisa poderosa, Delfos en el centro de La Habana, en el meollo, el ombligo de mi mundo, que se anunciaba en lemas elementales como «Desconócete a ti mismo», «Nadie se pierde dos veces en la misma ciudad», y, muy a propósito, «Todo en exceso». No franqueamos la puerta cerrada porque temiéramos al conocimiento que encerraba, sino porque un letrerito escrito a mano con letra casi analfabeta decía que la vidente había ido al médico. Evidentemente ella era capaz de ver el mal, pero no los males. Dedujimos a dúo que tal vez estuviera en el oculista: padecía de vista corta. De allí transporté a Titón en la alfombra mecánica de una guagua al barrio de San Isidro, a la misma calle San Isidro (que debía serme familiar por razones que olvido), a mostrarle una casa de dos pisos donde había un letrero grande que anunciaba: «Academia de Rumba.» Titón admitió ignorar hasta ese momento que la rumba se podía enseñar como una asignatura. Pero, le dije, ¿no se enseña el ballet, esa rumba con *pas* en vez de pasillos, tiesa, que sustituye la gracia por la gravedad? Además, agregué, hay varias asignaturas en el currículum: Rumba Columbia, de ritual para iniciados; Rumba Abierta (para toda la compañía), y Rumba de Salón. Pero no pude por menos imaginar qué diría Platón de esta *akademi de rhumba,* helenizado el nombre para que lo comprendiera mejor la sombra del filósofo de anchas espaldas que tenía en común con muchos músicos negros habaneros el ser conocido por su apodo: Chori, Chano Pozo.

Seguimos a Jesús María, verdadero barrio negro, corazón africano de La Habana Vieja, donde anotamos el intrigante aviso: «Se tiemplan cueros», que parecía oscuramente obsceno y simplemente anunciaba que se afinaban tambores —posiblemente tumbadoras y bongós—, labor tan difícil como temperar el clave de Miari de Torre, ese piano al que el tiempo, revertido, había hecho regresar de la época romántica al período barroco, por desafinación. Esta muestra de La Habana invisible para Titón, exiliado en su casa con su piano y sus patentes, tocando viejas habaneras y operando el troquel de su padre, luego desterrado en Roma, entre pinos y fuentes, esta *tour de trouvailles* la extendí a ir a conocer al reparto Diezmero, al legendario compositor de sones Ignacio Piñeiro, de quien yo atesoraba sus viejos discos Columbia, descubiertos empolvados de los años veinte y treinta pero todavía sonoros como en su época de apogeo (la que culminó, como nos contó, con gracia irreproducible, el viejo Ignacio entre tantas memorias como música, de sus tiempos de abakuá secreto y habanero famoso, tuvo su cumbre cuando George Gershwin le había pedido prestado uno de sus sones como tema de la *Cuban Overture*: sólo que Gershwin se olvidó de pedir permiso a Piñeiro, creyendo que era un aire popular, el viejo Ignacio, entonces joven, elevado a la condición de folklore) y Titón lo creía muerto y estaba a los setenta años vivo como azogue oscuro. Por Ignacio Piñeiro, viejo santero, supimos de los toques de santo en Regla y Guanabacoa en las grandes fechas del santoral cubano: fiesta de la Virgen de la Caridad, festejos de la Virgen de Regla y la más importante celebración, fiesta movida más que movible, de Santa Bárbara. Los santos, como las calles, no eran todos vírgenes y mártires. El culto a Santa Bárbara era la adoración de Changó, el más hombre de los dioses africanos, quien, como un héroe griego en un momento de su vida aventurera, entre peleas contra deidades no menos poderosas, se había tenido que disfrazar de mujer, pero fue descubierto por su espléndida espada (aquí los freudianos toman nota). Santa Bárbara era protectora de las tempestades, Changó dios del trueno y como Santa Bárbara, vestida de mujer, portaba en los cromos una espada masculina, vino a encarnar la imagen de Changó en su avatar católico y pagano, dios de la santería, macho magnífico. A la celebración de Changó había que ir el 4 de diciembre (Ignacio Piñeiro nos señaló las direcciones precisas de las casas de culto), pero ahora íbamos Branly, mi hermano y yo con Fausto, que aprendía mientras se deleitaba, al toque de santos de la Caridad del Cobre. Titón se vio impedido de viajar en la máquina al templo por esos compromisos comerciales de su padre, él siempre obediente,

acatamiento del orden paterno que yo le repro-
chaba, diciéndole: «Titón, sé un titán y asalta al
cielo protector», conminándolo a que se rebelara
contra las tareas impropias de su sexo. Así ahora íbamos los cuatro en el faetón de Fausto por la
Avenida del Puerto, pasado el muelle de Caba-
llería y el Hotel Luz de altas columnas de Hér-
cules habanero, frente a la Lonja y los muelles de
la Machina, más allá del convento de San Francisco
tomando la Alameda de Paula para enfilar entre
este paseo reconstruido y los bares, siguiendo hasta la iglesia de Paula, en la esquina donde Rine
Leal le gritara una obscenidad minuciosa a Julieta
Estévez una noche, una madrugada bebida, pasa-
remos al costado de la muralla (donde se puede
gritar: «Habaneros, de esas piedras cuatro siglos
os contemplan»), siguiendo por la Avenida, de
nuevo llamada del Puerto, hasta las faldas del
Castillo de Atarés, para montar sobre el paso elevado, tan feo y superior como se veía, enfilando
por la Vía Blanca, por donde debíamos haber
continuado, pero cogimos la vieja carretera rumbo a Guanabacoa y el rito de verano tardío en que
la muy cubana, respetable, respetada Virgen de la
Caridad del Cobre, patrona de Cuba afectuosa-
mente llamada Cachita, se transforma, en una
metamorfosis que daría envidia a Ovidio, en la
muy puta Ochún, carnal cubana.

Ya había estado en Guanabacoa antes, en
varias ocasiones, y la más memorable fue una
boda que se celebraba en una especie de galpón

al que la luz del alumbrado público prestaba una iluminación irreal, dramática, como si el escenario perteneciera a alguna película que pasara en el Sur de los Estados Unidos y a la vez descrita antes por Faulkner (autor de quien era ávido lector por esa época, que no es la actual), esperando ver surgir a Joe Christmas, mulato que pasaba por blanco, entre la luz y las sombras. Pero esa boda, de un pariente de Juan Blanco, ocurría en la parte blanca de Guanabacoa, aunque la ciudad misma, apéndice de La Habana, es predominantemente negra. Ahora, subiendo una cuesta que llevaba a la casa en que se celebraba el toque, a plena luz del día, Guanabacoa se revelaba muy cubana, pero al mismo tiempo mantenía la sensación de irrealidad: era evidente que no estábamos en La Habana propia, pero tampoco había regresado al pueblo: era una Cuba revelada por espejos. Colón descubrió a Cuba y nunca lo supo. Yo, más afortunado, sabía que estaba descubriendo La Habana. Desde unos años atrás hacía estos descubrimientos, que no por buscados resultaban menos sorprendentes, Indias inusitadas, y me deleitaba en su hallazgo. No tienen lugar (espacio) las revelaciones que hice antes ni las que haría en el futuro (tiempo), buscando siempre el sortilegio oculto entre lo cotidiano (sortilegios para mí, a quien se revelaban como extraordinarios, cotidianos para los que integraban esas partes que eran para ellos un todo, la unidad, habitantes familiares de un mundo desconocido detrás de la puerta) y encontrándolo, pájaro azul, en mi propio patio. Excepto por un pasajero deseo sin equipaje de ir a París (los fanáticos fundadores de la Cinemateca van a vivir a París: lo había hecho Ricardo Vigón y luego Germán Puig: después de todo en la *Ville Lumière* los hermanos Lumière inventaron el *Cinematographe,* pero yo no quería ver París antes de morir, ni siquiera visitar París realmente: el París con que yo soñaba era aquel en que Gene Kelly enamoraba bailando a la deliciosa Leslie Caron —era el París de *Un americano en París,* un París hecho en Hollywood, el París del cine, no del Sena), éstos fueron mis únicos viajes de entonces y de alguna manera eran la contraparte de la búsqueda minuciosa de mujeres y el encuentro con muchas muchachas que fueron inolvidables. Ese día del toque de santos, la intensidad del sentimiento divino y profano a la vez de los que bailaban hasta conseguir caer en trance, esa especie de epilepsia rítmica que se conoce como dar el santo, ser poseído por una divinidad, lo enclaustrado de la casa humilde y pequeña en que se celebraba la fiesta religiosa, honor y veneración y regocijo, pagano y católico a la vez: los santos están entre nosotros: la música compuesta solamente de tambores diversos y de cantos en idioma congo o bantú o yoruba (nunca he podido identificarlos ni desentrañar su misterio, a pesar de que tienen el atractivo del griego antiguo y su densa dificultad: son para mí esotéricos), la profusión de imágenes sagradas, cromos cristianos a los que se ofrecía, herejía, comida y bebida, fueron otra revelación y ya desde entonces dejaron de serme ajenos todos, todo, porque era indudable que a pesar de su sonido exótico, de su sentido arcano, formaban parte de la vida de la isla. Es más, integraban la Gran Habana. Así, cuando unos pocos años más tarde volví a encontrarme con estos misterios tropicales (originados en el África tropical, reconstruidos en Cuba), me eran tan familiares y tan exóticos y hablaría de ellos con el mismo conocimiento que hablaría de la muchacha que me acompañaba a un rito de ritos —aunque los unos y la otra me resultaban igualmente indescifrables y la escritura fue sólo un intento de hacer conocer la confusión en que me sumían unos y otra. ¿O debo decir otras? Después de todo las mujeres han sido para mí siempre un enigma.

De regreso de Guanabacoa dejé a Branly y a mi hermano veloces en el auto de Fausto, *fauto y fautotum,* y me bajé en Infanta y San Lázaro, para despistar a Fausto, siempre curioso, queriendo ser sabelotodo y bajé San Lázaro (a menudo recorro en sueños esa calle en una ruta 28 fantasma y eterna como una versión con ruedas del Holandés Errante, viajo por esa calle detestada, siempre por la zona cercana a Infanta, la vía más que smarrita, aberrada, desfigurada, como una versión especular, y es que regreso a los predios de Margarita), caminando lentamente hacia Soledad —y por la calle, sorpresa, venía

ella hacia mí—. En la memoria la calle tampoco
se parece a San Lázaro y siempre pensé que el
encuentro había ocurrido en otra calle paralela.
Pero la lógica topográfica indica que si nos encontramos en San Lázaro, porque yo caminaba
de Oeste a Este mientras ella venía desde el Este, como el globo terráqueo que encuentra el
sol (aunque debiera decir la luna: no había luz
propia en Margarita: toda su luz era reflejada,
mientras otras muchachas que conocía eran ra-
diantes, como Julieta, aunque cuando más glo-
riosamente rubia lució fue una noche, años después
de haber sido amantes, que entró en el cine-club
universitario del brazo sorprendido de Fausto, su
amante ahora, y vino a sentarse justamente, do-
lorosamente, delante de mi mujer y de mí, ella,
Julieta, con el pelo cortado y hecho esplendo-
rosamente rubio por el mismo sol que la hacía
dorada toda: una visión de felicidad además, porque se veía que estaba enamorada, aspecto que
nunca tuvo con Vicente ni, debo confesarlo, conmigo: como ciertos estuches ineptos, no sé sacar
el color a las perlas), Margarita ahora. Mucha Margarita. Mucha mujer. Muchas mujeres. Miro hacia atrás con ir a cuando yo era y ella se me convierte en una estatua de sol. El demasiado polvo
formando otras parejas con la luz. Pero ella era
única en la tarde, una sola sombra sonora en mi
contar de los contares. Habanidad de habanida-
des, todo es habanidad. La Habana es una fijación
en mí mientras ella nunca fue mi movimiento

perpetuo. Dos desmadres tengo yo, la ciudad y la noche. Recordar es abrir esa caja de Pandora de la que salen todos los dolores, todos los olores y esa música nocturna. Dos hembras tengo yo, ella y mi mano. ¿O es una soladós? Puntilloso debo atravesar con mi lengua bífida ese *puns asinorum* que va del as de bastos al *cunt-diamor,* el haz de corazones. Punnilingus. *The pun of no return.* Ya se acerca. Todo escritor con más de una lengua deberá hablar con señales de humo verde. Ya me acerca. Viene a solas. Se viene sola. ¿O es una isola las dos? Dos despatrias tengo yo, *the City of Words* y *das Kleine Nachtmusik. La petite morte et la musique.* Aquí está, allá estaba. Demasiada mujer. *Too much woman. Two-muck woman. To mock woman.* Ah Silvano, si vano, he probado que ni siquiera una amazona queda grande al glande. Pero Margarita ha crecido en el recuerdo, megalómana, abuelita actual. Abre ella la boca enorme. ¿Para mamarme mejor? Volviendo a ella. Margarita mirándome con agrado, aproximándose sonriente, tendiéndome sus manos para tomar las mías, sin importarle que estábamos en la vía pública, haciendo de La Habana un París *de deux,* sin tener en cuenta los peatones, los otros, invisibles porque habían desaparecido de la hasta entonces concurrida calle —y es esto lo que siempre me hizo pensar que el encuentro no tuvo lugar en San Lázaro, sino en una calle lateral, pero que, curiosamente, no era Jovellar: lo que no puede ser topográficamente, pero, a pesar de los esfuerzos nemotécnicos que he hecho para probar lo contrario, es evidente que, como en los sueños, hay otra lógica en el recuerdo. Margarita se apegó demasiado a mí para decirme:

—Me gustas mucho así.

—¿Así cómo?

—Como estás vestido hoy.

Para ir al bembé (palabra mágica que no había pronunciado antes para no enseñarla a Fausto: es una misa negra) había desechado la chaqueta que siempre usaba, aun en ese setiembre ardiente (las lluvias de la temporada de ciclones se habían retrasado y hacía más calor que en agosto), no por razones climáticas, sino porque en un toque de santos mi vestuario formal habría desentonado, pero conservé la camisa de cuello duro, que llevaba abierta, y mostraba mi deformidad natural, que me acerca a un zángano o me asemeja a una mantis macho, que siempre trato de ocultar con trajes o chaquetas: las piernas demasiado largas para el torso corto, los hombros estrechos enmarcando un pecho ancho y los brazos flacos que cuelgan separados del cuerpo. La camisa de vestir disimulaba esta última debilidad anatómica y, aunque tenía los puños recogidos a medio brazo y enseñaba las muñecas finas, no se destacaban tanto como si llevara una camisa deportiva de mangas cortas. No sé por qué le gustó tanto a Margarita mi aspecto. Años más tarde ni siquiera me habría asombrado, acostumbrado a que las mujeres me encontraran atractivo por mis partes más ocultas: mi voz, mi boca, mis manos o, Dios mío, ¡mis orejas! Pero a Margarita ese día, esa tarde, ese domingo en setiembre le gustaba mi atuendo.

—¿Qué tiene que tanto te gusta?

—No sé. Te ves tan hombre.

¡Varón Dandy! Verdad que yo siempre me veía muy joven para mis años, muy muchacho, pero eran precisamente los trajes, el cuello y la corbata, las chaquetas con las que yo creía disimular no sólo mis defectos físicos, sino mi carácter juvenil, llegando hasta agregar años a los que ya tenía cuando me preguntaban mi edad. Pero ahora a Margarita le gustaba la ausencia de un saco encubridor de mi aspecto adolescente.

—¿Y te gusta eso?

—Tanto, que te comería aquí en plena calle.

Me di cuenta de que no deberíamos estar allí, de pie, en la calle, vestidos. Pero no podríamos variar el plano vertical, no ese domingo, pues ya había agotado mi excusa, con mi hermano llevado por Fausto, la salvación por la velocidad, de seguro de regreso en casa y mi mujer esperando por mí como por el marido perdido. Así nos limitamos a conversar un rato y al cabo me fui sin siquiera un beso. No recuerdo qué sucedió esa semana, pero no podré olvidar lo que pasó el sábado siguiente. Fui a buscar a Margarita más temprano que nunca, después de un breve almuerzo en mi casa en familia y un pretexto postrero para

mi mujer: «Tengo que dar unas clases de alqui-
mia a Fausto», o cosa parecida. Debía haber llegado a casa de Margarita poco después de la una
porque a las dos ya estábamos en la posada, desnudos, en la cama. No me habló de su amiga (de
hecho no volvió a mencionarla hasta mucho tiempo después) y se limitó a beber su Cubalibre ávi-
damente. Yo tenía otra avidez. Era un ansia de estar dentro de ella que se transformó en una furia
para penetrarla en seguida, aún con la bebida en
la mano, que yo oía por el tintinear del hielo y el
vaso, que sentía porque me mojaba el pecho, esa
impetuosidad hizo que mi pene, en el acto, llegara a donde no había llegado nunca antes en su interior, mi escroto convertido en otro instrumento
de penetración, golpeando su vulva con frenesí, el
mismo encogimiento de su piel haciéndolo un objeto romo pero contundente, que pegaba contra
sus labios, la vagina baja formando una campana,
la bolsa hecha badajo, carajo. Ella me recibió con su
acostumbrada blandura, suave la piel, acolchados
sus miembros por su carne amable, tibia por dentro, muelle en que atracar. El primer coito —lo
que ella en su manera habanera llamaba palo primero— fue muy rápido y sin aflojarme seguí sin-
gándola con la misma ansiedad, que no era una
premura, sino un intento de posesión completa de
mi primera mujer, ya que eso era lo que se había
revelado Margarita para mí.

Pero pese a ser una mujer mullida había
por debajo una firmeza que permitiría decir al

proverbial habanero: «Está dura. Durísima», que
fue lo que oí decir al pasar una noche rumbo al
Florencia y sus murales móviles mexicanos. Pero tal vez no se refirieran a ella, porque Margarita me cogió del brazo firme y se apresuró a
cruzar la calle, temerosa de que fuera un piropo,
de mi reacción a ese atrevimiento procaz, provo-
cador y pensando en mi reacción seria ofendida,
imaginando una discusión, seguida de una riña
y al final brillaría en la noche una daga desnuda
buscando como yo ahora una herida inmortal.
Margarita me recibía sin renuencia, con una bienvenida húmeda, pero al mismo tiempo correspondía con sus movimientos, con una torsión
hábil de la pelvis que ni siquiera las caderas ex-
pertas por naturaleza de Julieta lograban la comparación con el recuerdo de los días riesgosos de
la calle Lamparilla o de los interregnos más se-
guros de la posada de 2 y 31. No creo que hubiera habido nada semejante a Margarita en mi
vida amatoria —no sólo en el sexo, sino también
en el amor. Cuando descansé después del tercer
orgasmo seguido, cuando vine a probar mi Cubalibre, cuando por primera vez la contemplé,
vi que ella me estaba mirando, observando, es-
crutando mientras en su cara se podía ver una
sonrisa satisfecha. El sol fuerte de la tarde había
logrado colar por alguna rendija de puertas y
ventanas un velo tenue porque había claridad en
el cuarto, aunque no se me ocurrió entonces tratar de ver su seno ausente o por lo menos las mar-

cas que había dejado su ausencia. Pero ella ya estaba acariciándome, instándome a que subiera encima de ella de nuevo, a que volviera a mi tarea de profundizar nuestro contacto, de hacer del amor un verdadero conocimiento (dejando a un lado todas las connotaciones bíblicas del verbo conocer, sino de comunicación real), de convertir el amor en algo que dure no más allá de la muerte (como en *Tristán e Isolda)*, sino mientras la memoria viva.

Supe que habían llegado a cinco los coitos de nuevo cuando tuve que descansar y pedir por teléfono otra vez más Cubalibres, siguiendo su sugerencia, esa Margarita bebedora venezolana. Los tragos llegaron prontamente y me fui a abrir la puerta, arrastrando los pantalones para buscar dinero y pagar, y volví a la cama con pantalones y cócteles a rastras, en ristre. Por inadvertencia, descuido o fatiga (o tal vez por las tres cosas juntas) la puerta no cerró bien y se abrió cuando ya regresaba a la cama y entró en el cuarto un chorro de luz, orientada la habitación hacia el Oeste, como fue construida. La cama reflejó la luz y vi a Margarita toda desnuda, con su cuerpo de varias curvas o de una curva que se repetía aumentando desde los tobillos en la curva de las piernas que se hundía en la rodilla para volver a dibujarse en los muslos largos que entraba al comienzo de las caderas que eran otras curvas indentadas más aún en la cintura y la última curva llegaba a los hombros que bajaban en una suave curva hacia los brazos tan bien formados como las piernas. Fue entonces que noté que ella no hacía nada para ocultar su seno (ya el otro, que había visto iluminado y dramático, se ladeaba un poco, pero todavía conservaba su forma espléndida) y lo pude ver distintamente. Lo único que quedaba de su seno izquierdo era el pezón y el resto se aplastaba sobre su pecho no como un globo vacío, sino como si estuviera hecho todo de músculo, como el pecho de un hombre musculoso que hubiera dejado de hacer ejercicios. Hacia los lados la piel (y presumo que la carne debajo) se estiraba en estrías, en costurones y canelones hasta la axila, donde había más cicatrices que bajaban por el brazo. Recordaba carne magra, tasajo. Antes de darme vuelta (esta visión duraría segundos) y apresurarme a cerrar la puerta, pude ver que ella se sonreía con sus labios llenos, como complacida de que yo la hubiera visto —o mejor, de que ella se hubiera dejado ver por mí, en una suerte de *striptease* total—. Ahora yo la conocía del todo.

Volví a la cama en penumbra y sin entregarle su vaso, con una erección que no había advertido antes, monté sobre ella, iniciando de nuevo mi movimiento de penetración, que se resolvía en una retirada inmediata porque ahora ya no era necesario hundirse del todo en ella. Ardor con ardor se pega. En el monte de Venus, sexo y bardo, tiene el leopardo su abrigo. Margarita, como para que yo profundizara más en ella, subió sus piernas sobre mis hombros, mientras se mantenía en su sitio y, a veces, apoyados sus talones en mi espalda, me traía más hacia delante, más hacia ella, más dentro de ella. Seguí moviéndome, dándome cuenta de que me demoraba más, me tomaba más tiempo eyacular, y sentí el sudor correrme por la frente, por la cara, por el vientre, al acariciar su seno lo toqué resbaloso: tal vez el sudor era de mi mano, tal vez de su piel. En ese momento ella tomó mi otra mano y la puso sobre su seno y sentí su chatura primero y luego la rugosidad de las cicatrices, de la piel replegada sobre sí misma —y me vine en seguida con grandes contracciones—. Al sentir sus espasmos supe que ella también se venía en silencio. Me tiré a su lado y busqué en seguida mi vaso, mientras ella también bebía del suyo, a grandes tragos, sorbos masculinos. La imité y me sentí mareado y pensé que debía ser por el esfuerzo sofocante. Pero no bien había acabado ella de beber me susurró: «Ven», y me atrajo hacia ella, todavía me movió más, cuerpo inerte, hasta colocarme encima como un cadáver querido —y volvimos a empezar: cada coito es una iniciación—. Me moví todo lo que me permitió el cansancio, pero estaba seguro de que no me volvería a venir. Fue entonces que sentí su mano recorrer mi escroto encogido y uno de sus dedos comenzó a frotarme el epidídimo, primero suavemente, luego con fuerza creciente. «Déjate hacer —me dijo—, déjame hacer.» Siguió con su frote fornicante. «¿Nunca te habían hecho una caperuza?»

«No», tuve que admitir. La única caperuza que conocía era roja y la llevaba en la cabeza una niña, no un hombre tan cerca del ano. Pero, ¿quién le tiene miedo al lobo libido? «Es muy buena —me aseguró ella—, ayuda a venirse al hombre.» Parecía una comadrona que auxiliaba al parto masculino. Pero sentí mi pene crecer, la erección endurecerse, hacerse mayor de grosor. También aumentó el tamaño del placer, imagino que mutuo. Me incliné sobre ella y alcancé su cara pálida para meter mi lengua como una flecha en su boca. Ella me estaba esperando, herida abierta, con labios ávidos (todos sus labios, grandes y pequeños, horizontales y verticales, acogían ahora mis órganos), pero su lengua también se abrió paso por entre la mía, que era suya, para entrar en mi boca, en un juego de penetraciones. Mientras tanto, hordas de semen del Sur van buscando el oasis verde de su Arabia en el Cuerpo. Cuatro jinetes de la poca lid cabalgaban paredes arriba. Un caballero cubierto pierde prenda al exclamar: «¡*Chapeau!*» Suenan los besos en la tarde última. La daga dura se hace un íntimo cuchillo. Se había librado la batalla del junípero. Ocurrió un hecho histérico: pasmos, espasmos. Vastas deferencias en mis *vas deferens,* y fue la venida final, pero se probó la más rica en ruidos, hechos eco en mis gritos de dependencia que nunca había dado antes, dentro de su boca, respondiéndome Margarita con su orgasmo, silencioso como siempre, reservado, un acto privado hecho para el público de uno pero frenético en sus contracciones: movimientos tetánicos, doblándose ella como una cuchilla blanda, en exquisita estricnina, sus talones sobre mis riñones produciendo un dulce lumbago. Siguió en su tetanía hasta que resbalaron sus piernas lentamente espalda abajo, cesaron sus actos motores y se quedó rígida. Ahora sí de veras me derrumbé de cansancio, sobre ella, que me recibió con sus brazos abiertos para cerrarlos en seguida a mi alrededor, buena boa, y besarme con una energía que no sé de dónde sacaba, al tiempo que me decía declamatoriamente: «¿Te das cuenta de lo que hemos hecho?» Pensé en alguna culpa condenatoria más atroz que el adulterio. No me dejó preguntarle cuál era ese pecado nuevo al decirme exclamatoria: «¡La cantidad de palos que hemos echado!» Le iba a decir que no tenía mucho que alardear si me comparaba con el legendario señor de la guerra chino apodado el General 56, descubierto por Silvio Rigor en una de sus lecturas lúdicas. El General 56 fue famoso en la paz por su hazaña de haber conseguido cincuenta y seis orgasmos consecutivos al norte de Nanking. No quise hablarle de este chino semental, sentimental que soy, para no extenderme en un elogio de esa raza que lo ha hecho todo primero y a la que un día debía pertenecer. Además, ¿para qué disminuir en ella, mi presa, mi proeza?

Bajé de ella como de un Everest que sin embargo sigue estando ahí y me acosté a su lado. Ella se cubrió con la sábana hasta la barbilla: no era frío de montaña, sino recato. Viéndola en su sudario *non sancto* comencé a quedarme dormido mientras ella me miraba y se sonreía con sus labios desplegados, sus ojos plegados. Todo verdor pernoctará. Nos estábamos durmiendo los dos a la vez como en un orgasmo de sueño. Pronto soñaríamos al mismo tiempo. El onirismo en los dos sexos. La cópula llena de somnífero. Dormirse en el pueblo significa singar. Entonces ya habíamos dormido al unísono. Pero estábamos en La Habana, donde dormir es una imagen de la muerte, como en la frase parece que está dormido. Margarita en su mortaja parecía que estaba muerta. Caída en la batalla. Decidí reunirme con ella, amor que dura más allá de la pequeña muerte. Ahora, a las cinco en punto de la tarde, nos dormíamos los dos a dúo. En ese duermevela, en ese velorio con un solo cirio estaba cuando oí su voz de vela decir:

—Mi amor.

—¿Qué?

—Mi amo.

—¿Cómo?

—Mía.

Me desperté del todo para maravillarme de que fuera su voz y no la del cancarcelero de turno tocando a la puerta para decirnos «Se acabó el tiempo», como si ese cuerpo aquí a mi lado

fuera un reloj de arena de carne de deseo vacío.
Miré mi estilo, gnomón o minutero.

—Tenemos que irnos —le dije a Margarita, sacudiéndola por un hombro velado, carne
del *Corán*.

—¿Cómo?

—*Time's up.*

—¿Qué cosa? —La moza árabe sólo dominaba lenguas orientales.

—Es hora de irse, no de venirse.

No entendió: como toda mujer no cogía
las alusiones, sólo las ilusiones.

—Tenemos que irnos —me repetí.

—¿Ya? —preguntó remota, desde una
Arabia feliz.

—Sí, ya es hora. Al partir. Para arrancar-
me del nativo suelo.

Pero si no entendía las alusiones mucho
menos iba a saber de citas y parodias. Sonám-
bula caminó hasta el baño, prendiendo la lámpara
con la puerta abierta, dejando que la implacable luz bañara su cuerpo como una ducha seca, revelando su anatomía que me sabía ahora de
memoria de los sentidos, como un vesálico, co-
nocedor de las partes no pudendas pero sí pro-
hibidas. Cerró la puerta y oí el ruido de rocío
rudo de la ducha verdadera no metafórica. Empecé a vestirme, ya que había decidido no bañarme ese día y conservar los olores de su cuerpo
sobre mi piel como otra marca. Pero tuve cuidado de ponerme primero la camiseta que oculta-

ba los muchos morados visibles sobre mi torso. Cuando me puse en pie para introducirme torpe en los pantalones, caí sobre la cama, no por la vieja torpeza, sino por un cansancio nuevo: estaba realmente agotado, las piernas me temblaban, hasta los brazos los sentía convulsos de reflejos musculares. Finalmente conseguí vestirme cuando ella ya salía del baño, desnuda, dejando la puerta abierta, su cuerpo de carnes coritas (hasta aparecer Margarita en mi vida no entendí exactamente lo que querían decir las innumerables novelas eróticas con una palabra repetida: mórbido: ella era una mujer mórbida) visibles a contraluz ahora sin temor a que yo la viese desnuda, que la conociese tan íntimamente como podía conocer un hombre a una mujer. Más íntimo conocimiento todavía, ya que sabía de su seno y su sexo. Se vistió pero no se maquilló y se veía muy pálida, sus labios exangües del mismo color de su cara, ahora casi color de marfil, su cuello una versión de la turris ebúrnea. Antes de irnos, de apagar la luz, de recorrer con la vista toda el área de amor para ver si habíamos olvidado algo (el ectoplasma del sexo: esperma y esmegma), volví a mirar mi reloj y vi que eran las nueve de la noche —habíamos estado en la posada casi siete horas—. No era un récord, pero para mí sería como la marca de la marea: esa altura del amor era producida sólo por la sexualidad de Margarita y era un esplendor que no se volvería a repetir. Para completar esa noche, añadir el riego al goce, nos fuimos a un bar americano que era más bien un restaurante en la barra, que estaba en la Calle 25 y Calle K, a sólo tres manzanas de casa, a medio camino entre la Escuela de Medicina y el Palace, donde devoré un *baby* filete, carne rodeada de bacon, que era uno de mis platos favoritos entonces. Margarita no tocó el suyo, conforme con mirarme minuciosamente, mi voracidad su saciedad. Al regresar a casa, tercera provocación, decidí que era hora de dormir sin la calurosa pero encubridora camiseta T —nunca supe si mi mujer llegó a ver las marcas de Margarita que me hacían un leopardo, un animal con manchas naturales, un felino feliz—. Desde entonces dejó de importarme que me viera desnudo.

Al día siguiente, domingo *do ut des,* en un arranque bucólico Margarita insistió en salir de La Habana. Yo que odiaba el campo tanto como amaba la ciudad, lo más lejano que pude encontrar monte adentro resultó un compromiso: nos fuimos hasta al laguito del Country Club, dejando detrás la playa de Marianao y sus cabarets a oscuras por el sol, pero sin internarnos en lo que era para mí la tierra de nadie del reparto Biltmore o el mismo interior residencial del Country Club, con todas sus mansiones millonarias. El laguito, como la lejana laguna del campo de mi pueblo, era un falso paisaje, una naturaleza muerta y por eso me atraía y lo visitaba a menudo, pero también había un interés mórbido. Aquí habían aparecido una mañana, «acribillados a balazos», decía la Prensa, Gustavo Massó y Juancito Regueira. Massó era mayor que yo, pero Juancito era menor, casi un muchachito, los dos versiones distintas de *Billy the Kid.* Massó era rubio, delgado y frágil y conducido a la violencia por la política. Juancito era trabado, fuerte y un asesino nato. Ninguno de los dos era amigo mío, pero los dos eran compañeros del bachillerato. Aunque habían matado a sangre fría, fueron muertos con una calculada frialdad, y su muerte me impresionó entonces. Ahora pensaba que casi diez años después no quedaba nada de ellos, excepto en el recuerdo de unos pocos —y yo mismo venía al lugar de la matanza no a recordarlos ni a pensar en la muerte, sino a vivir mi vida, a continuar mi educación erótica, a aprender a amar sobre la misma tierra violenta, bajo el mismo cielo implacable. Pero cultivando a Margarita propiciaba su fantasía silvestre: las inmediaciones del laguito tenían la suficiente vegetación, con sus árboles gigantes, ficus frondosos, y hasta brotes de bambú ilusoriamente salvajes. Nos sentamos en la yerba (una concesión más: detesto sentarme sobre la yerba) y de pronto noté que ella estaba callada, que no era usual, y vi que no estaba vuelta hacia mí, sino mirando un punto invisible entre el laguito y el horizonte que los árboles ocultaban tenaces.

—¿Qué miras? —le pregunté, aunque bien podía estar mirando los ficus frutecidos.

No se sobresaltó, pero regresó de su punto de vista a mi compañía.

—Estaba tratando de recobrar el pasado.

—Eso es hacer literatura.

—¿Cómo dices?

—No, nada.

No me sorprendió que ella usara una frase tan literaria, sino la intensidad con que lo dijo. Mi reacción automática fue la facecia inmediata, que manejo como Wild Bill Hickok las pistolas. He matado más de una ocasión memorable con mis balas facéticas, proyectiles certeros. Aunque siempre mi conciencia culpable ante el crimen provocaba el castigo.

—¿En qué pensabas? —le pregunté, tratando de reformarme.

—Más bien estaba comparando el pasado y el presente. Es decir, pensaba en Alejandro.

Hacía tiempo que no mencionaba este nombre que ahora sólo me recordó la parodia de Buñuel de *Cumbres borrascosas.* Pero al seguir ella reapareció el otro Alejandro, fantasma de La Habana Vieja entre columnas cuadradas.

—También pensaba en ti. En realidad te estaba comparando con él.

Me sentí molesto compartiendo medidas con aquella semivisión bien parecida, alta, fuerte —todo lo que yo no era—. Ella continuó la comparación:

—Casada con él, de luna de miel, pensé que era imposible que alguien fuera mejor amante. Ahora, contigo, no sólo has demostrado ser tan bueno, sino que has sido mejor.

Con una sola oración había cambiado no sólo mi estado de ánimo, sino el paisaje: todos esos árboles eran al óleo, el cielo un telón pintado y nosotros dos sobre el césped cortado éramos *Le Déjeuner sur l'herbe.* Para completar la fantasía sexual no faltaba más que me igualara al Supermán habanero con su pene poderoso, presente pornográfico en las proezas procaces pese a su pederastia. Pero ella me sorprendió cuando habló de nuevo. No lo que dijo, sino cómo lo dijo:

—¿Tú te das cuenta las veces seguidas que hicimos el amor?

Podía haber sido Julieta Estévez la que hablaba, evitando minas obscenas en el terreno del amor, donde siempre se libran batallas vulgares. Pero no acentué el parecido diciéndole por qué no llamaba a la tarde de ayer con todos sus palos y singuetas, sino que insistí en mi modestia:

—Siempre podemos mejorar ese récord —le dije, sonriendo.

Me miró.

—No, no te rías. Estoy hablando en serio.

—Yo también.

Era verdad que hablaba en serio: ese día me sentía capaz de emular al General 56. Pero ella no siguió navegando por el río romántico de la conversación. No habló por largo rato, mirando la superficie quieta del laguito —esa piscina enorme, lago artificial formado aprovechando el terreno y el hecho natural de que alguna agua se acumulaba allí en épocas de lluvia, las que el Observatorio Nacional, para evitar que nos confundieran con hindúes, llamaba temporada ciclónica, evitando la palabra monzón como la peste punjabi. Ahora Margarita miraba la vegetación ordenada pero aparentemente salvaje de los alrededores con sus ojos verdes: verde sobre verde: todo verdor padecerá. Yo no hablé, sino que observé su perfil, que no era su mejor aspecto. Por primera vez pude compararla con mi mujer, para ventaja de ésta, pues ella tenía bastante buen perfil. Empecé a reflexionar cómo una cara de perfil es siempre diferente a una cara de frente, como la cara contradice al perfil que ella es, como el Dr. Jekyll puede llevar a Mr. Hyde oculto en su perfil —y teorizando estaba de que tal vez de estas diferencias se podía sacar una conclusión fisiognómica, cuando ella hizo desaparecer su perfil al volverse hacia mí para hablar:

—Tengo algo que decirte.

Estaba seria, demasiado seria, mucho más seria que antes.

—¿Sí?

—Ya tengo que ir pensando en regresar a Venezuela.

—¿Por qué tan pronto?

—Tengo allá un contrato esperándome.

—Pero, ¿tienes que cumplirlo en seguida?

—No, no en seguida. Pero tengo que empezar a regresar.

Nunca supe si dijo empezar o pensar. No quise hablarle de su propósito al regresar a La Habana —que no era yo, naturalmente, sino la cirugía plástica, la reconstrucción de su seno mutilado. Parecía haberlo olvidado por completo.

—¿Por qué no te quedas en La Habana?

—La verdad es que he tratado de conseguir trabajo en televisión aquí. Hasta en el Canal 2. Pero no conseguí nada. Solamente en Caracas tengo trabajo seguro y se me ha ocurrido una cosa.

Hizo una pausa. No tenía idea de qué se le había ocurrido.

—¿Por qué no vienes conmigo a Venezuela?

Me cogió totalmente de sorpresa, que ocultaron mis espejuelos oscuros. Pero no pude velar la voz.

—¿Cómo?

—Que vengas conmigo a Caracas. No tienes que trabajar si no quieres. Yo te mantengo. Con el sueldo que gano allá podemos vivir los dos.

Bueno, era casi la situación ideal para un escritor, según William Faulkner. El caballero sureño dijo que el hábitat perfecto para un escritor era el prostíbulo, mantenido por las pupilas, con un techo seguro encima, con todo el sexo que quisiera o pudiera, y pasando el día escribiendo y las noches charlando con mujeres hermosas. La fascinación fatal faulkneriana, casi. Ella no me invitaba a un prostíbulo caraqueño, sino a su casa de Caracas. Pero era una certeza que me preponía ser un chulo: un mantenido. Tendría un techo encubridor, escribiría por el día y conversaría con una mujer bella por las noches. Ella además me ofrecía todo el sexo que quisiera o pudiera y algo más —el amor—. Era una oferta tan tentadora como ella.

—Yo nunca me iría de aquí.

—¿Por qué no?

—Porque mi vida está aquí, en La Habana.

—Pero en Venezuela vivirías muy bien. Además de que tendríamos un apartamento en Caracas, podríamos irnos de temporada —nunca olvidaré que usó ese término oriental y no las vacaciones habaneras— al interior. O, mejor, a la isla Margarita, que es maravillosa. Me gusta mucho.

¿Le gustaría la isla porque llevaba su nombre? Margarita era la perla alrededor de la que crecía una ostra de palabras. ¿O estaría la isla Margarita cerca de Trinidad? Entonces lo que me proponía era el apocalipso. Pero su regalo eran Margaritas a los sordos.

—No, no puedo. Además, no quiero.

—Si te gusta, podríamos vivir en la isla, quedarnos allí todo el tiempo que quisieras. Yo tengo dinero ahorrado en Caracas. Puedo hacer mucho más ahora, cuando regrese, en poco tiempo.

¿Habría leído ella, como yo años atrás, a D. H. Lawrence? Me sentí prisionero de esa isla, Île du Diable, y comprendí a Julieta en su negativa rotunda a seguirme a mi isla mítica y literaria, isla imposible.

—Detesto las islas —le dije para disuadirla de una vez.

—Pero Cuba es una isla —protestó ella.

—Yo no vivo en Cuba, yo vivo en La Habana.

—Entonces podrías vivir también en Caracas. Es una ciudad moderna, con largas avenidas y edificios altos, y además...

La interrumpí en su catálogo de Caracas.

—No, mira, Margarita, déjame decírtelo de una vez. Yo no voy a dejar La Habana. No voy a ir contigo a Venezuela, sea a una isla o a tierra firme. No pienso dejar La Habana nunca.

Pareció profundamente decepcionada.

—Otra cosa sería si tú te quedaras a vivir aquí.

—¿Y ser siempre plato de segunda mesa? No, gracias.

—Tú nunca serías segunda de nadie. Tú eres primera en todo. Es más, eres lo más extraordinario que me ha pasado en mi vida —lo cual era verdad, hasta entonces—. Te estuve buscando durante años, cuando tú ni siquiera sabías que yo existía ya yo te buscaba. Ahora que te he encontrado, no quiero perderte.

Iba a decirle que La Habana no sólo era mi fin y mi principio, sino mi medio, pero temí que no supiera de María Estuardo ni entendiera de lemas ni de juegos mortales de amor y restauración. De *Civitate Dea*.

—Pero tampoco quiero perderme yo. Quiero conservarte, conservarnos.

—¿Ah, sí? ¿Así? ¿Y seguir como estamos, viéndonos los fines de semana, tú de prestado?

—Podemos vernos más a menudo, siempre que cumpla con mi trabajo.

—Y con tu familia.

Ella tenía razón. La razón tiene sus razones que el corazón desconoce. Pero no había otra cosa que decir —y no la dije—. Ahí terminó nuestra tarde en el campo —un campo urbanizado, entre jardines privados, césped cortado y un falso lago público, abierto a todas las ejecuciones—. Fue no sólo la última tarde en el campo que tuvimos, sino la única.

Creía que todo había terminado cuando ella me llamó el viernes para que la viera el sábado por la tarde temprano. Llegué a su casa a eso de las dos y tanto ella como su hermana —a quien me asombró encontrar en la casa: ella era la mujer invisible: nunca la veía— se estaban preparando para salir.

—Tú vienes con nosotras —dijo Margarita, y era más una orden que una invitación.

—¿Adónde?

—Vamos al médico.

Y al decirlo miró hacia dentro, a los cuartos, y en un susurro que era un aparte teatral,

rezago del teatro clásico universitario, añadió—:
Mi hermana va a hacerse un aborto.

No sé si las acompañé por curiosidad o
por inercia, la costumbre de pasar el sábado con
Margarita. Así me vi caminando con las dos hermanas, no entre ellas, sino yo al lado de Margarita, Tania, como se llame, cogiendo la parte
interior de la acera, mirando al suelo, sin hablar, sombría. Margarita me miraba de vez en
cuando, pero sin decir nada, sin siquiera sonreír,
marchando los tres Jovellar arriba hasta llegar a
la calle L y bajar a 25, a dos manzanas de la
Escuela de Medicina, donde estaba el estableci-
miento del abortólogo, esculapio sin escrúpu-
los, una serpiente con pellejo blanco. Nunca había visto un miembro de su oficio de sigilo en
activo, para mí entonces una especie de asesino
de blanco, negando el juramento hipocrático,
hipócrita, quitando la vida en vez de darla: la
peor clase de depredador. Para mi moral reci-
bida yo estaba entrando en un recinto malvado,
y efectivamente la consulta del médico mer-
cenario quedaba en un sótano, tan raros en La
Habana, hasta el que se hundían unas escaleras
empinadas, negras, peligrosas de descender, fúnebres, fetales. Pero una vez dentro me sorprendió la blancura del local, las paredes pintadas
higiénicas, con una recepcionista decorosa y la
decoración animal de innúmeras peceras, llenas
de agua verde y de pececitos de colores nadando incesantes. ¿Serían adultos? Broma de Bran-

ly para ajustarme a la presencia de las pacientes esperando, todas mujeres. Era evidente que el cirujano criminal (estos epítetos escandalizados de veras cruzaban entonces mi mente turbia con la recurrencia de los peces en su estanque) trabajaba al por mayor y hacía abortos en serie. En medio de estas mujeres, entre Margarita y su hermana, me senté yo, conspicuo, cómplice, el único hombre visible, porque el médico, en su tarea torva, era invisible. Era también inaudible y nadie hablaba, las esperantes mudas como la hermana de Margarita, como Margarita. Había un silencio tal que se podía oír caer la caspa. De pronto oí un silbido y por un momento pensé que era la serpiente de Esculapio, sibilina. Era Margarita, que me susurraba al oído, pero no era un aparte teatral, sino su voz en *off,* copiada del cine por la televisión.

—¿Por qué no das una vuelta y vuelves dentro de una hora?

Le iba a decir que para qué me había invitado a venir entonces: yo quería ver todo el proceso, ya que no había ido a la guerra, Mambrú mancado, sustituía esta carnicería fetal por la otra histórica. Después de todo la masacre de los inocentes bien pudo terminar así: Herodes histérico. También le iba a decir qué iba a hacer yo durante esa hora: ¿Pasearme por el Malecón hasta derretirme, feto de Febo? ¿Mirar las muchachas de El Vedado, vedadas ahora que no era mero mirón sino miembro activo? ¿Ir de visita a casa? No era ésta tan mala idea y, aunque parezca una acción paralela, en el sentido moral, a la que ejecutaría el médico contra la concepción, me fui a casa, a tomar la merienda con mi mujer y mi madre, ahora ambas esperantes. No recuerdo qué excusa di por haber llegado a destiempo: versión inesperada de Ulises, me encontré a mi Penélope tejiendo unas boticas de bebé y mi madre, Euriclea amnésica, no me reconocía: «¿Tú aquí y a esta hora?» No sé qué palabras se me escaparon del cerco de los dientes divinos, pero tuve que inventar otra excusa para salir de nuevo en una hora: «Fausto quiere oír a Wagner escuchando el disco de su vida.» No era muy buena excusa, pero sí gran música.

Cuando volví a la consulta o necrocomio, la operación había terminado: un aborto feliz. Como la hermana de Margarita se empeñaba en regresar a pie a su casa, tuve que insistir para que volviéramos los tres en taxi. No había sido un parto, de manera que su comportamiento no podía compararse con esas madres campesinas, heroínas puerperales, que yo había oído elogiar en mi niñez, que daban a luz de pie en el campo, recogían las criaturas de la tierra, de entre la cosecha, las llevaban para la casa y regresaban en seguida al sembrado a trabajar, contra la Ciencia sin duda, pero tal vez no contrarias a la Madre Natura. Pero ese día, en plena ciudad, en La Habana, la obstinación de Tania revelaba una naturaleza elemental, y efectivamente había en su cara y en su cuerpo cierta aura primitiva que después de todo bien podría llamarse una cualidad. Cuando las dejé en su casa, subiendo las escaleras acompañada de Margarita, ésta me dijo, casi en un susurro:

—Te veo mañana.

Era evidente que ella daba por sentado que yo estaría el otro día, como todos los domingos, a su disposición —que era también la mía—. Después de todo ambos compartíamos la misma cama camera de fin de semana y sus placeres, aunque era raro que nos viéramos los domingos para otra cosa que no fuera conversar mientras paseábamos por el barrio que ella parecía apreciar tanto y que yo detestaba —solamente la coincidencia topográfica de que la barriada se extendiera hasta el Torreón de San Lázaro y el Malecón milagroso, maravilla del mar y el muro, lo hacían soportable bajo el cielo ubicuo—. Pero ese domingo desmintió el aire suave de setiembre que aspira a ser octubre y llegar a los días de lira, cuando no hay huracanes, en que el cielo se hace combo, alto y de un azul intenso, sin nubes, y apenas hay color, La Habana ardiente de setiembre suavizada por la Corriente del Golfo y con un aura distinta, ya no más la zona tórrida del verano, ciudad de octubre que aprendí a conocer el primer otoño habanero en que exploraba el Malecón por ambos lados, recorriendo su verso urbano, examinando su anverso marino. Ese domingo dulce lo que salió de los labios de Margarita fueron recriminaciones, después que insistió una vez más (siempre castigado a los cepos del idioma: ¿Es posible insistir una vez menos?) en que debía acompañarla en su viaje de regreso a Caracas, yo Humboldt-Humboldt heterosexual, con los mismos cebos y las mismas recompensas. Pero ahora llegó a la amenaza: argumento de autoridad: o yo accedía a abandonar a mi familia, a mi país, a mi ciudad —lo que era más serio: La Habana o la vida— por ella, o todo terminaría. No había mucha lógica en sus razonamientos, ya que si ella se iba de veras a Venezuela era evidente que nuestra relación se acababa. No se lo señalé, por supuesto, para no contribuir a su desespero, que era angustioso. En una ocasión me dio la medida de su desesperación diciendo: «¡Debía haberte echado veneno de verdad en la bebida aquella noche!», y por un momento tuve que hacer un esfuerzo nemotécnico para recordar su noche de Valpurgis venezolana: venenos verdes: filtro de amor ayer, ahora antídoto de odio. También era doloroso para mí: después de todo yo amaba a Margarita. Ella no sólo era el sexo, era el amor. Pero no lo entendió así y al completar nuestro paseo, que era como un cielo, una órbita, otro anillo, en la puerta de su casa me anunció que todo había terminado. «De veras —dijo, y se llevó el pulgar y el índice cruzados, y los besó—. Por la Virgen santísima.» Subió las escaleras rápida, pero pude advertir que usaba sandalias esa tarde: sus pies eran perfectos.

Una noche estaba escribiendo mi crónica de cine, después de haber fusilado la película con la escopeta de Marey para darle ahora el tiro de gracia, cuando sonó el teléfono. Me extrañó que alguien llamara a esa hora: nadie sabía que había empezado a escribir de noche en *Carteles*. Tomé el negro y pesado auricular, lo levanté hasta mi oreja y en el oído una voz baja musitó musical y memorable: «Hola, ¿qué tal?» Era Margarita, por supuesto: no había otra, no hubo otra igual, pero me sorprendió tanto que me hubiera encontrado en la revista a esa hora inusitada, que tuve que cerciorarme.

—¿Quién es?

—Soy Margarita, pero en realidad soy una maga.

—Entonces eres la maga Rita, mamargarita, mi gargarita.

Hubiera seguido festejando su contacto, auditivo pero táctil: el sonido de su voz era alegre y su tono festivo: sonaba festiva, dispuesta al palo, asequible a la singancia esencial, como diría Silvio Rigor, discípulo de Ortega, Ortega y Munilla, pródigo habanero.

—¿Cómo sabías que estaría aquí a esta hora?

—Barruntos, querido. Estaba sola, tuve ganas de hablar contigo y supe en seguida dónde encontrarte. Simple, ¿no?

Sentimientos más que presentimientos.

—¿Cuándo nos vemos? —quise saber. Tal vez esta noche. El aire está como para venirse esta noche. Pero hizo un silencio y luego habló con voz graciosamente grave:

—Bueno, querido, en realidad no nos veremos más. Eso es lo que quería decirte. Me voy mañana para Bayamo. Me voy con mi amiga. Tú sabes cuál. Aquélla del cuento.

—Sí, ya sé cuál es.

—Bueno, pues nos vamos las dos, querido. Voy a pasar unos días en su casa y después me vuelvo a Caracas. Puedes llamarlo un viaje de despedida. Un adiós a la provincia.

—O una luna de miel —dije, mortificado, pero queriendo mortificar.

—O una luna de miel —dijo ella sin repetir mis palabras—. ¿Por qué no? Después de todo, si le pidiera a ella que se fuera conmigo para Venezuela, no lo dudaría un instante. Y no sería del todo una mala idea pedírselo.

No dije nada.

—¿No vas a decirme algo? Después de todo ésta es posiblemente la última vez que vamos a hablar.

Volví a quedarme callado. Falta de aliento más que de palabras.

—Querido, dime algo. Dime que me vaya bien, que me arrolle un tren.

Esa vulgaridad fue como una caperuza verbal.

—Que te vaya bien, dondequiera que vayas, con quienquiera que estés, santificado sea tu nombre, cualquiera que éste sea.

Sabía la importancia que ella le daba a sus nombres.

—Gracias —dijo, y colgó. Nuestro amor era un cordón umbilical y ella acababa de cortarlo con un clic. No pude seguir trabajando esa noche y la crónica crítica se convirtió en una colección de fotos de *starlets,* más o menos vestidas, cortesía de la Fox (*El Zorro entre los Pollos* era el título), con pies de grabados más o menos desnudos, todo bien crudo. Lo que había empezado como literatura había terminado como publicidad. Una vez más el amor, con su vulgaridad, había venido a perturbar la posibilidad de un párrafo perfecto, ¡pero cuánta literatura habría dado por asumir esa expresión vulgar!

Volví a saber de Margarita de una manera inesperada. Como a la semana llegó a *Carteles* un telegrama. Me asombró su llegada porque, aunque recibía cartas de los lectores (la mayor parte airados), no los creía tan presurosos de comunicarse conmigo como para hacerlo por telégrafo. Además, venía a mi nombre propio, no dirigido a mi seudónimo del cine. Lo abrí y su mensaje por poco me derriba. Decía:

EL TIEMPO Y LA DISTANCIA ME
HACEN COMPRENDER QUE TE
HE PERDIDO
VIOLETA DEL VALLE

Las palabras debían ser sentidas pero su efecto era de una risibilidad irresistible. Escribir ese poema abierto y firmarlo con ese nombre y dárselo al telegrafista de la estación de correos de Bayamo era, de veras, un acto de coraje y un paso de comedia. Durante años conservé aquel tierno telegrama con su texto sentido. En otra parte he hecho bromas sobre su texto pero en el contexto resultó conmovedor. Evidentemente era el final de Margarita, ahora perdida en el seudónombre risible. Yo sabía que nuestras relaciones iban a terminar un día u otro, pero no quería que acabaran de manera tan literaria, tan poética, tan relativista. ¿Estaría ella leyendo a Eliot en el excusado? Sin embargo, me resigné a esa pérdida, sabiendo además que tal vez no encontraría otra mujer como ella, que la cumbre sexual que había alcanzado a su lado, arriba, era una suerte de clímax y, después de todo, sería decadencia, cambio de parejas, posiciones. Nada une tanto como una separación. Así me dediqué no a cultivar mi jardín pero sí a cuidar a mi mujer. Esos cuidados por poco me conducen a la viudez. Una noche la llevé de visita a la casa de los Almendros, pues Néstor se iba a Nueva York a estudiar cine. Caminamos todo El Vedado porque había leído que era bueno que las mujeres encinta caminaran y mi mujer había estado condenada todo ese tiempo que pasé con Margarita a quedarse en la casa, sentada o acostada, con su barriga de barril creciendo cada día y también cada noche, la muchacha extremadamente delgada con que me había casado convertida en una mujer obesa, su cuello esbelto perdido entre la grasa, su espalda antes curvada graciosamente, ahora gibosa —solamente sus manos conservaban su antigua esbeltez, modesta ella aunque sus manos eran más perfectas que la de la fatua Morgana, memorable solamente por el anuncio de Marie Brizard que había perdurado más en la radio que ella en mi memoria. Conversamos con los padres de Néstor, tan ejemplarmente monógamos, la única pareja que conocía unidos por la fidelidad (mi padre, sigiloso, seguía en sus aventuras ocultas), hablando ellos de la maternidad, implicando de paso la paternidad, y hasta Néstor, que era soltero pero no solitario, participaba solidario de la conversación que me hacía sentir un Don Juan canalla y mi mujer, mansa, sonreía ante el ejemplo de amor de los Almendros, que yo parecía decidido a emular ahora, mirándome reflejado en ese espejo doméstico, radiante en mi imagen de libertino sin progreso. Regresamos caminando hasta la casa, cogiendo la calle Línea, pero ella apenas era capaz de subir la cuesta de la avenida, para llegar a la cima casi boqueando y al cuarto piso sin aire, ahogada. Pero al poco rato, con la solicitud de mi madre que con sus cuatro partos sabía de embarazos y parturientas, cogió aire.

Dormido, me vi despertado violentamente a medianoche (o tal vez fuera ya de mañana: siempre es medianoche para el despertar del dormilón), con mi mujer sentada en la cama y quejándose, moviendo el cuerpo como si hiciera arcadas: eran dolores de parto: ya los había visto en el cine. Además, mi madre lo confirmó con un diagnóstico inmediato. A esa hora tuve que levantarme, vestirme y salir a buscar un taxi mientras mi madre preparaba la pequeña maleta de maternidad. Afortunadamente el dios que vela por los buscadores de taxis en la madrugada, Mercurio dulce, me fue propicio y encontré uno. Llegamos a la clínica de nombre impresionante a tiempo —o tal vez demasiado a tiempo. Había un médico de turno que me explicó que eran los primeros espasmos y mientras no tuvieran una regularidad de no recuerdo cuántos dolores por minuto (científica manera de medir) no había chance de expulsión (así dijo: científica manera de hablar), y si yo quería me podía regresar a la casa, ya que allí, una vez ingresada mi mujer, no tenía nada que hacer sino estorbar (científicas malas maneras) y volví a casa. Después me fui a *Carteles,* no a trabajar, pues al explicar a Ortega la contingencia me aconsejó que me cogiera el día o el tiempo que fuera necesario. Liberado de las galeras diarias (al dúo: «¡Ah, cuánto odio estudiar periodismo!», que entonábamos Rine Leal y yo de alumnos, sucedió el aria: «¡Oh, cuánto detesto corregir esas pruebas!», canto llano del que no saldría hasta dejar la corrección para siempre, casi tres años después, y volverme, como Errol Flynn, un corsario del cine) y regresé a casa a tiempo para almorzar: la fiesta movible hecha ahora efemérides. Luego, enfilé con calma avenida abajo hasta la Calle 23, para llegar caminando hasta la costosa Maternidad Privada de El Vedado, clínica científica.

Por el camino encontré el cielo nublado, siempre estoy en las nubes, con grandes nubarrones oscuros (los que Silvio Rigor no fallaba nunca en llamar «negros bugarrones») concentrados sobre el mar, que había perdido su azul perenne mechado con el costurón morado de la Corriente del Golfo. Pero no presté más atención a estas señales de humo que a una noche de luna. Paisajes de Debussy, sonidos en el balcón de Julieta, visiones en el muro de agua Dulce, a la que yo no llamaba Rosa, hastiado de las mujeres como flores. Llegué a la clínica y oí un grito prolongado que no tardé en reconocer como propio de mi mujer —aunque nunca la había oído gritar antes. Era como una versión desesperada de Julieta haciendo el amor a la francesa. Busqué la recepción (que no estaba en la entrada sino en el costado) y me informaron que el doctor Fumagalli, director, se estaba encargando él mismo del parto. Deferente. Al poco rato apareció el doctor Fumagalli. Había algo raro en él, pero no sabía bien en qué consistía hasta que me di cuenta de que era su cabeza. Tenía una cabeza no deforme sino malformada, elongada, con cráneo de zepelín, que él trataba de compensar con unos espejuelos de aro de carey negro y un bigote poblado, también negro, los que le daban un aspecto científico por un lado (los espejuelos) y cierto aire siniestro (el bigote), por otro, mientras el resto de la cabeza dirigible estaba impedida de tomar vuelo por la doble ancla del bigote y los aros de carey. Diferente. El doctor-director me dijo que no me preocupara en absoluto, que era un parto fácil, que tomara asiento. Donaferentis. El sitio más adecuado y alejado de los gritos era el amplio portal con columnas de orden desordenado (la clínica estaba instalada no en un edificio moderno, sino, contrariando la pretensión de su nombre, en una vieja casona de El Vedado —aunque de ahí debía venir su adjetivo de privada), donde me instalé en un enorme sillón de cañas y nailon— a ver llover, porque llovía (y en La Habana este adjetivo tiene sentido) torrencialmente. Era el fin del verano. Al decirme esta frase yo estaba repitiendo el disfraz elaborado por la Prensa y aprobado por la ciencia (desde el Observatorio Nacional, domo laico al otro lado de la bahía, avalado por el capitán de corbeta Carlos Millas, director), y santificado por la Iglesia (desde el observatorio del Colegio de Belén, plantel burócrata, bendecido por el padre Governa, de la Compañía de Jesús) de que en esta isla tropical, en la zona tórrida, había estaciones, cuando en realidad no había más que dos temporadas climáticas, la de lluvia y la de seca. Ahora llegaron las lluvias. Viendo llover en La Habana (que es un gran espectáculo: García Lorca detuvo un banquete en su honor en el Hotel Inglaterra para ver llover desde sus columnas y dicen que dijo: «¡La lluvia, qué teatro!»), por poco me quedo dormido, a la somnolencia de la madrugada añadido el ruido rítmico en redondo —pero me despertaron los gritos disonantes de mi mujer, cada vez más frecuentes, cada vez más alto, cada vez más cerca. Una enfermera me vino a decir que ya se habían roto las fuentes, y por un momento pensé que se refería a la lluvia, una imagen meteorológica de su creación. Pero era una metáfora médica: mi mujer daba a luz y me preguntaban, modernos que eran, si quería presenciar el alumbramiento, un espectáculo novedoso. «¡El parto, qué vida!») La seguí hasta un salón que en otro tiempo sería la sala de estar de la casa y era ahora quirófano. Allí, sobre una mesa quirúrgica central, mi mujer se debatía entre gritos, su único medio de comunicación: gritaba y le ponían una máscara de goma sobre la cara, y dejaba de gritar. Debía de ser una forma de anestesia pero me pareció más bien que no gritaba, en sus silencios, porque la máscara ahogaba sus gritos, mera mordaza. El doctor Fumagalli ni siquiera miró en mi dirección, ocupado en el parto como en una obra de arte difícil —pero me debía una explicación a su mala parte, mal arte, mal parto. Después de todo yo había pagado para que mi mujer diera a luz sin dolor y he aquí que no sólo tenía dolor sino mucho dolor y lo expresaba gritando. Incapaz de soportar aquella atmósfera de acto improvisado (había una confusión

en el recinto que era todo menos científica y ordenada: más bien parecía esa metáfora a que recurriría en el futuro: el caos que debió de reinar
en el *Titanic* cuando anunciaron que no alcanzaban los botes), regresé al portal donde con la misma inevitabilidad del orden natural había dejado
de llover. Ahora ocurría un crepúsculo por ausencia, sin los grandes fuegos rojos que siempre
tienden a ser copias de la imagen del infierno, sino
con un predominio verdoso, la tarde filtrándose
por entre nubes secas, una atmósfera apacible, húmeda, toda bañada en luz verde, como si estuviéramos dentro de una pecera.

No era de noche todavía cuando me vinieron a avisar que era el feliz padre de una niña
justa justicia: rodeado siempre de mujeres me
continuaba en una hembra. Entré al cuarto (ahora
era una habitación callada y no el desordenado
quirófano que algún día fue salón de recibo y de
fiestas) y vi primero a mi mujer, todavía gorda
pero evidentemente desinflada —y lo primero
que se me ocurrió fue que la hinchazón se le había ido en gritos. De tras bastidores introdujeron un bebé, de utilería naturalmente —pero
era mi hija. La enfermera estaba asombrada de
que tuviera dientes, pero a mí me espantaba más
la mueca con que se reía. El mayor asombro lo
produjo, sin embargo, comprobar que tenía los
ojos abiertos y eran verdes. Ni mi mujer ni mucho menos yo teníamos ojos verdes y, definitivamente, había que descartar la posibilidad de que

ella me fuera infiel con un lechero de ojos verdes. Esos ojos verdes eran efecto de otra forma de adulterio: eran los ojos de Margarita, de Violeta del Valle, de como se llamara esa mujer que había estado tan cerca —ella había estado dentro de mí no yo dentro de ella— y ahora estaba tan lejos. Después que devolvieron a la niña al lugar designado para ella (clínica moderna que era aquélla, contenido en una casa caduca, los bebés nunca compartían la habitación de la madre después de nacer), y dando una excusa coja más a mi mujer, abandoné su cuarto, dejé la casona y caminé Calle 23 abajo buscando, cosa curiosa, un lugar donde emborracharme —y no precisamente para celebrar por mi hija ni por mi mujer, sino por el recuerdo. Ya finalizando la calle, bajando esa rampa llamada con exceso de imaginación La Rampa, encontré el lugar que en otra parte de La Habana, en otro libro, tiene un sitio destacado: el Johnny's Dream, cuyo nombre podía significar el sueño de Don Juanito, con sus pretensiones de *night-club* de moda y su barra olvidada, convertida después en el *lobby* de un hotel o tal vez en la cafetería que está al lado. Allí, precariamente sentado en una banqueta que era demasiado alta, acodado al mostrador lustroso, ordené el único *cocktail* que podía pedir:

—Una Margarita, por favor —le dije al *barman,* quien me miró con aire confundido. Pensé que tal vez fuera por el por favor, pero me dijo:

—¿Qué cosa?

—Un Margarita.

Ahora sabía el origen de la confusión.

—Lo siento, hermano —me aclaró—, pero, ¿con qué se come eso?

Debía ser hermano no mío sino del camarero del Ciro's. Decidí democratizarme y tutear al dependiente:

—Déjalo. Dame un Cubalibre, viejo.

No era ocasión de tomar un daiquirí, que es un trago tan festivo, empezando por su aspecto contrario al trópico (el borde de la copa nevado de azúcar, la superficie glacial de la bebida, el mismo recipiente propicio al champaña, recordado por el brindis de *La Traviata* en *Días sin huella,* ya que en La Habana se bebía sidra en las ocasiones que debían ser achampañadas) y la alegría que da verlo, aun a mí que no era bebedor— y por no ser dado al trago era curioso que estuviera haciendo lo que sólo hacen los borrachos: bebiendo a solas: no había nadie en la barra, pero las parejas tempranas que ocupaban las mesas hacían mayor mi soledad: *rara avis* bebe. Debía de estar celebrando el hecho de ser padre, ya que entonces consideraba la paternidad un privilegio, no una condena, y había pregonado el embarazo de mi mujer, para festejo de mis amigos, contento máximo de mi madre y una sola voz que desentonaba en ese coro cálido, la de Antonio Ortega, director, que había repetido con sarcasmo mi declaración de que iba a ser padre: «Así que va a tener usted un hijo.» Ortega, que nunca se dignó a tutearme, dijo su

frase como si acabara de contraer yo una enfermedad incurable, no sólo larga sino dolorosa. Pero
no celebraba el nacimiento de mi hija sino que
lloraba o más bien lamentaba la ausencia de Margarita, todavía más dolorosa, ya que era una fuga
a dos: ella se había ido con su amiga y tal vez ya
estaban en la cama (en Bayamo se acuestan temprano) en su trabajo de amor, o mejor, en su trajín
sexual, Margarita debajo (siempre la imaginaba
en su postura pasiva tan activa) mientras sobre
ella hacía movimientos natatorios su amiga anónima, frotándose obscenamente a la vez que trataba de buscar en el frote el pene que le había ne-
gado la Naturaleza, intentando inútilmente de
crear el instrumento que yo poseía de nacimiento, remedando en aquel coito de caderas la penetración que yo logré tantas veces sin esfuerzo —y
Margarita no sólo se dejaba hacer, sino que respondía con urgencia, turgencia: correspondía. Es
una noción común en todas partes (pero sobre
todo en La Habana por ese tiempo) que no hay
peor tarrudo, cornudo, hombre engañado, que el
que lo es no por una mujer sino por dos: tal vez
sea esta doble mujer lo que hace un escarnio des-
medido. Así, como un personaje literario traicio-
nado con el que me había encontrado traduciendo
apenas años atrás, yo repetía el papel del amante
burlado por una mujer y una mujer. El nombre
del bar Johnny's Dream, que nunca había visitado,
se convirtió para mí en imagen aborrecida: fuente
de fantasmas.

Todo volvió a la normalidad. Estaba claro por la mañana, se nublaba al mediodía y llovía por la tarde. Las noches eran húmedas y de estrenos. Mi mujer regresó de la clínica a la casa con los consejos de cuidado del doctor Fumagalli, todo bigotes y espejuelos, y cabeza azepelinada, quien ante mis preguntas dijo que mi mujer había tenido un parto difícil pero natural, nada anormal para una primeriza y una vástaga (así dijo) sana. Nada de qué preocuparse. Son ciento cincuenta pesos. Una estafa, sin duda, pero legal y, lo que es más, científica. Mi madre se encantó con tener por fin una niña a su cuidado. Mi padre hizo unos cuantos comentarios de que él nunca se enteraba de nada, que no supe qué significaban, pero como siempre los hacía sobre no importaba qué tema, no les di importancia. Después de todo ahora tendría más tiempo para su *hobby* de otear, con mi madre más atareada que nunca. Yo seguí mi rutina de corrector de pruebas por el día y algunas noches escribía mi crónica en la revista, no lejos del mundanal ruido pero sí cerca de los linotipistas, cada vez más ávidos. Ahora había comenzado además a diseñar mis páginas, aprovechando la desidia del director artístico, que consideraba a *Carteles* como la Siberia de *Bohemia,* a la que había sido deportado, aunque en realidad, como ciertos generales zaristas, había sido ascendido de su puesto subalterno de ilustrador. En esas actividades propias de mi exceso estaba cuando sonó el teléfono y la llamada era para mí,

lo que no era extraño. «Es una mujer», dijo Rine, intermediario. Ni por un momento sospeché
que pudiera ser mi mujer porque usó mi seudónimo. ¿Qué admiradora sería? Era, claro, Margarita, que había desaparecído de mi vida pero no
de mi recuerdo. Su voz acariciaba con la misma
eficacia de antes y yo respondí con idéntica reacción. Débil es el alma. Me quería beber (y el error
ahora es apropiado, no sólo por lo que había bebido por ella y con ella sino porque, ciertamente,
en el pasado ella había tratado siempre de beber-
me, me había bebido en ocasiones), ver, cuándo me
podría ver, dónde podríamos vernos —y así pasó
de la petición a la acción directa. Teníamos que
vernos. No en su casa (ya me explicaría) sino en
la esquina, ese mismo día, esa tarde —y la vi. Débil es la carne pero poderosa su visión.

Estaba más linda que nunca y supongo
que desmintiendo a las viejas lesbianas conocidas,
figuras de la vida cultural habanera, verdaderas
matronas invertidas, a ella el viaje con su amiga,
la cama que había compartido, las caricias que se
ofrecieron mutuas, mudas la habían realmente
embellecido —tal vez fuera la postura pasiva. Se
lo dije. Quiero decir, no desprecié su vida sexual
sino que aprecié su belleza. Se sonrió tristemente
y dijo:

—Supongo que el conocimiento y el dolor, si sobrevives, son una forma de belleza.

Debía ser un diálogo de uno de sus libretos,
su literatura cursi activa la había informado, como

la radio había formado más que deformado el carácter de la criadita que inventó el amor radial.

—¿Recibiste mi telegrama?

—Sí, lo recibí.

—¿Qué te pareció?

¿Qué quería? ¿Una crítica literaria? ¿O
una evaluación sentimental?

—Muy tuyo —fue lo que le dije, esqui-
vando con esa frase cualquier opinión.

—Quería verte —me dijo, y aquí hizo
una gran pausa, como si se hubiera olvidado para qué quería verme. Pero no se había olvidado.

—Por última vez. Me voy mañana.

—Ah, sí —le dije, que es una expresión
que repito a menudo, falta de ruido y de furor que
significa todo.

—Sí, salgo rumbo a Caracas. Pero antes
quería decirte una cosa. ¿Recuerdas aquel día que
nos acompañaste al médico?

—¿Al abortólogo?

—Bueno, sí, si tú lo llamas así. Es en realidad un médico muy bueno, muy dedicado a su
profesión, muy comprensivo.

No dije nada. Ante ese elogio de un ex-
perto en curetajes como si fuera el D. Schweitzer
entre sus nativos no tenía nada que decir. Pero no
pude evitar imaginar al abortólogo tocando el ór-
gano por las noches. Pequeñas aborturas.

—Lo que yo quería decirte es difícil de
decir y yo no quería decírtelo, pero creo que, en
definitiva, debes saberlo.

Hizo otra pausa.

—No fue mi hermana quien se hizo un aborto ese día sino yo.

Hizo otra pausa que debiera llamar preñada pero no quise ser brutal. Ella estaba sin duda esperando mi reacción —que fue, por supuesto, de última sorpresa.

—¿Tú?

—Sí, era un hijo tuyo. Era también la primera vez en mi vida que me hacía un aborto. Es la primera vez que he quedado en estado de alguien. Ese coágulo de sangre pudo haber sido tu hijo mío.

No pude evitar recordar una canción que dice: «Pensar que ese hijo tuyo / pudo haber sido mío», a pesar de la seriedad de la situación. Ella había hecho otra pausa, esta vez no dramática como las anteriores sino trágica, visible el sentimiento bajo su maquillaje. ¿Qué podía decirle? En realidad me parecía terrible pero también me resistía a creerlo.

—Creí mi deber decírtelo —me dijo. Estaba a punto de llorar. Afortunadamente sólo agregó—: Eso es todo. Adiós y que te vaya bien.

Nada separa tanto como un pasado común. Dio media vuelta y caminó rumbo a su casa, mientras yo me quedaba parado en la esquina, viéndola irse. Esta vez no pude esperar ninguna de las partes de su cuerpo para componer un recuerdo: ella era un todo que se iba —aparentemente. Ésa fue la última vez que la vi pero no

la última vez que la oí, porque ella, como en una
versión radiofónica de sí misma, se despidió con
su voz. Volví a casa más triste pero más libre,
pensando en el camino que la revelación de Margarita hacía mi vida demasiado simétrica —ausencia de amor que produce una hija con ojos
verdes, amor de ojos verdes que culmina en un
aborto— y que tenía que haber una nota asimé-
trica, la disonancia que resolviera tan cabal armonía, y llegué a la conclusión de que Margarita mentía. No sería la primera vez que me
mintió y hasta su relato sáfico acabó por parecer
pura invención. Pero no estaba seguro del todo.
Quería tener una segunda opinión. Consulté a
mis amigos como si fueran oráculos —pero re-
sultaron esfinges. Pero, ¿para qué son los amigos sino para traducir nuestras vidas para leerlas
traicionándolas? Margarita para los recuerdos.
Le conté a Rine la historia de su supuesto aborto y lo encontró una falsa preñez. «Es una actriz
—fue su dictamen—. Ahora no me cabe duda
de que hace teatro.» Lo iba a corregir diciéndole que más bien ella hacía televisión, pero
preferí su veredicto de dos. Sin embargo le conté
a Silvio Rigor su cuento de su encuentro con su
amiga, la cama compartida, el viaje de ambas a
Bayamo. «No es una invención. Es la versión de
una inversión —me dijo Silvio, y luego con
Rigor mortis—: Ritmo de habaneras: las que no
son livianas son lesbianas.» Margarita para los
cerdos.

Una noche —no recuerdo si una semana o dos días después— estaba en mi casa, sentado en la sala con mi madre y mi mujer. Ya habíamos comido y mi hermano se había ido al cine y mi padre había desaparecido en el balcón oscuro. Como no teníamos televisión todavía, habíamos perdido el hábito de oír radio, y el tocadiscos, como todos los objetos eléctricos de la casa, estaba descompuesto, nos refugiamos en la conversación, que más que arte era entre nosotros artesanía primitiva. A mi madre le gustaba conversar, mi mujer, residuo conventual, recitaba a veces letanías y yo (que conversaba mucho con mis amigos, practicando una suerte de jai alai verbal, más bien un juego de tenis oral, y solía hablar con las muchachas charlatanas, con las mujeres conservadoras, con ancianas anotadoras), perdida la costumbre de la reunión familiar desde que empecé a tener reuniones intelectuales, oí como mi madre y mi mujer entablaban un largo diálogo sobre las virtudes de cierta clase de pañales y el roce con la piel tierna de un bebé y la virtud del talco Mennen para las quemazones —cuando sonó el teléfono. Me levanté a contestarlo bruscamente y, antes de oír la voz del otro lado, supe que era ella. Hubo un breve silencio y en ese momento me pregunté cómo había sabido ella mi número de teléfono, que era privado, que no estaba en ninguna guía, que yo nunca le había dado: de eso estaba seguro: tal vez ella supiera mi dirección pero no mi teléfono y la compañía, que había sido tan reservada que se negó incluso a dar mi dirección a la Policía dos años antes, no iba a darle a ella mi número ahora. Pero era ella, no me cabía duda: el mismo silencio que siguió a mi «Hola» habitual la delataba. Por fin habló:

—Quiero verte —hizo una pausa y, por un momento, pensé que estaba borracha: en realidad había estado llorando, lloraba todavía—. Tengo que verte. Déjame verte. Necesito hablarte.

Ella bordeaba una vez más las letras de distintos boleros, pero no caía exactamente en ninguna y había cierta indignidad no sólo en su tono sino en su repetición: «Tenemos que vernos, que hablar, esta misma noche.»

Después de mi respuesta-saludo no había dicho nada más y observé, bajo la luz intensa, tensa de la sala, a mi madre sentada en el sofá verde oscuro y a mi mujer en un sillón, justo al lado del que yo había abandonado para contestar el teléfono. Se veían absurdamente irreales, como de cera vieja. El Museo de Madame Twosome. Pero ambas me miraban con curiosidad ante la antinatural forma de comportarme al teléfono: yo no había dicho más que «Hola» y después respondía a mi interlocutor con el silencio. Ella siguió:

—Quiero, necesito verte esta noche.

Era evidente que acumulando verbos no lograría más que con su enunciación individual al principio. Por fin le dije:

—No puedo.

—Por favor. Te lo suplico.

—Me es absolutamente imposible.

—Quiero decirte que mi amiga está conmigo y si no fuera por ella habría cometido una barbaridad.

No me explicó en qué consistía su acto bárbaro pero pensé en el suicidio vagamente y luego con horror preciso —lo recuerdo claramente—, en aparecerse en casa.

—Lo siento pero no puedo esta noche.

—Me voy mañana. No nos veremos más, tú lo sabes, pero quiero verte por última vez. Nunca le he rogado a un hombre.

Se me ocurrió que la respuesta apropiada para ella era: «¿Y a una mujer?» Cantar estrofas sáficas. Estrofa de Safo. Pero volví a insistir:

—No puedo. Hasta luego.

Ella, ya sin rastro de llanto, dijo una última palabra:

—Adiós.

Creo que colgamos los dos al mismo tiempo. Ésa fue la última vez que la oí, pero lo que mejor recuerdo de esa noche es que mi mujer no me preguntó nunca quién llamó.

Semanas después, tal vez un mes más tarde, solo, sentado a la barra de un bar olvidado, sin nombre memorable, me emborraché pensando en Margarita, en su esplendor sexual, en sus ojos verdes ardientes y también en la falla de su belleza, en la mácula mamaria, en el seno que le faltaba y que hacía del otro seno una rara perfección única, el cuerno precioso del unicornio.

Recordé la primera visión deslumbrante en el sótano teatral y la larga persecución por los años y por las calles de La Habana, y el encuentro, el desencuentro y mi torpe ardid que fue, sin embargo, eficaz. Pensé cómo la había ganado y perdido, y cómo su posesión había sido una suerte de educación, un aprendizaje —aunque no supe exactamente para qué. Todo esto lo pensaba en el bar o en la calle, caminando ya de noche, y me encontré en la odiada San Lázaro, que nunca aprendí a apreciar, y luego estaba en la amada y ahora sombría Soledad, enfilando hacia el callejón sin salida, ciego por la tapia del cementerio de metáforas muertas, y llegué a su puerta, a la puerta de su entrada sin puerta, y subí los escalones que había subido antes, que ella había subido conmigo, los que le vi subir sola, yo espectador de su cuerpo de espaldas, hasta las piernas, las pantorrillas, los pies que nunca le alabé, hablándole solamente de sus otras perfecciones: los ojos verdes, la boca escarlata, deteniéndome antes de seguir, temeroso de insultarla con el elogio del seno que no podía más que ser singular. Toqué a la puerta. En seguida, antes de tener tiempo de darme cuenta de lo que hacía ebrio y de arrepentirme sobrio, se abrió la hoja y ahí estaba Margarita. No se había ido como había sospechado. Me lo había imaginado. Margarita, más alta ahora pero más ancha, con los pómulos bien arriba y los ojos más rasgados. Me reconoció y me dijo:

—Hola, qué tal. Pasa.

Pero ésta no era su voz educada, baja, acariciante: era la voz de su hermana: era su hermana —Tatiana, Sebastiana, como rayos se llamara con tantos nombres falsos. No era Margarita pero entré al ser invitado. Me hizo sentar en uno de los sillones forrados en nailon verde *chartreuse,* entre panteras y flamencos, y antes de saber qué hacía yo en ese zoológico fantástico me encontré llorando. Ella, como se llame, me cogió por una mano, ya sentada en el otro sillón forrado en nailon verde *chartreuse,* y yo me dejé arrastrar hasta el piso, donde me tumbé llorando, con mi cabeza a la altura de sus rodillas. Ella me acarició el pelo y me dijo:

—Estás llorando por ella. Ya sé.

Dejé de llorar en cuanto ella mencionó el llanto por Margarita, pero no quité la cabeza de entre aquellas piernas pulcras. Lo que hice después fue de una audacia absurda: le acaricié una pierna, suave al tacto, pero ella no retiró mi mano ni su pierna. Su piel era pálida.

—Sabes —me dijo—, tienes un pelo muy fino. Como de bebé.

No respondí, no dije nada, sólo seguí acariciando su pierna, a lo largo, del tobillo a la rodilla. Estaba más borracho de lo que creía porque ahora subía mi mano por entre sus rodillas y acariciaba sus muslos. Ella me cogió una mano pero no la que la acariciaba, la otra, creo que era la izquierda, y pasó sus dedos por ella, como yo la otra por sus piernas.

—¿Y esa cicatriz? —me preguntó. Por un momento no supe de qué hablaba. Yo no tenía cicatrices, nunca había sido herido. Pero la vi señalando mi mano y miré, y en ella, visible blanco en mi piel oscura, más arriba del pulgar, entre este dedo y el índice, estaba el arañazo profundo de Margarita convertido en una marca indeleble. Curioso: lo había olvidado. Ahora recordé el momento en que lo hizo, por qué me marcó, pero no pude recordar sus palabras. Las cicatrices duran más que las palabras.

—No es nada —le dije—. Un accidente de manicura.

Mentiría si dijera que no recordaba a Margarita. La recordaba, sí, pero ella estaba ausente, ida, en el pasado. El presente era su hermana, con su extraña belleza, que recordaba a Margarita y, al mismo tiempo, la hacía olvidar. Ella era como una versión morena de Gene Tierney, mi más cara máscara, más irreal que la Gene Tierney de sombras de cine, versión de la vida. Laura, que el cielo me juzgue con el filo de la navaja barbera. Me levanté y levanté a la hermana para acostarnos. Todo el tiempo no pensé en Margarita, en esta traición trapera, sino que estaba en la cama con una de las versiones de la aversión sexual para mí: una viuda —y me veía acuchillado como su marido muerto por Pepe por poseer aquella mujer no más preciosa que su hermana desaparecida, pero sí más peligrosa. Cuando terminamos (esta vez no hubo maratón sexual ni conteo amo-

roso, ni siquiera recuerdo cómo era ella desnuda: nunca supe cuál era su defecto que era su
mayor virtud) y me fui de su cuarto y de la sala
zoológica, y de la casa verde *chartreuse,* y dando
tumbos, todavía borracho, llegué a la esquina de
Espada (estas calles de La Habana, todas símbolos
en sus nombres) y me miré la mano en un movimiento reflejo: a la luz del farol inequívoco pude
ver, pálida, la cicatriz entre mi piel y pensé que
yo había sido acuchillado retroactivo en aras de
su hermana: fue la propia Margarita, bella y ale-
vosa, armada amada, mi amazona, quien me clavó
el puñal.

Ella cantaba boleros

Yo conocí a la Estrella cuando se llamaba Estrella Rodríguez y no era famosa y nadie pensaba que se iba a morir y ninguno de los que la conocían la iba a llorar si se moría. Yo soy fotógrafo y mi trabajo por esa época era de tiraplanchas de los cantantes y la gente de la farándula y la vida nocturna, y yo andaba siempre por los cabarets y nite-clubs y eso, haciendo fotografías. Me pasaba toda la noche en eso, toda la noche y toda la madrugada y también toda la mañana. A veces no tenía nada que hacer, había terminado mi guardia en el periódico y, a las tres o las cuatro de la mañana, me iba para El Sierra o para Las Vegas o al Nacional y por ahí, a conversar con un animador amigo mío o a mirar a las coristas o a oír las cantantes y a envenenarme con el humo y el olor rancio del aire acondicionado y la bebida. Así que así era yo y no había quien me cambiara, porque pasaba el tiempo y me ponía viejo y los días pasaban y se convertían en fecha y los años se convertían en efemérides y yo seguía así, quedándome con las noches, metiéndolas en un vaso con hielo o en un negativo o en el recuerdo.

Una de estas noches yo llegué a Las Vegas y me encontré con toda esa gente que no había quien las cambiara y una voz zambullida en la oscuridad me dijo, Fotógrafo, siéntate aquí y toma algo, que yo pago, y era nada menos que Vítor Perla. Vítor tiene una revista que se dedica a poner muchachitas medio encueros y a decir: Una modelo con un futuro que salta a la vista o las poderosas razones de Tania Tal por cual o La BB cubana dice que es Brigitte la que se parece a ella y cosas parecidas, que no sé de dónde sacan porque deben de tener un almacén de mierda en el cerebro para poder decir tantas cosas de una chiquita que ayer nada más era manejadora o criadita o trabajaba en Muralla y hoy está luchando con todo lo que tiene para destacarse. Ya ven, ya estoy hablando como ellos. Pero por alguna razón misteriosa (y si yo fuera un redactor de chismes en vez de las eses de misterioso pondría dos signos de peso) Vítor había caído en desgracia y fue por eso que me asombré de que todavía tuviera tan buen humor. Mentira, lo primero que me asombró es que todavía estuviera suelto y me dije, Este mierda todavía flota, y se lo dije. Bueno, quiero decir que le dije, Gallego, eres un corcho español, y él sin perder la calma me contestó muerto de risa, Sí, pero tengo que tener algún plomo clavao adentro, porque ando medio escorao. Y nos pusimos a hablar y él me contó muchas cosas, me contó casi todas sus desgracias en confidencia y yo soy un hombre y no voy a andar chismeando. Además, los problemas de Vítor son sus problemas y si él los resuelve, mejor para él y si no pues, Uruguay, Vítor Perla. La cuestión es que me cansé de oírle contar sus desgracias y como ponía su cara torcida y no tenía gana de ver una boca fea, cambié de conversación y empezamos a hablar de otras cosas, como mujeres y eso, y de pronto me dijo, Te voy a presentar a Irena y no sé de dónde sacó una rubita chiquitica, preciosa, que se parecía a Marilyn Monroe si a Marilyn Monroe la hubieran cogido los indios jíbaros y hubieran perdido su tiempo poniéndole chiquitica no la cabeza sino el cuerpo y todo lo demás, y cuando digo todo lo demás quiero decir *todo* lo demás. Así que sacó a Irena por un brazo como si la pescara del mar de la oscuridad y me dijo, mejor dicho, le dijo, Irena te presento al mejor fotógrafo del mundo, pero lo dijo queriendo decir que yo trabajaba en el periódico *El Mundo,* y la rubita se rió con ganas levantando los labios y enseñando los dientes como si se levantara el vestido y enseñara los muslos y tenía los dientes más bonitos que yo he visto en la oscuridad: unos dientes parejos, bien formados, perfectos y sensuales como unos muslos, y nos pusimos a hablar y a cada rato ella enseñaba sus dientes sin ningún pudor y me gustaba tanto que por poco le pido que me dejara tocarle los dientes, y nos sentamos a hablar en una mesa y eso y Vítor llamó al camarero y nos pusimos a beber, y al poco rato yo le había pisado con mucha delicadeza, como sin querer, un pie a la rubita y casi no me di cuenta que se lo había pisado por lo chiquito que lo tenía, pero ella se sonrió cuando yo le pedí perdón y al poco rato le había cogido una mano, que se viera que era con querer y la mano se me perdió en mi mano y la estuve buscando como una hora por entre las manchas amarillas del hipo que yo muy charles-boyerescamente hacía pasar por manchas de nicotina y eso, y ya después, cuando encontré su mano y la acaricié sin pedirle perdón yo la estaba llamando Irenita que era el nombre que más le pegaba y nos besamos y eso, y cuando vine a ver, ya Vítor se había levantado, muy discreto él y así estuvimos allí un rato tocándonos, apretados, allí sumergidos en la oscuridad besándonos, olvidados de todo, de que el show se había acabado, de que la orquesta estaba tocando para bailar, de que la gente bailaba y bailaba y se cansaba de bailar y de que los músicos empaquetaban sus instrumentos y se iban y de que nosotros nos quedábamos solos allí, ahora profundamente en la oscuridad, no ya en la penumbra vaga como canta Cuba Venegas, sino en la penumbra profunda, en la oscuridad cincuenta, cien, ciento cincuenta metros por debajo de la superficie de la luz nadando en la oscuridad, mojados, besándonos, olvidados, besos y besos y besos, olvidándonos, sin cuerpo, solamente con bocas y con dientes y con lengua solamente, perdidos entre la baba de los besos, ahora silentes, silenciosos, húmedos, oliendo a saliva sin siquiera sentirlo, hinchados, besándonos, besándonos, chico, idos del mundo, absolutamente en órbita. De pronto ya nos íbamos.

Fue entonces cuando la vi por primera vez.

Era una mulata enorme, gorda gorda, dos brazos como muslos y de muslos que parecían dos troncos sosteniendo el tanque del agua que era su cuerpo. Le dije a Irenita, le pregunté a Irenita, le dije, Quién es la gorda, porque la mujer parecía dominar absolutamente el chowcito —y ahora tengo que explicar qué es el chowcito. El chowcito era el grupo de gente que se reunía a descargar en la barra, pegados a la vitrola, después que terminaba el último show y que descargando se negaban a reconocer que afuera era de día y que todo el mundo estaba ya trabajando hace rato o entrando al trabajo ahora mismo. Todo el mundo menos este mundo de la gente que se sumergía en las noches y nadaba en cualquier hueco oscuro, aunque fuera artificial, en este mundo de los hombres rana de la noche. Pues allá en el centro del chowcito estaba ahora la gorda vestida con un vestido barato, de una tela carmelita cobarde que se confundía con el chocolate de su piel chocolate y unas sandalias viejas, malucas, y un vaso en la mano, moviéndose al compás de la música, moviendo las caderas, todo su cuerpo de una manera bella, no obscena pero sí sexual y bellamente, meneándose a ritmo, canturreando por entre los labios aporreados, sus labios gordos y morados, a ritmo agitando el vaso a ritmo, rítmicamente, bellamente, artísticamente ahora y el efecto total era de una belleza tan distinta, tan horrible, tan nueva que lamenté no haber llevado la cámara para haber retratado aquel elefante que bailaba ballet, aquel hipopótamo en punta, aquel edificio movido por la música y le dije a Irenita, antes de preguntarle el nombre, interrumpiéndome cuando preguntaba el nombre, al preguntarle el nombre, Es la salvaje belleza de la vida, sin que me oyera naturalmente, sin que me entendiera si me había oído, naturalmente y le dije, le pregunté, le dije, Quién es, tú. Ella me dijo con un tono muy desagradable, Es la caguama que canta, la única tortuga que canta boleros, y se rió y Vítor pasó entonces por mi lado del lado de la oscuridad y dijo bajito al oído, Ten cuidado que es la prima de Moby Dick, La Ballena Negra, y me alegré de estar alegre, de haber tomado dos o tres tragos, porque pude agarrar a Vítor por su brazo de dril cien y decirle, Gallego de mierda, eres un discriminador de mierda, eres un racista de mierda, culo: eres un culo, y él me dijo, Te lo paso porque estás borracho, no me dijo más que eso y se metió como quien pasa entre unas cortinas en la oscuridad del fondo. Me acerqué y le pregunté que quién era ella y me dijo, La Estrella, y yo le dije, No, no, su nombre, y ella me dijo, La Estrella, yo soy La Estrella, niño, y soltó una carcajada profunda de barítono o como se llame la voz de mujer que corresponde al bajo pero que suena barítono, contralto o cosa así, y me dijo sonriendo, Me llamo Estrella, Estrella Rodríguez para servirle, me dijo y me dije, Es negra, negra negra, totalmente negra, y empezamos a hablar y pensé que qué país más aburrido sería éste si no hubiera existido el padre Las Casas y le dije, Te bendigo, cura, por haber traído negros del África como esclavos para aliviar la esclavitud de los indios que de todas maneras ya se estaban acabando, y le dije, Cura te bendigo, has salvado este país, y le dije otra vez a Estrella, La Estrella, yo la amo a usted, y ella se rió a carcajadas y me dijo, Estás completamente borracho, yo protesté y le dije, No, borracho no estoy, le dije, estoy sobrio, y ella me interrumpió, Estás borracho como carajo, me dijo y yo le dije, Usted es una dama y las damas no dicen malas palabras, y ella me dijo, Yo no soy una dama, yo soy una artista coño, y yo la interrumpí y le dije, Usted es La Estrella, bromeando le dije y ella me dijo, Pero estás borracho y yo le dije, Estoy como una botella, le dije, estoy lleno de alcohol, pero no borracho, y le pregunté, Están borrachas las botellas, y ella dijo, No, qué va, y se rió de nuevo, y yo le dije, Pero por sobre todas las cosas, la amo La Estrella, me gusta usted más que todos los demás aparatos juntos, prefiero La Estrella a la montaña rusa, al avión del amor, a los caballitos, y ella se rió de nuevo a carcajadas, se bamboleó y finalmente se golpeó uno de los muslos infinitos con una de sus manos interminables y el chasquido rebotó en las paredes como si el cañonazo de las nueve se disparara, por la mañana, en aquel bar, y entonces ella me preguntó, Con la pasión, y yo le dije, Con pasión y con locura y con amor, y ella me dijo, No, no, yo decía que si con mi pasión, si con la pasa, y se llevó las manos a la cabeza queriendo decir con su pelo, y yo le dije, A usted entera, y pareció de pronto la criatura más feliz sobre la tierra. Fue entonces que yo le hice la gran, única, imposible proposición a La Estrella. Me acerqué y muy bajito, al oído, le dije, La Estrella quiero hacerle una proposición deshonesta, le dije. La Estrella vamos a tomar algo, y me dijo, En-can-ta-da, y se bebió de un trago, el trago que tenía en la mano, tiró dos pasillos de chachachá para llegar al mostrador y le dijo al cantinero, Muñecón, de lo mío, y yo le pregunté, Qué es de lo mismo, y ella me respondió, No, de lo mismo no, de lo mío, que es lo mismo que de lo mismo, y se rió y dijo, Lo mío es lo que toma La Estrella y nadie más puede tomarlo, te enteraste, y se volvió a reír a carcajadas que sacudían sus enormes senos como un motor sacude cancaneando los guardafangos de un camión viejo.

Entonces una manito me agarró por un brazo y era Irenita, Te vas a quedar toda la noche, me preguntó, ahí con la gorda, y yo no le contesté y volvió a preguntarme, Te quedas con la gorda, y le dije, Sí, nada más que sí, y no dijo nada pero me clavó las uñas en la mano y entonces La Estrella se rió a carcajadas, muy superior, segura de ella misma y me cogió la mano y me dijo, Déjala, las gatas están mejor en el tejado, y le dijo a Irenita, Esta niña, vamos, súbete en una silla, y todo el mundo se rió, hasta Irenita, que se rió por compromiso, por no quedar mal por no hacer el ridículo, y que enseñó dos huecos de las muelas que le faltaban detrás de los colmillos de arriba cuando se reía.

En el chowcito siempre había show después que se acababa el show y ahora había una rumbera bailando al son de la vitrola y se paró ahora y le dijo a un camarero que pasaba, Papi, ponme reflectores y estamos campana, y el camarero fue y quitó el chucho una vez y otra y otra más, pero como la música se iba cada vez que se apagaba la vitrola, la rumbera se quedaba en el aire y daba unos pasillos raros, largos con su cuerpo tremendo y alargaba una pierna sepia, tierra ahora, chocolate ahora, tabaco ahora, azúcar prieta ahora, canela ahora, café ahora, café con leche ahora, miel ahora, brillante por el sudor, tersa por el baile, en este momento dejando que la falda subiese por las rodillas redondas y pulidas y sepia y canela y tabaco y café y miel, sobre los muslos largos, llenos, elásticos y perfectos y su cara se echaba hacia atrás, arriba, a un lado, al otro, izquierda y derecha, atrás de nuevo, atrás siempre, atrás golpeando en la nuca, en la espalda escotada y radiante y tabaco, atrás y alante, moviendo las manos, los brazos, los hombros de una piel de increíble erotismo increíblemente sensual, increíble siempre, moviéndolos por sobre los senos, al frente sobre los senos llenos y duros, sueltos evidentemente, parados evidentemente, evidentemente suaves: la rumbera sin nada debajo, Olivia, se llamaba, se llama todavía por Brasil, ya sin pareja, suelta, libre ahora, con la cara de una niña terriblemente pervertida, increíblemente inocente también, inventado el movimiento, el baile, la rumba ahora frente a mis ojos: todo el movimiento, toda África, todas las hembras, todo el baile, toda la vida, frente a mis ojos y yo sin una maldita cámara, y detrás de mí La Estrella que lo veía todo y decía, Te gusta, te gusta, y se levantó del trono de su banqueta y cuando la rumbera no había acabado todavía, fue hasta el tocadiscos, hasta el chucho, diciendo, Tanta novelería, lo apagó, lo arrancó casi con furia, como echando espuma de malas palabras por la boca y dijo, Se acabó, ahora viene la música. Y sin música, quiero decir sin orquesta, sin acompañante, comenzó a cantar una canción desconocida, nueva, que salía de su pecho, de sus dos enormes tetas, de su barriga de barril, de aquel cuerpo monstruoso, y apenas me dejó acordarme del cuento de la ballena que cantó en la ópera, porque ponía algo más que el falso, azucarado, sentimental fingido sentimiento en la canción, nada de la bobería amelcochada, del sentimiento comercialmente fabricado del feeling, sino verdadero sentimiento y su voz salía suave, pastosa, líquida, con aceite ahora, una voz coloidal que fluía de todo su cuerpo como el plasma de su voz y de pronto me estremecí. Hacía tiempo que algo no me conmovía así y comencé a sonreírme en alta voz, porque acababa de reconocer la canción, a reírme, a soltar carcajadas porque era *Noche de ronda* y pensé, Agustín no has inventado nada, no has compuesto nada, esta mujer está inventando tu canción ahora: ven mañana y recógela y cópiala y ponla a tu nombre de nuevo: *Noche de ronda* está naciendo esta noche. Noche redonda.

La Estrella cantó más. Parecía incansable. Una vez le pidieron que cantara la Pachanga y ella, detenida, un pie delante del otro, los rollos sucesivos de sus brazos sobre el gran oleaje de rollos de su cadera, golpeando el suelo con una sandalia que era una lancha naufragando debajo del océano de rollos de sus piernas, golpeando, haciendo sonar el bote contra el suelo, repetidamente, echando la cara sudada, la jeta de animal salvaje, de jabalí pelón, los bigotes goteando sudor, echando por delante toda la fealdad de su cara, los ojos ahora más pequeños, más malvados, más ocultos bajo las cejas que no existen más que como dos viseras de grasa donde se dibujan con un chocolate más oscuro las líneas de las cejas de maquillaje, toda su cara por delante del cuerpo infinito, respondió, La Estrella no canta más que boleros, dijo y añadió, Canciones dulces, con sentimiento, del corazón a los labios y de la boca a tu oreja, nena, para que lo sepas, y comenzó a cantar, *Nosotros,* inventando al Malogrado Pedrito Junco, convirtiendo su canción plañidera en una verdadera canción, en una canción vigorosa, llena de nostalgia poderosa y verdadera. Cantó más La Estrella, cantó hasta las ocho de la mañana, sin que nosotros supiéramos que eran las ocho de la mañana hasta que los camareros empezaron a recogerlo todo y uno de ellos, el cajero dijo, Lo sentimos, familia, y quería decir de veras, familia, no decía la palabra por decirla, decir familia y decir otra cosa bien diferente de familia, sino que quería decir familia de verdad dijo: Familia, tenemos que cerrar. Pero antes, un poco antes, antes de eso, un guitarrista, un buen guitarrista, un tipo flaquito, chupado, un mulatico sencillo y noble, que no tenía trabajo porque era muy modesto y muy natural y muy bueno, pero un gran guitarrista, que sabía cómo sacar melodías extrañas de una canción de moda por barata y comercial que fuera, que sabía pescar sentimiento del fondo de la guitarra, que de entre las cuerdas podía extraerle la semilla a cualquier canción, a cualquier melodía, a cualquier ritmo, a ese que le falta una pierna y tiene una pata de palo y una gardenia en el ojal, siempre, al que decíamos, cariñosamente, en broma, el Niño Nené, imitando a los niños cantadores de flamenco, el Niño Sabicas o el Niño de Utrera o el Niño de Parma, el Niño Nené, dijo, pidió, Déjame acompañarte en un bolero, Estrella, y La Estrella le respondió muy altanera, llevándose la

mano al pecho y dándose dos o tres palmadas sobre las tetas enormes, No, Niñito, no, le dijo, la
Estrella canta siempre sola: a ella le sobra la música. Después fue que cantó *Mala noche,* haciendo
su luego famosa parodia de Cuba Venegas, en que
todos nos moríamos de risa y después fue que cantó
Noche y día y después fue que el cajero nos pidió
que nos fuéramos. Y como ya la noche se había
acabado, nos fuimos.

La Estrella me pidió que la llevara a su
casa. Me dijo que la esperara un momento que
iba a buscar una cosa y lo que hizo fue recoger
un paquete, y cuando salimos que montamos en
mi máquina que es un carrito de esos deporti-
vos, inglés, ella que aún no había podido aco-
modarse bien, metiendo sus trescientas libras en
el asiento en que no cabía uno de sus muslos sólo,
me dijo, dejando el paquete en el medio. Son
unos zapatos que me regalaron, y la miré y me
di cuenta que era pobre como carajo, y arrancamos. Ella vivía con un matrimonio de actores,
quiero decir con un actor que se llamaba Alex
Bayer. El tipo este no se llama así realmente, sino Alberto Pérez, o Juan García o cosa así, pero él se puso eso de Alex Bayer, porque Alex es
un nombre que esta gente siempre usa y el Bayer
lo sacó de la casa Bayer, esa que fabrica calman-
tes. El caso es que a este tipo no le decían, alguna gente, la gente de la cafetería Radiocentro,
por ejemplo, sus amigos no le decían Alex Bayer
de la manera que el pronunciaba A-leks Bay-er

cuando terminaba un programa, sino que le decían, como le dicen todavía, le decían Alex Aspirina, Alex OK, Alex Mejoral y cosas por el estilo, y todo el mundo sabía que es maricón, de manera que vivía con un médico, en su casa como un matrimonio reconocido y salían a todas partes juntos, a todas las partes junticos, y allí en su casa ella, La Estrella, vivía en su casa, era su cocinera, su criada y les hacia la comidita y les tendía la camita y les preparaba el bañito, etceterita, y si ella cantaba era por gusto, por el puro placer de cantar, ya ella canta porque le daba la gana, por el gusto de hacerlo en Las Vegas y en el Bar Celeste o en el Café Ñico o por cualquiera de los cafés o los bares o los clubes que hay alrededor de La Rampa. De manera que yo la llevaba a ella en mi carro, yo muy orondo en la mañana por las mismas razones pero al revés que otras gentes se hubieran sentido muy apenadas o muy molestas o simplemente incómodas de llevar aquella negra enorme allí en el carrito, exhibiéndola en la mañana con toda la gente a tu alrededor, con todo el mundo yendo al trabajo, trabajando, caminando, cogiendo las guagas, llenando las calles, inundándolo todo: las avenidas, las calzadas, las calles, los callejones, abejeando por entre los edificios como zunzunes constantes, así. Yo la llevaba hasta la casa de ellos, donde ella trabajaba, ella La Estrella, que era allí la cocinera, la criada, la sirvienta de este matrimonio particular. Llegamos.

Era una calle apartada del Vedado, con la gente durmiendo todavía, soñando todavía y todavía roncando, y estaba apagando el motor, dejando una velocidad puesta, sacando un pie del cloche, mirando las agujas nerviosas cómo regresaban al punto muerto de descanso, viendo el reflejo de mi cara gastada en los cristales de los relojes matutinamente envejecida, vencido por la noche, cuando sentí su mano sobre mi muslo: ella puso sus cinco chorizos sobre mi muslo, casi sus cinco salamis que adornan un jamón sobre mi muslo, su mano sobre mi muslo y vi que me cubría todo el muslo y pensé, La bella y la bestia, y pensando en la bella y la bestia me sonreí y fue entonces que ella me dijo, Sube, que estoy sola, me dijo, Alex y su médico de cabecera, me dijo y se rió con su risa que parecía capaz de sacar del sueño, de las pesadillas o de la muerte o de lo que fuese a todo el vecindario, me dijo, no están: se fueron a la playa, de wikén, sube que vamos a estar solos, me dijo. No vi nada en eso, no vi ninguna alusión a nada, nada sexual, nada de nada, pero le dije igualmente, No, tengo que irme, le dije. Tengo que trabajar, tengo que dormir, y ella no dijo nada, nada más que dijo, Está bien, y se bajó del carro, mejor dicho, inició, la operación de salir del carro y media hora más tarde, saliendo yo de un pestañazo, oí que me dijo, ya en la acera, poniendo el otro pie en la acera (al agacharse amenazadoramente sobre el carrito a recoger su paquete con zapatos, se le cayó uno de los zapatos y no eran zapatos de mujer, sino unos zapatos viejos de muchacho, al recogerlos de nuevo) me dijo, Tú sabes, yo tengo un hijo, no como una excusa, no como una explicación, sino como información simplemente, me dijo, Tú sabes, es bobo, tú sabes, pero lo quiero más, me dijo y se fue.

Ah Fellove estaban sonando tu Mango Mangüé en el radio y la música y la velocidad y la noche nos envolvían como si quisieran protegernos o enlatarnos en su vacío y ella iba a mi lado, cantando, tarareando creo tu melodía rítmica y ella no era ella, es decir que ella no era la Estrella sino que era Magdalena o Irenita o creo que Mirtila y en todo caso no era ella porque sé bien la diferencia que hay entre una ballena y una sardina o una rabirrubia, y posiblemente fuera Irenita porque era realmente rabirrubia, con su rabo de mula su cola de caballo su moño suelto-amarrado, rubio, y los dientes de pescado que le salían por la boquita no por la gran boca cetácea de la Estrella en donde cabía un océano de vida, pero: ¿qué es una raya más para un tigre? Esta raya la recogí en el Pigal cuando iba para Las Vegas, ya tarde, y ella estaba sola debajo del farol debajo del Pigal y me gritó cuando yo frené, Detén tu carro Ben Jur, y yo arrimé a la acera y ella me dijo, ¿A dónde vas cosa linda? y yo le dije que para Las Vegas y me dijo que si no la podía llevar un poco más lejos, dónde le dije y me dijo, Al otro lado de la frontera, ¿Dónde?, y me

dijo, Más para allá de la esquina de Texas, dijo
Texas y no la Esquina de Tejas y eso fue lo que me
hizo montarla, además de las otras cosas que yo
estaba viendo ahora en la máquina porque a la
luz de la calle había visto sus enormes senos bailando debajo de la blusa y le dije, ¿Todo eso es
tuyo?, bromeando claro y ella no me dijo nada sino que se abrió la camisa, porque lo que llevaba
era un camisa de hombre y no una blusa y la desa-
botonó y dejó al aire unos senos, no: unas tetas
enormes, redondas y gordas y puntudas que se
veían rosadas, blancas, grises... y se volvían a ver
rosadas al darle la luz de las calles que pasaban y
yo no sabía si mirar para el lado o para alante y entonces me entró miedo de que nos viera alguien,
de que nos parara la policía, porque aunque fueran las doce o las dos de la mañana siempre habría
gente en la calle y crucé Infanta a sesenta y en el
puesto de ostiones había gente comiendo maris-
cos y hay ojos que son más rápidos que el sonido
y más certeros que la escopeta de Marey porque
oí el escándalo que se armaba y que gritaban, ¡Los
melones pal mercado! y pisé el acelerador y a toda mecha atravesé Infanta y Carlos Tercero y la
Esquina de Tejas se quedó en la curva de Jesús
del Monte y en Aguadulce di la vuelta mal y evité
una Ruta 10 por uno o dos segundos y llegamos
al Sierra, que es donde esta muchacha que ahora
se abrocha la camisa muy tranquilamente enfrente del cabaret quería ir y le digo, Bueno Irenita y
tiendo una mano hacia uno de los melones que

nunca llegaron al mercado porque había que llevarlos, y ella que me dice, Yo no me llamo Irenita sino Raquelita, pero no me digas Raquelita sino Manolito el Toro que ese es mi nombre para mis amigos y me quitó la mano y se bajó, Voy a ver si me bautizan de nuevo, me dijo y cruzó la calle hasta la entrada del cabaret donde había un cromo, una maravilla de niña esperándola y se cogieron las manos y se besaron y se pusieron a conversar muy bajito allí en la entrada, debajo del letrero que se apagaba, y se encendía y yo las veía, y no las veía y las veía y no las veía y las veía y cogí y me bajé y crucé la calle y fui a donde estaban ellas y le dije, Manolito y ella no me dejó terminar porque me dijo, Y este que tu ves aquí es Pepe, señalando para su amiga que me miró con la cara bien seria, pero le dije, Mucho gusto Pepe y se sonrió y seguí, Manolito, le dije, por el mismo precio te llevo de vuelta y me dijo no me interesa y como no quería entrar en el Sierra porque no tenía la menor gana de encontrarme con el mulato Eribó o con el Beny o con Cue y que empezaran con sus conferencias de música que estaban mejor en el Lyceum o en los Amigos del País o en el libro de Carpentier, discutiendo de música como si fuera de razas: Que si dos negras valen por una blanca pero una negra con puntillo vale tanto como una blanca y que si el cinquillo es cubano porque no aparece en África ni en España o que el repique es un acento ancestral (esto lo dice siempre Cue) o que las claves ya no se tocan en Cuba pero se oyen en la cabeza del verdadero músico y de las claves de madera pasan a la clave de sol y a las cosas en clave y secretas y empiezan a hablar de brujería, de santería, de ñañiguismo y hacer cuentos de aparecidos no en casas viejas o a medianoche sino frente al micrófono de un locutor de madrugada a las doce del día en un ensayo y hablar del piano que tocaba solo en Radio Progreso después que se murió Romeu y esas cosas que no me van a dejar dormir después si me tengo que ir a la cama solo. Di la vuelta y regresé al carro no sin antes decirle adiós a Pepe y a Manolito diciéndoles, Adiós niñas y me fui corriendo después.

Fui por Las Vegas y me llegué al puesto de café y me encontré con Laserie y le dije, Qué hay Rolando como va la cosa y él me dijo, Ahí ahí mulato y así nos pusimos a conversar y luego le dije que le iba a hacer unas fotos aquí tomando café una de estas noches, porque Rolando se veía muy bien, muy cantante, muy cubano, muy muy habanero allí con su traje de dril 100 blanco y su sombrero de paja, chiquito, puesto como solamente se lo saben poner los negros, tomando café con mucho cuidado de que el café no le manche el traje inmaculado, con el cuerpo echado para atrás y la boca encima de la taza y la taza en una mano y debajo de la mano la otra mano puesta sobre el mostrador tomando el café buche a buche, y me despedí de Rolando, Ta luego tú, le dije y él me dijo, Hata cuanto tu quiera mulato, y voy a entrar en el club y a que ustedes no saben a quien veo en la puerta. Nada más y nada menos que Alex Bayer que viene y me saluda y me dice, Te estaba esperando, muy fino muy educado muy elegante él y le digo, A quién, a mí y me dice, Sí a ti, y le digo, Quieres hacerte unas fotografías y me dice, No, quiero hablar contigo, y le digo, Cuando tú quieras que pa luego es tarde pensando que puede no o puede haber una bronca, que nunca se sabe con esta gente, que cuando José Mojiça estuvo en La Habana iba por el Prado del brazo con dos actrices o dos cantantes o simplemente dos muchachas y un tipo que estaba sentado en un banco les gritó, Adiós las tres y Mojica muy serio él, muy actor de película mejicana él, muy preciso él, como si estuviera cantando fue para el banco y le preguntó al individuo, Qué dijo usted señor y el tipo que le dice, Lo que usté oyó señora y Mojica, tan grande como era (o como es, que no se ha muerto, pero la gente siempre encoge cuando se hacen viejas) lo levanta en peso por sobre su cabeza y lo tira para la calle, no para la calle para los canteros de yerba que hay entre el muro del paseo y la calle, y siguió su paseo tan natural y tan fácil y tan sinigual que si estuviera cantando *Júrame* con recitativo mojicano y todo, y no sé si Alex pensó lo que yo pensé o pensó lo que pensó Mojica o pensó lo que él mismo pensaba, lo que sé es que se rió, se sonrió y me dijo, Vamos, y yo le dije, Nos sentamos en el bar y me hizo seña de que no con la cabeza, No, lo que tengo que hablar contigo es mejor que lo hable afuera, y yo le dije, Mejor sentarnos en mi máquina entonces y me dijo que no, No, vamos a caminar que la noche es buena para eso y arrancamos por la calle Pe para abajo y cuando íbamos de camino va y me dice, Es buena la noche para caminar por La Habana, no te parece, y yo le digo que sí con la cabeza y después, Sí si hace fresco, Sí, me dijo él, si hace fresco es sabroso y yo lo hago a menudo, es el mejor tónico para la salud del cuerpo y del alma, y por poco me cago en su alma pensando que este tipo todo lo que quería era caminar conmigo y hacerse el filósofo hindú.

Caminando vimos salir de la oscuridad, contrario, al Cojo de las Gardenias, con su muleta y su tablero con gardenias y sus Buenas noches llenas de eses y de cortesía y de una cierta finura que era más sincera de lo que podía parecer y al cruzar otra calle oí la voz estridente y gangosa y sin misericordia de Juan Charrasqueado cantando el único verso del corrido que siempre canta y repitiendo una y otra vez y mil veces, Ponte pa tu número y ponte para tu número y ponte para tu número, Ponte pa tu número, Ponte, queriendo decir que le echen las monedas en el sombrero charro sudado que pasea por entre los parroquianos a la fuerza, creando una atmósfera de obsesión que es patética porque todo el mundo sabe que está loco de remate. Leí el letrero del Restaurant Humboldt Club y pensé en La Estrella que comía allí siempre y pensé que qué diría el ilustre

barón que volvió a descubrir a Cuba si supiera
que quedó para nombre de un restaurant y de
un bar y de una calle en esta tierra que si no descubrió al menos desveló. Bar San Juan y Club
Tikoa y La Zorra y El Cuervo y el Eden Rock
donde una noche una negra se equivocó y bajó
las escaleras hasta la puerta y entró a comer allí
y la botaron para afuera con una excusa que era
una exclusa, que era una esclusa y ella comenzó
a gritar LitelrocLitelrocLitelroc porque Faubus estaba de moda y se armó el gran escándalo,
y La Gruta donde todos los ojos son fosforescen-
tes porque las criaturas que habitan este bar y
club y cama son pejes abisales y Pigal o Pigalle o
Pigale que de todas esas maneras se dice y Wa-
kamba Self Service y Marakas y su menú en inglés y su menú afuera y sus letras chinas en neón
para confundir a Confucio, y La Cibeles y el Col-
mao y el Hotel Flamingo y el Flamingo Club y
al pasar por la calle Ene y 25 veo bajo el bombi-
llo, afuera, en la calle cuatro viejos jugando al
dominó en camiseta y me sonrío y me río y Alex
me pregunta de qué me río y yo le digo, Nada,
de nada y él me dice, Sí yo sé de qué te ríes y le
pregunto, De qué y me dice, De la poesía de ese
grupo y pienso, Coño un esteta como Beteta, que
era un español que trabajó en el periódico de
cronista cultural y cada vez que alguien le decía
que era periodista o le preguntabas si era periodista Beteta respondía siempre, No, esteta, caray
con Beteta, a quien terminaron diciéndole Ve te-

tas y era verdad porque era el gran rascabuchea-
dor de la vida. Y entonces me doy cuenta de que
Alex no ha hablado y se lo digo y me dice que no
sabe cómo empezar y yo le digo que es muy simple, Empieza por el principio o por el final y él
me dice, Tú porque eres periodista y yo le digo
que no, que soy fotógrafo, De prensa me dice él
y yo le digo Sí, de prensa, ay, y me dice, Bueno,
voy a empezar por el medio y digo Bueno y me
dice, Tú no conoces a La Estrella y lo que andas
diciendo por ahí es mentira y yo sé la verdad y te
la voy a contar, y yo que no me ofendo ni nada y
que veo que él no está ofendido ni nada, le digo,
Bueno está bien empieza.

Eres injusto me dijo Alex y yo iba a pro-
testar cuando me dijo. No, déjame hablar y después que sepas, verás que eres injusto, y lo dejé
hablar, lo dejé hablar con su voz redonda, bella,
bien cuidada, que decía todas las eses y todas las
des y donde todas las eres eran eres y comencé a
comprender mientras hablaba por qué era tan
famoso actor de radio y por qué recibía miles de
cartas femeninas todas las semanas y comprendía
por qué rechazaba las proposiciones que le hacían
y comprendí también por qué le gustaba conversar, contar, hablar: era un Narciso que dejaba caer
sus palabras en el estanque de la conversación y
se oía complacido en las ondas sonoras que creaba. ¿Fue su voz lo que le hizo homosexual? ¿O al
revés? ¿O es que en cada actor hay escondido una
actriz? Ah, yo no sirvo para hacer preguntas.

Lo que dices no es cierto, me dijo, nosotros, dijo y nunca nunca pasó de ahí, nosotros no somos los amos de Estrella o de La Estrella como sé que tú dices. En realidad de verdad somos las ovejas de Polifemo. (¿Lindo verdad? Pero había que oírlo). Ella hace y deshace en casa. No es criada ni cosa parecida, sino un huésped no invitado: Llegó un día hace seis meses porque la invitamos una noche que la oímos cantar en el Bar Celeste: yo la invité, a tomar un trago con nosotros. Se quedó a dormir esa madrugada y durmió todo el día y por la noche se fue sin decir nada, pero a la mañana siguiente estaba en la puerta tocando para que le abrieran. Subió, se acostó en el cuarto que le dimos, que era el cuarto mío de pintar, incidentalmente, que mudé para el cuarto de criados de la azotea, después que ella despidió a la criada que teníamos desde hace añísimos, aprovechándose de que estábamos de vacaciones, y trajo a la casa un cocinero, un negrito que la obedecía en todo y con el que salía todas las noches. ¿Te das cuenta? Él le llevaba el neceser, que en ese tiempo podía ser una cartera comando vieja o una jaba de El Encanto, y salían a recorrer los centros nocturnos y volvían por la mañana. Hasta que lo botamos. Eso ocurrió, claro, mucho después. Fue a la semana de estar de invitada que nos hizo el cuento de su hijo inválido y aprovechándose de nuestra pena —momentánea, déjame decirte— nos pidió que la recogiéramos en la casa, ya que pedirnos que la dejáramos estar con nosotros no podía pedírnoslo, porque hacía una semana que ya venía estando. La recogimos, como ella dice y a los pocos días nos pidió una llave prestada «para no molestar» nos dijo y la devolvió el día siguiente, es verdad, pero no volvió a molestarnos más, porque no volvió a tocar a la puerta. ¿Sabes por qué? Porque se había mandado a hacer otra llave, que era la suya ahora.

¿Te conmovió lo del hijo idiota, como a nosotros? Pues no es verdad, puedo decírtelo: no hay ningún niño, ni morón ni prodigio. Es su marido, el que tenía una hija, bien normal, como de doce años. La tuvo que mandar para el campo, porque ella le hacía la vida imposible. Está casada, es cierto, con un fritero de la playa de Marianao (se detuvo y fue porque estuvo a punto de decir Marianado) que es un pobre hombre al que chantajea y cuando lo visita en su negocio, es para robarle perros calientes, huevos y papas rellenas, que se come en su cuarto. Debo decirte que come con una troupe de titiriteros y toda esa comida tenemos que pagarla nosotros y se queda con hambre, siempre. Es así que está enorme enorme como un hipopótamo y como ellos, es anfibia. Se baña tres veces al día: cuando llega por la mañana, por el mediodía que se despierta a almorzar y por la noche antes de salir, porque ¡cómo suda!: suelta agua como si sudara una fiebre eterna y es así que se pasa la vida en el agua: sudando y bebiendo agua y bañándose. Y todo cantando: canta cuando regresa por la mañana, canta en la ducha, canta arreglándose para salir y siempre canta. Por la mañana, cuando entra, la sentimos antes de que arranque a cantar, porque se agarra del pasamanos para subir la escalera y tú conoces estas escaleras de mármol y baranda de hierro de las casas del antiguo Vedado. Así ella sube y sube aferrada al pasamanos y toda la baranda tiembla y retumba en la casa y en cuanto los hierros repican contra el mármol ella comienza a cantar. Hemos tenido mil y un problemas con los vecinos de los bajos, pero no hay quien le diga nada porque no entra en razones. «Envidia» dice, «mucha envidia. Ya verán cómo me adulan cuando yo sea famosa».

Porque tiene obsesión con la fama y nosotros también tenemos obsesión con su fama: estamos locos por que sea famosa y se acabe de largar con su música o con su voz —porque ella insiste en que no necesita música para cantar ya que la lleva adentro— con su voz a otra parte.

Cuando no está cantando está roncando y cuando no está roncando invade la casa con el perfume en que se baña, porque no se lo pone —Colonia 1800, imagínate: aunque esté mal que yo hable del producto que patrocina mi Novela de la Una— se lo echa encima, se ducha con él y como es desaforada, se echa talco como se echa perfume y cómo se tira agua encima y cómo come, querido, no a la medida humana, créeme, no a la medida humana. (Y este es uno de los pocos cubanos que pronuncia la segunda *e* del verbo creer, créanme). ¿Tú has visto las roscas de carne, de grasa que tiene en el cuello? Pues mírala la próxima vez que la veas y verás que tiene una costra de talco en el pliegue de cada una de las roscas. Tiene, también, obsesión con las pestes del cuerpo y se pasa el día oliéndose y echándose desodorante y perfume y depilándose desde las cejas hasta los pies y te juro que no exagero, que un día llegamos a casa a destiempo y la cogimos paseando desnuda, en cueros por toda la casa y la vimos bien, por desgracia, toda llena de rollos de carne humana y sin pelo. Créeme, tu Estrella es una fuerza de la naturaleza o más que eso, un fenómeno cósmico. Su única debilidad, su sólo aspecto humano son sus pies, no por la forma, sino porque le duelen, ya que los tiene planos, y se queja, es de lo único que se queja, se queja y los pone altos y cuando lleva un tiempo quejándose, casi cuando puede uno comenzar a cogerle lástima, pena, se levanta y empieza a gritar por toda la casa, «¡Pero voy a ser famosa! ¡Voy a ser famosa! ¡Famosa, coño!» ¿Tú sabes cuáles son sus enemigos? Los viejos, porque nada más que le gustan los jóvenes y se enamora de los muchachitos como una perra; los empresarios que la van a explotar cuando sea famosa; que le digan negra o hagan alusión a la raza negra delante de ella; hacer en su presencia señas que no entienda o que se rían sin saber de qué se ríen o que empleen alguna clave que ella no pueda descifrar ipso facto. Y morirse antes de llegar. Ya sé lo que vas a decirme antes de darme razón: que es patética. Sí, es patética, pero el patetismo, fuera de las tragedias clásicas, querido, es insoportable.

¿Se me olvida algo? Sí, decirte que prefiero la libertad a la justicia. No creas la verdad. Sigue siendo injusto con nosotros. Ama a La Estrella. Pero por favor, ayúdala a ser famosa, hazla llegar, líbranos de ella. La adoraremos, como a los santos, místicamente, en el éxtasis del recuerdo.

¿Qué quieren? Me sentí Barnum y seguí los torcidos consejos de Alex Bayer. Se me ocurrió que a la Estrella había que descubrirla que es una palabra que inventaron para Eribo y esos esposos Curís que se pasan la vida descubriendo elementos del radio y de la televisión y del cine. Me dije que había que separar ese oro de su voz de la ganga en que lo envolvió la Naturaleza, la Providencia o lo que fuera, que había que extraer aquel diamante de la montaña de mierda en que estaba sepultado y lo que hice fue organizar una fiesta, un asalto, un motivito como diría Rine Leal, y al mismo Rine le encargué que hiciera las invitaciones que pudiera, que yo invitaba al resto. El resto fueron Eribó y Silvestre y Bustrófedon y Arsenio Cue y el Emsí, que es un buen comemierda pero que falta me hacía porque era el animador de Tropicana y Eribó trajo a Piloto y Vera y Franemilio, que sería el que mejor gozaría la ocasión porque es un pianista y tiene sensibilidad y es ciego, y Rine trajo a Juan

Blanco, que aunque es un compositor de música que perdió el sentido del humor (la música, no Juan Blanco alias Johannes White o Giovanni Bianco o João Branco: él es compositor de lo que Silvestre y Arsenio y Eribó los días que es un mulatico arrepentido, llaman música seria) y por poco trae a Alejo Carpentier y lo único que nos faltó fue un empresario, pero Vítor Perlo me falló y Arsenio Cue se negó siquiera a hablarle a nadie de la emisora y ahí se quedó la cosa. Pero yo contaba con la publicidad.

La fiesta o lo que fue la di en casa, en ese único cuarto grande que Rine se empeña en llamar studio y la gente empezó a llegar temprano y vino hasta gente que no había invitado, como Giani Boutade (o algo así) que es un francés o italiano o monegasco o las tres cosas y que era el rey de la manteca no porque importara grasa comestible, sino porque era el gran mariguanero de la vida y que fue quien trató de ser un apóstol para Silvestre una noche y llevó a Silvestre a oír a La Estrella a Las Vegas cuando hace rato que todo el mundo ya la conocía y que se creía, de veras, su empresario y con él vinieron Marta Pando y Ingrid Bérgamo y Edith Cabell que creo que fueron las únicas mujeres que vinieron esa noche, porque tuve buen cuidado que no se aparecieran ni Irenita ni Manolito el Toro ni Magalena ni ninguna otra criatura de la laguna negra, fueran o no fueran centauras (mitad mujer y mitad caballo, que es una bestia fabulosa de la zoología de la noche en La Habana y que no puedo ni quiero describir ahora) o como Marta Vélez, notable compositora de boleros, toda caballo y también vino Jesse Fernández, que era un fotógrafo cubano que trabajaba para *Life* y estaba de visita en La Habana. No faltaba más que La Estrella. Preparé las cámaras (las mías) y le dije a Jesse que podía utilizar cualquiera de ellas si le hacía falta y escogió una Hasselblad que compré por esos días y me dijo que la quería probar esa noche y nos pusimos a comparar la calidad de la Rollei y de la Hassel y pasamos de ahí a la Nikon frente a la Leica y de ahí hablamos del tiempo de exposición y del papel Varigam que era nuevo entonces y de todas esas cosas que hablamos los fotógrafos y que son lo mismo que la falda larga y corta y el talle para las mujeres y los averages y el ranking para los fanáticos de pelota y los calderones y las fusas para Marta y Piloto y Franemilio y Eribo y el hígado o los hongos o el lupo para Silvestre y Rine: temas para las variaciones del aburrimiento, balas de conversación para matar el tiempo, dejando para pensar mañana lo que puedes hablar hoy y todo es posponer, que es una frase genial que Cue debe haber robado en alguna parte. Rine, mientras tanto, repartía los tragos y los chicharrones y las aceitunas. Y hablamos y hablamos y pasó el tiempo y pasó una lechuza por frente al balcón de mi piso, chirriando, y Edith Cabell gritó, ¡Solavaya! y recordé que le dije a La Estrella que íbamos a darle la fiesta a las ocho para que viniera a las nueve y media y miré el reloj y eran las diez y diez. Fui a la cocina y dije que iba a comprar hielo abajo y Rine se extrañó porque sabía que había hielo en la bañadera y bajé a buscar por todos los mares de la noche a esa sirena que encarnó en un manatí, a Godzilla que canta en la ducha oceánica, a mi Nat King Kong.

La busqué en el Bar Celeste, entre la gente que comía, en el Escondite de Hernando como un ciego sin bastón blanco (porque sería inútil, porque ni siquiera un bastón blanco se vería allí), ciego de veras al salir por el farol de la esquina en Humboldt y Pe, en el Mitio en su airelibre donde todas las bebidas saben a tubo de escape, en Las Vegas evitando encontrar a Irenita o a la otra o la otra y en el bar Humboldt, y ya cansado me fui hasta Infanta y San Lázaro y no la encontré allá tampoco pero cuando regresaba, pasé de nuevo por el Celeste y en el fondo conversando animadamente con la pared estaba ella, completamente borracha y sola. Debía haberse olvidado de todo, porque estaba vestida como siempre, con su sotana de la orden de las Carmelitas Calzadas, pero cuando me le paré al lado me dijo, Hola muñecón, siéntate y toma algo, y se sonrió de oreja a oreja. La miré, bravo, por supuesto, pero me desarmó con lo que dijo, No podía, varón, me dijo, No tengo coraje: ustedes son muy fisnos y muy curtos y muy decentes para esta negra, dijo y pidió otro trago mientras se bebía el que tenía, como un dedal de vidrio, entre sus manos. Le hice seña al camarero que no trajera nada y me senté. Me volvió a sonreír y comenzó a canturrear algo que no pude entender, pero que no era una canción. Vamos, le dije, vamos conmigo. Nones, me dijo, que pega con Bujones, te acuerdas, el de las películas de caballitos. Vamos, le dije, que nadie te va comer. A mí, me preguntó, sin preguntar, comerme a mí. Mira, me dijo y levantó la cabeza, primero me los como a ustedes todos junticos antes que me toque uno de ustedes un solo rizo de mi pasión argentina, dijo y se halaba el pelo, duro, dramática o cómicamente. Vamos, le dije, que todo el mundo occidental te está esperando en mi casa. Esperando qué, me dijo. Esperando que tú vayas y cantes y te oigan. A mí, me pregunto, oírme a mí, preguntó, y en tu casa, están en tu casa, todavía, preguntó, entonces me pueden oír desde aquí porque tú vives ahí al doblar, me dijo, no tengo más que pararme en, y comenzó a ponerse de pie, la puerta y me suelto a cantar a todo trapo y me oyen, me dijo, no es así, y cayó en la silla que no crujió porque de nada le serviría, habituada, resignada a ser silla. Sí, le dije, es así pero vamos a casa, que es mejor, y me puse confidencial, Hay un empresario allá y todo, y entonces levantó la cabeza o no levantó la cabeza, la ladeó solamente y levantó una de las rayas finas que tenía pintadas sobre los ojos y me miró y juro por John Huston que así miró Mobydita a Gregory Ahab. ¿La habría arponeado?

Juro por mi madre y por Daguerre que pensé montarla en el elevador de carga, pero como es el elevador que usan las criadas y conocía a La Estrella no quería que se cabreara y los dos cogimos el pequeño elevador del frente que lo pensó dos veces antes de subir su extraño cargamento, para después escalar los ocho pisos con un crujido penoso. Desde el pasillo se oía la música y encontramos la puerta abierta y lo primero que oyó La Estrella fue ese son, *Cienfuegos,* y en medio de la gente estaba Eribó explicando eternamente su montuno y Cue con boquilla y cigarro en boca bajando y subiéndola, aprobando, y Franemilio de pie cerca de la puerta con las manos detrás del cuerpo, apoyadas en la pared como lo hacen los ciegos: sintiendo que están ahí más por las yemas de los dedos que por el oído y ver a Franemilio y dar un rezacón La Estrella y gritarme en la cara, sus palabras favoritas conservadas en alcohol, Mierda me engañaste coño, y yo sin comprender le dije por qué y ella me dijo, Porque ahí está Fran y seguro que vino a tocar el piano y yo con música no canto, me oíste, no canto, y Franemilio la oyó y antes de que yo pudiera hablar o pensar, decirme, Coño está loca de remate, ¡Yo con un piano en la casa!, dijo con su voz dulce, Pasa, Estrella, entra que aquí la música la traes tú, y ella se sonrió y yo pedí atención y dije que apagaran el tocadiscos que aquí estaba La Estrella y todo el mundo se volvió y la gente que estaba en el balcón entró y todos aplaudieron. ¿Ves? le dije ¿ves? pero ella no me oía y ya iba a arrancar a cantar cuando Bustrófedon salió de la cocina con una bandeja con tragos y detrás de él Edith Cabell con otra y La Estrella cogió un trago al pasar y me dijo, Y ésta qué hace aquí y Edith Cabell la oyó y se viró y le dijo, Ésta no, ¿me oíste? que yo no soy un fenómeno, como usted, y La Estrella con el mismo movimiento que hizo al coger el vaso, le tiró el trago en la cara a Franemilio, porque Edith Cabell se había quitado y al quitarse tropezó y trató de agarrarse de Bustrófedon al que cogió por la camisa y que dio dos tumbos, pero como él es muy ágil y Edith Cabell ha hecho ejercicios de expresión corporal ninguno de los dos se cayó y Bustro hizo un gesto como el de un trapecista que termina un doble salto mortal sin red y todo el mundo, menos La Estrella, Franemilio y yo, aplaudió. La Estrella porque se estaba disculpando con Franemilio y limpiándole la cara con su falda, que levantaba y dejaba sus enormes muslos morenos al aire tibio de la velada y Franemilio porque no veía y yo porque cerraba la puerta y le pedía a la gente que se calmara, que eran casi las doce y no teníamos permiso para dar la fiesta y la policía iba a venir, y todos se callaron. Menos La Estrella, que cuando terminó de disculparse con Franemilio se volvió hacia mí y me preguntó, Y el empresario tú, y Franemilio sin dejarme inventar nada dijo, No vino, porque Vítor no vino y Cue está en pique con la gente de la televisión. La Estrella me miró con una expresión de gran picardía seria, con sus ojos tan anchos como sus cejas y me dijo, Así que me engañaste, y no me dejó que le jurara por todos mis antepasados y antiguos artífices, hasta por Niepce, que no, que yo no sabía que no había venido nadie, quiero decir, ningún empresario y me dijo, ¡Pues no canto vaya! y se metió en la cocina a hacerse un trago.

Creo que el acuerdo fue mutuo y La Estrella tanto como mis invitados decidieron olvidar que vivían en el mismo planeta, porque ella estaba en la cocina bebiendo y comiendo y haciendo ruido al hacerlo y en la sala estaba Bustrófedon ahora inventando trabalenguas y uno de los que oí fue el de tres tristes tigres en un trigal y en el tocadiscos estaba sonando Santa Isabel de las Lajas y Eribo tocando, repicando sobre mi mesa de comer y en una de las paredes del tocadiscos y explicaba a Ingrid Bérgamo y a Edith Cabell que el ritmo era una cosa natural, Como la respiración, decía, todo el mundo tiene ritmo como todo el mundo tiene sexo y ustedes saben que hay impotentes, hombres impotentes, decía, como hay mujeres frígidas y nadie niega por eso la existencia del sexo, decía, Nadie puede negar la existencia del ritmo, lo que pasa es que el ritmo es como el sexo una cosa natural, y hay gente inhibida, decía esa misma palabra, que no puede tocar ni bailar ni cantar con ritmo mientras hay otra gente que no tiene ese freno y puede

bailar y cantar y hasta tocar varios instrumentos
de percusión a la vez, decía, y lo mismo que pasa
con el sexo que los pueblos primitivos no cono-
cen ni la impotencia ni la frigidez porque no tienen pudor sexual tampoco tienen, decía, pudor
rítmico y es por eso que en África hay tanto sentido del ritmo como del sexo y, decía, yo sosten-
go, eso decía, que si a una persona se le da una
droga especial, que no tiene que ser mariguana
ni nada de eso, decía, una droga como la mesca-
lina, decía y repetía la palabra para que todo el
mundo supiera que él la sabía, o el ácido, y subió
la voz por sobre la música, LISÉRGICO, pueden
tocar cualquier instrumento de percusión, más o
menos bien, igual que una persona borracha puede
bailar más o menos bien. Siempre que se manten-
ga de pie, pensé yo y me dije pura mierda sonora y
acababa de pensar esa palabra, estaba pensando
en esta palabra precisamente cuando salió La
Estrella de la cocina y dijo, Mierda Beny Moré y
venía con otro trago en la mano, bebiendo y llegó hasta donde estaba yo y como todo el mundo
estaba oyendo música, hablando, conversando y
Rine estaba en el balcón matándose, haciendo
esa escaramuza del amor que se llama el mate en
La Habana, ella se sentó en el piso y se recostó al
sofá y bebiendo se fue rodando por el suelo y luego
se hizo plana con el vaso vacío en la mano se
metió hacia un lado del sofá que no era moderno
sino un mueble cubano, de esos antiguos, de pajilla y madera y pajilla y se metió completamen-

te debajo y se quedó dormida y yo oía los ronquidos ahí debajo de mí como si fueran los sus-
piros de un cachalote y Bustrófedon que no vio
no veía a La Estrella me dijo, Nadar mi socio
¿estás inflando un globo? queriéndome decir
(yo lo conozco bien) que me estaba peando y me
acordé de Dalí que dijo que los pedos son el suspiro del cuerpo y casi me reí porque se me ocurrió que el suspiro es el pedo del alma y La
Estrella seguía roncando sin importarle nada de
nada, y el fracaso aquel parecía solamente el mío
y me levanté y fui a la cocina a tomar un trago
que me bebí allá en silencio y en silencio me llegué hasta la puerta y me fui.

No recuerdo cuánto tiempo anduve por la
calle ni dónde estuve porque estuve en todas partes al mismo tiempo y como a las dos regresaba
a casa y al pasar por frente a La Zorra y el Cuervo
vi salir a dos muchachas y un hombre y una de
las muchachas era una pecosa tetona y la otra era
Magalena, que me saludó, que vino hasta donde
estaba yo y me presentó a su amiga y a su amigo,
un tipo con espejuelos negros, extranjero, que dijo que, así, de entrada, que yo le parecía interes-
sante y Magalena, dijo, Él es fotógrafo, y el tipo
dijo con una exclamación que era un eructo, Agh,
fotógrafo, venga entonces con nosotros, y me pregunté qué habría dicho si Magalena le hubiera
dicho que yo era placero: Agh, cargador de mercado, un proletario, interesante, venga con nosotros a tomar algo, y el tipo me preguntó cómo yo

me llamaba y le dije que Mojoly-Nagy y me preguntó, Agh ¿Húngaro? y yo le dije, Agh no, ruso, y Magalena se moría de risa, pero me fui con ellos y ella caminaba delante con la mujer que era su mujer (quiero decir, mujer de este hombre que caminaba junto a mí: no vayan a malentender nada, todavía) hebrea de Cuba y él era griego, hebreo griego, hablando con acento de no sé de qué carajo, creo que explicándome la metafísica de la fotografía, diciéndome que si el juego de luces y sombras, que era emocionante como las sales de plata (Dios mío, las sales de plata: el hombre era un contemporáneo de Emilio Zola), es decir la esencia del dinero hacía inmortales a los hombres, que era una de las armas, escasas (excasas dijo) que tenía el ser para luchar contra la nada, y pensé que yo tengo una suerte del carajo para encontrarme con estos metafísicos bien alimentados, que comen la mierda de la trascendencia como si fuera tocinillo del cielo, y llegamos al Pigal y no bien entramos cuando se nos cruza Raquelita perdón Manolito el Toro y viene y besa en la cara a Magalena y le dice Saludos mi amiga, y Magalena que la saluda como una vieja conocida y este filoso que está a mi lado me dice, Interesante su amiga, cuando ve que me coge la mano y me dice, Y qué mulato cómo andas, y yo le digo al griego, presentándolo y corrigiéndolo a la vez, Mi amigo Manolito el Toro, Manolito, un amigo, y el griego me dice, más interesante todavía, como sabiendo que yo sé y le digo, al irse

Manolito, Y a usted, Platón, ¿le gustan los efe-
bos? y él me dice, ¿Cómo dice? y le digo, que si le
gustan las enfermas como Manolito, y me dice,
Ésa sí, como ésa sí, y nos sentamos a oír tocar a
Rolando Aguiló y su combo y al poco rato el griego que me dice, ¿Por qué no saca a bailar a mi
mujer? y yo le digo que no bailo y él me dice que
cómo es posible que haya un cubano que no baile
y Ma-galena que le dice, No hay uno, hay dos,
porque yo tampoco bailo, y yo le digo, Ve: hay una
cubana y un cubano que no bailan, y Magalena
empieza a cantar, bajito, Yo me voy para la luna que es lo que está tocando la orquesta y se levanta, Con su permiso dice sonando mucho las
eses que es una manera deliciosa que tienen las mulatas habaneras de hablar y la mujer del griego, esta Helena que botara mil barcos en el Mar Muerto,
le pregunta, ¿Dónde vas? y Maga le responde, al
baño, y la otra dice, Voy contigo, y el griego, muy
fino, un Menelao, que no se disgusta por un Paris
más o menos, se pone de pie y cuando ellas desa-
parecen, se sienta de nuevo y me mira y se sonríe.
Entonces comprendo. ¡Me cago, me digo, esta es
la isla de Lesbos! y cuando regresan del baño esta
combinación de dos tonos, estas dos mujeres que
Antonioni llamaría Las Amigas y Romero de To-
rres pintaría con su pincel gitano y Hemingway
describiría con más discreción, cuando se sientan
digo, Con su permiso pero me retiro, que mañana me tengo que levantar muy temprano, y
Magalena dice, Ay pero por qué te vas tan pronto

y yo le sigo la corriente musical y le digo, Pedazo de mi alma, y ella se ríe, y el griego se pone de pie y me da la mano y me dice, Mucho gusto, y yo le digo el gusto es mío y le doy la mano a esta ricura bíblica para quien nunca seré yo un Salomón ni siquiera un David y me voy. En la puerta me alcanza Magalena y me dice, ¿Te vas bravo? y yo le digo, ¿Por qué? y ella me dice, No sé, te vas tan pronto y así, y hace un gesto que sería encantador si no lo hiciera tanto y yo le digo, No te preocupes que me voy bien: más triste pero más sabio, y me sonríe de nuevo y de nuevo hace el gesto, Hasta luego cosa rica, le digo, Chao, me dice y regresa a la mesa.

Pienso en volver a casa y me pregunto si habrá alguien allá todavía y cuando paso por el hotel Saint John no puedo resistir la tentación no de las máquinas tranquilas, los mancos ladrones, que hay en el vestíbulo y donde nunca echaré un centavo porque nunca me sacaré nada, sino de la otra Helena, de Elena Burke que canta en el bar y me siento en la barra a oírla cantar y me quedo después que termina porque hay un quinteto de jazz de Miami que es cool pero bueno y tiene un saxofonista que parece el hijo del padre de Van Heflin con la madre de Jerry Mulligan y me pongo a oírlos tocar *Tonite at Noon* y a beber y concentrarme nada más que en los sonidos y me gustaría sentarme a la mesa con Elena y decirle que tome algo y contarle cuánto sufro con las cantantes que no quieren acompañamiento y cuánto me gusta ella no sólo por su voz, sino por su acompañamiento y cuando pienso que quien la acompaña al piano es Frank Domínguez no le digo nada, porque esta es una isla de equívocos dichos por un tartamudo borracho que siempre significan lo mismo, y sigo oyendo *Straight no Chaser* que podía ser muy bien el título de cómo hay que tomar la vida si no fuera tan evidente que es así, y en este momento, en la puerta, el manager del hotel tiene una discusión con alguien que hace rato que juega y que pierde siempre y el tipo, que está demás borracho, saca una pistola y se la pone en la cara al manager que ni se inmuta y antes de que el tipo pueda pronunciar la palabra bouncer vienen dos tipos enormes y le quitan la pistola y le dan dos bofetadas y lo aplastan contra la pared y el manager le saca las balas a la pistola. Vuelve a ponerle el peine y se la entrega al borracho que todavía no sabe bien qué le pasó y le dice a los otros que lo saquen y lo lleven a la puerta y lo sueltan con un empujón y debe ser un tipo muy importante porque si no lo hubieran hecho picadillo y lo servirían con las aceitunas de los Manhattans y llega Elena y la gente del bar (la música se paró) y ella me pregunta qué pasó y yo le voy a decir que no sé cuando el manager se vuelve para todo el mundo y dice, Aquí no pasó nada, y con dos palmadas manda al quinteto a seguir tocando, cosa que los cinco americanos, más dormidos que despiertos, obedecen como una pianola.

Yo me voy cuando hay otro revuelo en la entrada y es que Ventura viene, como todas las noches, a comer en el Sky Club y a oír recitar a Minerva Eros, que dicen que es amante de este asesino y que berrea, ella, felizmente, en las alturas, y saluda al manager y sube con cuatro esbirros en el elevador, mientras otros diez o doce se quedan regados por el lobby y como siento que esto no es un sueño y cuento las cosas desagradables que me han pasado esta noche y veo que son tres, decido que es el momento preciso para probar mi suerte en el juego y saco de algún bolsillo que más parece un laberinto una moneda que no tiene un minotauro grabado porque es un real cubano y no un níquel americano y lo echo en la cerradura de la suerte y tiro de la palanca que es el brazo único de la diosa Fortuna y pongo la otra mano en la cornucopia para contener la futura avalancha de plata. Las ruedas giran y sale primero una naranjita, luego un limoncito y más tarde unas fresas. La máquina hace un ruido premonitorio, se detiene por fin y se queda en un silencio que mi presencia hacía eterno.

Mi puerta está cerrada. Debe haber sido Rine, leal. Abro y no veo el caos amistoso que viene después del orden ajeno que impuso esta mañana la muchacha que limpia, porque no me interesa, porque no puedo verlo, porque hay cosas más importantes en la vida que el desorden, porque encima de las blancas sábanas de mi sofá-cama, abierto, sí señor, no más un sofá y ya todo cama, sobre las sábanas impolutas del sábado, veo la mancha enorme, cetácea, carmelita, chocolate, que se entiende como una cosa mala y es, lo adivinaron claro: Estrella Rodríguez, la estrella de primera magnitud que empequeñece el blanco cielo de mi cama con su fenomenal aspecto de sol negro: la Estrella duerme, ronca, babea, suda y hace ruidos extraños en mi cama. Lo cojo todo con la filosofía humilde de los derrotados y me quito el saco y la corbata y la camisa. Voy al refrigerador y saco un litro de leche y me sirvo un vaso y el vaso huele a ron y no a leche, pero la leche debe saber a leche. Me tomo todo un vaso. Guardo el pomo mediado en el refrigerador y echo el vaso en el fregadero, a que se confunda en el bar. Siento por primera vez en la noche el calor sofocante que hace, que debe haber hecho todo el día. Me quito la camiseta y los pantalones y me quedo en calzoncillos, que son cortos, y me quito los zapatos y las medias y siento el piso tibio, pero más fresco que La Habana y que la noche. Voy al baño y me lavo la cara y la boca y veo la bañadera con un gran pozo de agua que es el recuerdo del hielo y meto los pies allí y no está más que fresca. Vuelvo al cuarto único, a este apartamento imbécil que Rine Leal llama studio y busco dónde dormir: el sofá, el de madera y pajilla y pajilla, es muy duro y el suelo está mojado, sucio, y lleno de colillas y si esto fuera una película y no la vida: esa película donde uno se muere de veras, iría al baño y no habría un dedo de agua dentro, sino un lugar cómodo y seguro y blanco: el enemigo mayor de la promiscuidad y echaría las frazadas que no tengo y dormiría allí el sueño de los justos castos, como un Rock Hudson subdesarrollado, falto de exposición y a la mañana siguiente La Estrella sería Doris Day que cantaría sin orquesta pero con música de Bakaleinikoff, que tiene la extraordinaria calidad de ser invisible. (Me cago en Natalie Kalmus: ya estoy hablando como Silvestre). Pero cuando regreso a la realidad es de madrugada y este horror está en mi cama y tengo sueño y hago lo que usted y todo el mundo haría, Orval Faubus. Me acuesto en mi cama. En un borde.

Soñé que salía durante 68 días consecutivos al golfo nocturno y no conseguía ni siquiera un pescado, ni una sardina y Bustrófedon y Eribó y Arsenio Cue no dejaban salir conmigo a Silvestre porque decían que yo estaba completa y definitivamente salao, pero el día 69 (un número de suerte en La Habana de noche: Bustrófedon dice que es porque es capicúa, Arsenio Cue tiene otras razones y Rine también: es el número de su casa) estaba de veras en el mar, solo, y de entre las aguas azules, violetas, ultravioletas, venía un pez fosforescente que era largo y se parecía a Cuba y después se achicaba y era Irenita y se volvía prieto, negruzco, negro y era Magalena y cuando lo cogí que picó, comenzó a crecer y a crecer y se hizo tan grande como el bote y se quedó boyando, bocarriba, jadeando, haciendo ruido con su boca de hígado, ronroneando, rugiendo y después hacía otros ruidos, como los que hace un tragante tupido, y se quedó quieto y comenzaron a aparecer tiburones, picúas, pirañas, que tenían caras desconocidas, pero una de ellas se parecía muchísimo a Giani Boutade y otra al Emsí y tenía una estrella en la boca y otro era Vítor Perla y llevaba una perla en el buche y el buche era como una corbata de sangre y empecé a jalar cordel y pegué mi pez a la borda y le decía pez grande, mi pez enorme, noble pez, yo te arponié, yo te cogí, pero no dejaré que ellos te coman y empecé a subirlo al bote y metí su cola dentro del bote, que ahora era blanco, radiante y el pez se veía negro azabache y luego comencé a luchar con sus costados que eran blandos, como de gelatina y vi que era un aguamala por ese lado y di otro tirón y perdí el equilibrio y caí dentro del bote, y todo el pez se me vino encima y no cabía en el bote y no me dejaba respirar y me estaba ahogando porque sus agallas me caían en la cara por sobre la boca y la nariz y me respiraba el aire todo el aire no sólo el aire que tenía que respirar el de afuera sino el aire de mi nariz y de mi boca y de mis pulmones y me dejaba sin ningún aire y me ahogaba. Me desperté.

Dejé de luchar con el noble pez del sueño para pelear, pujar, patear al felón cachalote de la realidad que estaba sobre mí y me besaba con sus inmensos labios de bofe, me besaba los ojos, la nariz, la boca y me mordía las orejas, y el cuello y el pecho y la Estrella se resbalaba de sobre mi cuerpo y volvía a montarse y hacía ruidos extraños, increíbles, como si cantara y roncara a la vez y entre estos mugidos me decía mi negro mi amor quiéreme dale un besito a tu negra anda anda anda y cosas así que me hubieran hecho reír si no me faltara el aire y le di un empujón con toda mi fuerza haciendo palanca con la pared (porque había llegado hasta la pared empujado por aquella masa en expansión, atropellado por aquel universo que se me encimaba) y le hice perder el equilibrio y se cayó de la cama y en el suelo se quedó jadeando y bufando y me levanté de un salto y encendí la luz y la vi: estaba completamente desnuda y sus senos tan gordos como sus brazos, dos veces más grandes que mi cabeza, se caían uno para un lado y llegaba al piso y el otro le daba por sobre el rollo central de los tres grandes rollos que dividían sus piernas de lo que hubiera sido su cuello si lo tuviera y el primer rollo después de los muslos era un especie de prolongación de su monte de venus y vi que Alex Bayer tenía razón, que ella se depilaba toda porque no tenía un solo vello en el cuerpo y aquello no podía ser natural, aunque nada era natural en La Estrella. Fue entonces que me pregunté si no sería una marciana.

Si los sueños de la razón dan monstruos, ¿qué dan los sueños de la sinrazón? Soñé (porque de nuevo me dormí: el sueño es tan persistente como el insomnio) que los marcianos invadían la tierra no como temía Silvestre en naves que se posaban sin ruido en las azoteas o infiltrándose como espíritus armados en la materia terrestre o invadiéndonos en forma de microbios que crecerían en los animales y en los seres humanos, sino con formas marcianas, criaturas con ventosas capaces de hacer otras paredes con el aire y descender y ascender por escaleras invisibles y con paso majestuoso sembrar el terror desde sus presencias negras, brillantes, silenciosas. En otros sueños o en el mismo sueño de otra forma eran ondas sonoras que se metían entre nosotros y nos encantaban, como sirenas: en cualquier rincón brotaba una música que alelaba, un son paralizante y nadie hacía nada por resistir aquella invasión del espacio exterior porque nadie sabía que la música era el arma secreta y final y no había quién se tapara los oídos no ya con cera ni siquiera con los dedos y al final del sueño yo trataba de levantar las manos hasta las orejas, porque comprendía, pero tenía las manos pegadas y la espalda pegada y el cuello pegado con cola invisible, y me desperté fuera de la cama, con un charco de sudor debajo del cuerpo, en el piso. Recordé entonces que me había tirado en el suelo al otro extremo del cuarto, cerca de la puerta y allí me dormí. ¿Tenía el guante de un motorista en la boca? No lo sé porque no sentía más que un sabor a bilis y sed y ganas de vomitar más que de beber, pero lo pensé bien antes de levantarme. No tenía ganas de ver a La Estrella, fuera monstruo o persona, dormida en mi cama, roncando con la boca abierta y los ojos medio cerrados dando vueltas para un lado y para el otro: uno nunca tiene ganas de encontrarse al despertar con su pesadilla de la noche antes. Empecé a calcular cómo llegar hasta al baño, lavarme, regresar a buscar mi ropa, ponérmela y salir para la calle, sin ruido. Hecho todo eso con el pensamiento comencé a escribir una nota mental a La Estrella que dijera más o menos que cuando se levantara hiciera el favor de salir sin que la vieran, no eso no: de dejar todo en orden, no, tampoco: de cerrar la puerta: mierda, todo era infantil y además, inútil porque La Estrella no sabría leer, bueno lo escribiría con el lápiz de grasa, bien grande ¿y quién me dijo que ella no sabía leer? La discriminación racial, creo me dije y decidí levantarme y despertarla y hablarle con franqueza. Claro que antes tenía que vestirme. Me puse en pie y miré hacia el sofá-cama y ella no estaba y no tuve que buscar mucho, porque veía frente a mí la cocina vacía y el cuarto de baño, con la puerta abierta, también vacío: ella no estaba, se había ido. Miré el reloj que nunca me quité anoche ya eran las dos (¿de la tarde?) y pensé que se levantó temprano y se fue sin que yo la sintiera. Delicado de su parte. Me fui al baño y sentado en la taza, leyendo esas indicaciones que vienen en cada rollo Kodak, que estaban tiradas en el suelo del baño no sé por qué, leyendo esa cómoda sim-

pleza que divide la vida en Al Sol, Exterior Nublado, Sombra, Playa o Nieve (nieve, mierda, en
Cuba) y finalmente Interior Luminoso, leyendo
sin comprender oí que sonaba el timbre de la
puerta y si hubiera podido pegar un salto sin consecuencias sucias, lo hubiera hecho porque estaba
seguro que era el come-back de La Estrella y el
timbre sonó y sonó y yo hice que mis tripas y mis
pulmones y el resto del cuerpo consiguieran el
silencio absoluto. Pero no hay nada más solidario
que un amigo cubano y alguien gritó mi nombre
por el cajón de aire de la cocina y del baño, tarea
nada difícil si uno conoce el edificio, tiene la disposición física de un trapecista, la garganta de un
tenor operático y la adhesión del esparadrapo con
las amistades y saca peligrosamente la cabeza por
la ventana del pasillo. No era la voz de un marciano.
Abrí no sin cumplir antes ciertos ritos higiénicos
y Silvestre entró como una tromba por la puerta
gritando excitado que Bustró estaba enfermo, muy
grave, ¿Quién? dije yo todavía alisándome el pelo
llevado por su viento, y me dijo, Bustrófedon anoche lo dejé en su casa de madrugada ya porque se
sentía mal vomitando y bromié con él porque
creía que era más duro para el trago pero me dijo
que lo dejara en su casa tranquilo y hoy por la mañana cuando fui a buscarlo que íbamos a ir a la
playa la criada me dijo que no había nadie en
la casa ni el caballero ni la señora ni Bustrófedon
porque a él lo habían ingresado por la madrugada, me dijo Silvestre, así, sin una sola coma. ¿Y la

criada te dijo Bustrófedon? fue mi pregunta estú-
pida de esa mañana con sueño, cruda y cansancio
y él me respondió, No hombre no qué carajo me
dijo su nombre pero era bien Bustrófedon. ¿Y qué
te dijeron que tenía?, dije yo caminando para la
cocina a tomarme un vaso del agua de oasis en el
desierto temprano de los bebedores, la leche. No
sé, dijo Silvestre, no creo que sea malo pero tampoco que sea nada bueno. Los síntomas no me
gustaron, puede que fuera un aneurisma cerebral
o un embolismo, no sé, y yo me reía antes de que
él dijera no sé. ¿De qué coño te ríes? me dijo Silvestre. De que tú eres un gran clínico, viejito, le
dije. ¿Por qué? me gritó y vi que estaba bravo. Por
nada, por nada. ¿Tú crees también que yo soy un
hipocondriaco? me dijo y le dije que no, que lo
que me daba risa eran los nombres, el diagnóstico
rápido y su seguridad científica. Se sonrió, pero
no dijo nada y me salvé de su cuento de que empezó o iba a empezar a estudiar medicina cuando
fue con un amigo del bachillerato a la facultad, a
la sala de disección y vio los cadáveres y sintió el
olor del formol y la carne muerta y oyó cómo cru-
jían los huesos que partía un profesor con una sierra o qué sé yo. Lo invité a tomar leche y me dijo
que ya había desayunado y del desayuno saltamos
a lo que le precede, que no es al ayuno sino la
noche anterior.

    ¿Qué te hicistes anoche? me preguntó y
no he visto gente para hacer más preguntas que
Silvestre: su apodo podía ser Por qué. Salí, le dije,

me fui a dar una vuelta. ¿Por dónde? Por ahí le dije. ¿Tú estás seguro? Cómo no iba a estar seguro si era yo el que estaba dentro de mi ropa, le dije. Ah, me dijo, con sonido de sabiduría, qué interesante. No quise preguntarle nada y él aprovechó para preguntarme a mí, ¿A que no sabes lo que pasó anoche? ¿Aquí? le dije, tratando de no preguntarle. No, aquí no, me dijo. En la calle. De aquí nos fuimos los últimos, creo. Sí los últimos porque Sebastián Morán se fue antes de que tú volvieras con La Estrella que tenía show (me pareció oír un retintín en su voz) y luego se fueron Giani y Franemilio y nos quedamos Eribo y Cue y Bustrófedon hablando, gritando por encima de los ronquidos de La Estrella y Eribo y Cue y Piloto y Vera se fueron juntos y Bustrófedon y yo nos llevamos a Ingrid y a Edith y Rine se había ido antes con Jesse y Juan Blanco, creo, no sé bien. Bueno el cuento es que yo cerré aquí y Bustró y yo nos llevamos a Ingrid y Edith y nos íbamos a ir al Chori y Bustró estuvo como nunca, había que oírlo y del otro lado del río cuando se sintió mal y tuvimos que volver para atrás, y Edith se quedó finalmente en su casa, me dijo.

Yo iba y venía por el cuarto buscando mis medias que anoche eran dos y ahora se empeñaban todas en ser ejemplares únicos y cuando me cansé de buscarlas por todo el universo volví a mi galaxia y fui al closet y cogí otro par y me las ponía mientras él me iba contando y yo calculaba qué hacer con el resto del domingo. La cosa, me dijo, es que levanté en claro a Ingrid (y ahora tengo qué explicar que Ingrid es Ingrid Bérgamo, que no se llama así, sino que le dimos ese apodo porque así es como ella pronuncia el nombre de Ingrid Bergman: ella es una mulatica, muy adelantada, dice ella cuando está de vena, que se tiñe el pelo de rubio y se maquilla mucho y se pone la ropa más estrecha de esta isla en que las mujeres no usan vestidos sino guantes para todo el cuerpo, y es bastante fácil (lo que no aminora el regocijo de Silvestre porque una mujer nunca es fácil la víspera), la levanté y me la llevé para la posada de la calle Ochenticuatro, me dijo, y después de estar ya adentro dijo que no y que no y que no y tuve que salir de nuevo, y todo esto en taxi. Pero me dijo, cuando estábamos otra vez en el Vedado y habíamos cruzado por cuarta o quinta vez el túnel, empezamos a besarnos y eso y se dejó llevar a Once y Veinticuatro y allí fue la misma cosa, con la ligera diferencia de que el chófer dijo que él era de alquiler no alcahuete y que le pagara que se iba y entonces Ingrid empezó a discutir con él, queriendo que la llevara para su casa y yo cogí y le pagué al chófer, que se fue. Claro, me dijo, Ingrid la cogió conmigo y allí en la oscuridad sonorizó una protesta ejemplar y salimos a la calle discutiendo, mejor dicho ella peleando y yo tratando de calmarla, más razonable que George Sanders (me dijo Silvestre, que siempre habla en términos de cine: un día me hizo un marco con las manos, siendo él entonces el fotógrafo y me dijo, No te muevas que te me vas de cuadro y otra vez llegué a su casa, que estaba oscura, con las puertas del balcón cerradas porque el sol da de lleno por las tardes y yo abrí el balcón y me dijo, ¡Me echaste veinte mil full-candles en la cara!, en otra ocasión estábamos hablando Cue, él y yo y él hablaba de jazz y entonces Cue dijo una pedantería sobre los orígenes en Nueva Orleans y Silvestre le dijo, No vengas a meter en la conversación ese flash-back, viejo y otras cosas que olvido o que no recuerdo ahora) y discutiendo y caminando y subiendo Vedado arriba ¿tú no sabes a dónde llegamos?, me dijo, y me dijo, llegamos a Dos y Treintiuno y entramos como si nada. Creo, me dijo, que la cogí cansada, pero eso no fue más que empezar y adentro, dentro del cuarto ya fue una lucha de villano de Stroheim con heroína de Griffith para que se sentara, me oíste, nada más que se sentara y no en la cama, sino en una silla y después que se sentó ni quería soltar la cartera de las manos. Por fin, me dijo, la logré convencer de que se calmara, que se sintiera tranquila, casi a gusto y voy y me quito el saco y se levanta como un rayo y va a abrir la puerta, para irse, y yo que veo en big-closeup su mano en el pestillo, me pongo el saco de nuevo y la tranquilizo, pero tranquilizándola, ella se equivoca y se sienta en la cama y cuando se sienta pega un salto como si se hubiera sentado en la cama de un fakir y yo muy hombre de mundo, muy a lo Cary Grant la convenzo de que no se inquiete, que sentarse en la cama no quiere decir nada más que sentarse, que la cama es un mueble como otro cualquiera, que puede ser un asiento y ella muy tranquila se levanta y deja la cartera en la mesita de noche y se sienta en la cama de nuevo. No sé por qué, me dijo Silvestre, sospecho que podía quitarme el saco y me lo quito y me siento al lado de ella y empiezo a acariciarla y a besarla y estando en eso la empujo hacia atrás, para que se acueste y se acuesta pero como si fuera un resorte se sienta de nuevo y yo vuelvo a empujarla y esta vez se acuesta y se queda quieta muy de escena romántica pero risqué y empiezo a decirle que hace calor, que es una lástima que se esté echando a perder el vestido, que se estruja todo y tan elegante como es y ella me dice, ¿No verdad que es bonito? y sin transición me dice que se lo va a quitar para no estrujarlo, pero que no se quitará nada más, que se quedará en refajo, y se lo quita. Aquí hay corte de censura. Total, para no cansarte, que con igual técnica y el mismo argumento consigo que se quite los pantaloncitos, pero, pero momento en que el viejo Hitch cortaría para insertar inter-cut de fuegos artificiales, te soy franco, te digo que no pasé de ahí: no hubo quién la convenciera.

Comienzo a reírme a carcajadas sísmicas, pero Silvestre me interrumpe. Espérate, pérate como dice Ingrid, que no termina ahí el cuento. Pasamos, me dice Silvestre la noche o el pedazo de noche de lo mejor y me quedo en éxtasis dormido y cuando me despierto, aclarando ya, miro para mi adorada y veo que mi co-star ha cambiado con la noche, que el sueño la ha transformado y junto con el viejo Kafka llamo a esto una metamorfosis y aunque no tengo al lado a Gregorio Samsa sí tengo a otra mujer: la noche y los besos y el sueño le han quitado no solamente la pintura de labios, sino todo el maquillaje, todo: cejas perfectas, las pestañas largas y gruesas y negras, el color fosforescente y, espérate, espérate, me dice, no te rías todavía y agárrate bien que voy a balancear el bote: allí a mi lado, entre ella y yo, como un abismo de falsedad, hay un objeto amarillo, más o menos redondo y sedoso, y lo toco y doy un salto: tiene pelos. Lo cojo, me dijo, en mis manos con mucho cuidado y lo miro bien a la luz ambiente y es, acorde de última sorpresa, ¡una peluca! La mujer es calva, me dijo, calva-calva. Bueno, no calva del todo, sino con unas pelusas, unas crenchas sin color, abominables. Allí estaba yo, Ionesco Malgré Louis, me dijo Silvestre, acostado con la chantatrice. Creo que lo pensé tan fuerte que me salió en alta voz, porque ella comenzó a moverse y se despertó. En el shot inmediatamente anterior yo dejé la peluca donde estaba, me acosté de nuevo y me hice el dormido y ella que se despierta del todo y lo primero que hace es echarse mano a la cabeza y frenética, a saltos, busca la peluca, la encuentra y se la pone... al revés, chico, al revés. Se levanta, va para el baño, cierra la puerta y enciende la luz y cuando abre todo está en su lugar. Me mira y me vuelve a mirar porque el susto de que había perdido su cabellera la hizo olvidarse de que yo existía y ahora recuerda que está en un cuarto, en una posada, conmigo. Me mira, me dijo Silvestre, una y otra vez para asegurarse de que estoy dormido, pero me mira de lejos y yo estoy bien dormido con los ojos entreabiertos, viéndolo todo: la cámara ubicua. Ella va, con su cartera y recoge su ropa y se mete de nuevo en el baño. Cuando sale es otra mujer. Es decir, es la misma mujer que tú conoces y que todos conocemos y que tanto trabajo me dio anoche para permitirme asistir a su desvestida, al strip-tease total, au depouillement à la Allais.

En todo este tiempo no aguantaba la risa y Silvestre narró su odisea por encima de mis carcajadas y ahora los dos nos reíamos. Pero él hace un alto y me dice, Pero no te rías tanto de Barnum, Beyle, que los dos traficamos con monstruos. Cómo, le digo. Sí señor, usted le hizo el amor a la Oliver Hardy de color. Cómo, le digo de nuevo. Sí, sí. Mire, después de salir de la cámara del detector de mentiras, traje a la de nuevo agraciada rubia a su casa en taxi y ya que estaba en él seguí hasta la mía y al pasar por aquí, como a las cinco, iba por la acera, Veinticinco arriba, La Estrella, hecha un basilisco, toda pasas y chancletas y carterón viejo. La llamé y la monté en la máquina y la llevé a su casa y por el camino, amigo cameraman, me dijo que le había pasado una cosa atroz y me contó que se quedó dormida en esta camera obscura y que usted, borracho, intentó violarla, y terminó diciéndome que más nunca, pero que más nunca pondría un pie aquí, y estaba, te digo, realmente indignada. De manera que para un monstruo otro y a un fracaso un fiasco. ¿Así te dijo, le dije yo, con esas palabras? Bueno me dijo que trataste de forzarla, eso fue lo que me dijo. Pero te estoy dando una versión fílmica, chico, no textual.

No tenía con qué reírme y no había por qué indignarse y dejé a Silvestre sentado en la cama y fui a lavarme la boca. Desde el baño le pregunté en qué clínica estaba Bustrófedon y me dijo que en Antomarchi. Le pregunté si lo iría a ver por la tarde y me respondió, que no, que a las cuatro tenía una cita con Ingrid la de Bérgamo y pensaba hoy no dejar para mañana lo que pudo hacer ayer. Me reí, ya sin ganas y él me dijo que no me riera que a él no le interesaba su cuerpo sino aquella alma desnuda y que pensara además en los antecedentes mitológicos, que Jean Harlow también usaba peluca. Hecha por Max Factor.

¿La vida es un caos concéntrico? No sé, yo solamente sé que mi vida era un caos nocturno con un solo centro que era Las Vegas y en el centro del centro un vaso con ron y agua o ron y hielo o ron y soda y allí estaba desde las doce, que llegué cuando se acababa el primer show y este maestro de ceremonias despedía al público amable y distinguido, mientras lo invitaba a quedarse para el segundo y último show de la noche y la orquesta estaba tocando el tema musical con un aire de fanfarria nostálgica, de charanga de circo que cambia el umpa-pa por un dos por cuatro o por un seis por ocho, de banda rítmica que ensaya una melodía: ese sonido de orquesta de cabaré malo cubano que quiere parecer Kostelanetz a todo trance y que deprime más que saber que ya estoy hablando como Cue y como estaba frotando el vaso con la mano y al pensar pronunciaba el nombre ese hombrecito sobrio que habla bajo dentro de mí para que nadie más que yo lo oiga decir que estoy perdiendo pie y como este genio dentro de la botella que soy yo decía bajito Cuba, ella se apareció y me saludó alegremente diciendo, Buenas querido y dándome un beso donde la mejilla comienza a hacerse nuca y miré para el espejo parapetado tras la muralla de botellas y vi a Cuba, entera como está, más alta y más bella y más puta que nunca sonriéndome y me viré y la cogí por la cintura, Quiay Cuba linda, le dije y le dije ricura y la besé en los labios y ella me besó y me dijo, Bien bien bien y no sabía si se refería a los besos que aprobaba con el sentido crítico que da el conocimiento íntimo o si me decía que estaba bien de la salud del alma, como diría Alex Bayer, porque de la salud del cuerpo se veía bien saludable o si simplemente estaba celebrando la noche y el encuentro.

Me bajé y fuimos a una mesa no sin antes ella pedirme una moneda para poner en el tocadiscos que ya estaba encendido qué otra cosa sino *Añorado encuentro* que es su primer tema musical como el de la orquesta asesina de ritmo y melodía del cabaré es *The music is round'n'round,* y nos sentamos. Qué haces por aquí tan temprano, le pregunté, y ella me dijo, ¿No sabes que ahora canto en el Mil Novecientos, de primerísima figura querido y no importa lo que digan sino lo que pagan y ya me estaba cansando de verdad del Sierra, y aquí estoy en el centro de todo y me escapo acá o al San Yon o a la Gruta o donde me dé la gana entre show y show y es eso lo que estoy haciendo ahora, yonderstan? Sí sí comprendo, Cuba tú eres el centro de mi caos ahora pensé y no se lo dije pero lo supo porque le estaba cogiendo un seno allí en la oscuridad ultravioleta donde las camisas se ven como las sábanas de un fantasma pálido y las caras o se ven moradas o no se ven o se ven como de cera, depende del color y de la raza y de los tragos y donde la gente se escurre de una mesa a otra y se ven atravesar la pista de baile ahora desierta y estar en su sitio y luego estar en otro y en un sitio y en otro hacer lo mismo que es hacerse el amor, matarse mejor dicho que es mucho mejor palabra porque va uno matando el amor en cada mate hasta que no queda más que el sexo y estos movi mientos ladeados de una mesa a otra mesa en donde uno cambia de compañía pero no de trabajo y de pronto pensé que estábamos dentro de un acuario y ahora éramos todos peces de un golpe y decidí sumergirme en la garganta de Cuba entre sus senos que salían solos de la blusa bajo el sobaco sin afeitar con arte aprendido de Silvana Mangano creo o de Sofía Loren o de cualquiera otra artista de cine italiano y allí estuve nadando, buceando, viviendo mi vida y pensé que era el comandante Cousteau de las aguas nocturnas.

Y entonces levanté la vista y vi un pez enorme, un galeón que navegaba sumergido, un submarino de carne que se paró justo antes de chocar con mi mesa y hundirla hacia la superficie. Hola nene dijo la voz y era grave y severa y tan náufraga en ron como la mía. Era La Estrella y me acordé de cuando Vítor Perla, que en paz descanse, no no se murió sino que el médico le mandó que se acostara temprano o no se iba a levantar más un día, me acordé porque él sabía bien cuando dijo que La Estrella era la Ballena Negra y pensé que una noche se le apareció así como a mí ahora, y le dije, Quiay Estrella y no sé si se me fue o lo dije, la cosa es que ella se tambaleó, puso una de sus manos como un mantel sobre la mesa, cogió equilibrio de nuevo y me dijo, como siempre, La La La y por un momento pensé que estaba afinando la tuba de su pecho pero era que me enmendaba la plana y yo dije

siempre condescendiente, Sí La Estrella y ella se
rió con una carcajada que paró todos los escurri-
mientos de mesa a mesa y creo que detuvo la
ronda del tocadiscos arriba y cuando se cansó de
reírse se fue y debo decir que ni ella ni Cuba cam-
biaron una sola palabra porque no se hablaban,
supongo que sea que una cantante que canta sin
música jamás le habla a otra que su canto es todo música o más música que canto y con perdón
de sus amigos que son también mis amigos Cuba me recuerda a Olga Guillotina, que es la cantante cubana que gusta más a esa gente que le
gustan las flores artificiales y los vestidos de raso
y los muebles tapizados en nylon: a mí me gusta
Cuba por otras razones que no son su voz que no
son su voz que no son su voz precisamente, que se
pueden tocar y se pueden oler y se pueden mirar,
cosa que no se puede hacer con una voz o tal vez
solamente con una voz con la voz de La Estrella,
que es la voz que la naturaleza, en broma, con-
serva en la excrecencia de su estuche de carne y
grasa y agua. ¿Soy todavía injusto, Alex Bayer alias
Alexis Smith?

Ahora la orquesta estaba tocando para bailar y yo estaba dando vueltas que eran tumbos a
ritmo y la voz que estaba en mis brazos me decía
entre risitas, Estás del otro lado y la miré fijamente y vi que era Irenita y me pregunté a dónde
habría ido a dar Cuba pero no me pregunté cómo estaba bailando con Irenita, I-re-ni-ta, se llama Irenita, Irena si ese es su nombre y no un

alias porque estoy como Suiza rodeado de potencias aliadas y era Irenita que me decía, Te tas cayendo y era verdad, lo comprobé en el momento en que yo mismo me decía, Salió debajo de la mesa, sí, de ahí había salido porque estuvo siempre debajo de la mesa donde cabe bien pero ¿cabe? no es tan chiquita y no sé por qué creí que era tan chiquita, porque me da por el hombro y tiene un cuerpo perfecto. Quizá sus muslos o lo que se ve de sus muslos no sea tan perfecto como sus dientes o lo que se ve de sus dientes y espero que no me invite a reírnos juntos porque no tengo ganas de ver sus muslos tan atrás como vi sus dientes, cuando se reía que me enseñaba el hueco de cada muela sacada, pero tenía el cuerpo más bonito y más proporcionado que he visto y una cara más de gozadora y su cara era el espejo del cuerpo y me olvidé de Cuba, total completa absolutamente. Pero no me pude olvidar de La Estrella porque se armó un gran alboroto al fondo, es decir en la entrada del club y la gente corría para allá y nosotros corrimos también. En el sofá que está cerca de la entrada, junto a la puerta, en el lado más oscuro había una sombra oscura enorme agitándose y rugiendo y cayéndose al suelo y la gente levantando parejo para dejarla de nuevo en el sofá y era La Estrella que estaba borracha perdida y tenía un ataque de llanto y de gritos y de rabia y yo me acerqué a ella y tropecé con uno de sus zapatos sueltos en el piso y caí sobre ella y me vio y me cogió entre sus columnas dóricas y me apretó contra ella y me decía y lloraba y me abrazaba diciendo, Ay negro qué dolor qué dolor y yo creía que le dolía algo en el cuerpo y se lo pregunté y repitió qué dolor qué dolor y le pregunté que por qué el dolor y me dijo, Ay chino se me murió se me murió y lloraba y no decía qué cosa o quién se le había muerto y me soltó y entonces gritó, Mi hijito y repitió muchas veces mi hijito y dijo finalmente, Se me murió y cayó al piso y se quedó desmayada o muerta en el piso pero no estaba más que dormida porque empezó a roncar tan fuerte como gritaba y me separé del grupo que siguió allí tratando de levantarla al sofá y alcancé la puerta con la mano y salí.

Caminé por toda Infanta y llegando a la calle 23 me encontré con un vendedor de café ambulante que anda siempre por allí y me propuso una taza y le dije, No gracias tengo que manejar y en realidad era que no quería tomar café porque quería seguir borracho y caminar borracho y vivir borracho que es como decir borrado. Y como no quería una me tomé tres tazas de café y me puse a hablar con el cafetero y me dijo que trabaja todas las noches de once de la noche a siete de la mañana haciendo La Rampa y pensé que por eso era que nunca nos topábamos porque esas eran también mis horas de La Rampa y le pregunté el sueldo que ganaba y me dijo que le daban setenticinco pesos al mes vendiera lo que vendiera y que todos los días o mejor todas las noches vendía de cien a ciento cincuenta tacitas y me dijo, Esto, palmeando el termo gigante con su mano enana, hace alrededor de trecientos pesos al mes y no soy el único vendedor y todo es para el dueño. No sé qué le dije porque ahora estaba bebiendo no café sino un ron en las rocas y no junto al mar como pueden pensar sino sentado en una barra y se me ocurrió llamar por teléfono a Magalena y cuando llegué a la cabina me acordé que no sabía su teléfono y entonces vi toda una guía de teléfonos escrita en las paredes y escogí un número porque de todas maneras había echado ya el níquel y lo marqué y esperé a que el timbre sonara y sonara y al final salió una voz de hombre muy débil, gastada y le dije ¿Es Olga Guillot? y el hombre me dijo con su voz sin voz, No no señor y pregunté, ¿Quién habla, su hermana? y el hombre me dijo, Oiga y le dije, Ah eres tú Olga y me dijo chillando, Oiga estas no son horas de molestar y lo mandé al carajo y colgué y cogí un tenedor y me puse a cortar mi bisté con cuidado y oí música a mi espalda y era una muchacha que cantaba aguantando las palabras y era la reina del suspenso musical Natalia Gut (iérrez de su verdadero nombre) y supe que estaba en el Club 21 comiendo un bisté y yo tengo a veces cuando como esta costumbre de levantar la mano derecha de un tirón para que la manga de la camisa se suelte de la manga del saco y caiga para atrás y cuando levanté el brazo un reflector me dejó ciego y oí que decían un nombre y yo me paraba y la gente me aplaudía, mucha gente y la luz se apagó de mi cara y fue a caer unas mesas más allá y dijeron ahora otro nombre y el bisté era el mismo pero no el cabaré porque estaba en Tropicana pero no solamente no sé cómo llegué allá si a pie o en mi máquina o me llevaron y no sólo eso sino que no sé si esto pasó la misma noche y el Emsí sigue presentando a los concurrentes como si fueran celebridades y en alguna parte del mundo debe estar el original de esta parodia, supongo que en Hollywood, que es una palabra que me cuesta trabajo no ya pronunciar ahora sino solamente pensar en ella y salgo cayendo en los espacios que hay entre mesa y mesa y con ayuda del capitán de los camareros llego al patio, y antes de irme lo saludo militarmente.

Vuelvo a la ciudad y el aire fresco de la noche me hace reconocer las calles y llego a La Rampa y sigo y doblo por Infanta y parqueo junto a Las Vegas, que está cerrado y con dos policías en la puerta y pregunto y me dicen que hubo un escándalo y me piden que siga mi camino, duro, y digo que soy periodista, y me dicen amables que se han llevado preso a Lalo Vegas, que es el dueño, porque se acaba de descubrir que es traficante en drogas y le pregunto a uno de los policías, ¿Se acaba? y él se ríe y me dice, Por favor periodista no me cree problemas y yo le digo que no hay problemas y sigo mi camino, que es Infanta y Humboldt, caminando, y llego a una parte oscura donde hay unos latones higiénicos de Sa-

lubridad y oigo que sale una canción de los latones de basura y empiezo a darle vueltas a ver
cuál es el latón que canta para presentarlo a la
selecta concurrencia y doy vuelta a uno y a otro y
a otro latón y oigo entonces que las palabras me-
losas salen del suelo, entre los restos de comida y
papeles sucios y periódicos viejos que desmien-
ten el apellido sanitario de estos latones de basura y veo que debajo de los periódicos hay una
alcantarilla seca, una reja sobre la acera que es la
salida del extractor de aire de un local que debe
estar abajo, debajo de la calle o en el sótano o es
la chimenea del círculo musical del infierno, y oigo música de piano y un golpe de platillos y un
bolero lento y pegajoso y húmedo y aplausos y
otra música y otra canción y me quedo allí oyén-
dolo sintiendo que la música y las palabras y el
ritmo me suben por los bajos del pantalón y se
me meten en el cuerpo y cuando acabó sabía que
por esa rejilla salía el aire caliente que el aire re-
frigerado botaba del Mil Novecientos y doy la
vuelta a la esquina y bajo las escaleras rojas: pintadas las paredes de rojo, tapizados los escalones
con alfombras rojas, cubierto el pasamanos de
terciopelo rojo y me zambullo en la música y en
el ruido de los vasos y en el olor del alcohol y el
humo y el sudor y en las luces de colores y en la
gente y oigo el famoso final de ese bolero que
dice, Luces, copas y besos, la noche de amor terminó, Adiós adiós adiós, que es el tema musical
de Cuba Venegas y veo que ella saluda elegante

y bella y toda de azul celeste de arriba abajo y vuelve a saludar y muestra los grandes medios senos redondos que son como las tapas de una olla maravillosa que cocina el único alimento que hace a los hombres dioses, la ambrosía del sexo, y me alegro que esté saludando, sonriendo, moviendo su cuerpo increíble y echando atrás su hermosa cabeza y que no esté cantando porque es mejor, mucho mejor ver a Cuba que oírla y es mejor porque quien la ve la ama, pero quien la oye y la escucha y la conoce ya no puede amarla, nunca.

Ahora que llueve, ahora que este aguacero me hace ver la ciudad desde los ventanales del periódico como si estuviera perdida en el humo, ahora que la ciudad está envuelta en esta niebla vertical, ahora que está lloviendo recuerdo a La Estrella, porque la lluvia borra la ciudad pero no puede borrar el recuerdo y recuerdo el apogeo de La Estrella como recuerdo cuándo se apagó y dónde y cómo. Ahora no voy por los naicluses, como decía La Estrella, porque quitaron la censura y me pasaron de la página de espectáculos a la de actualidad política y me paso la vida retratando detenidos y bombas y petardos y muertos que dejan por ahí para escarmiento, como si los muertos pudieran detener otro tiempo que no sea el suyo, y hago guardia de nuevo pero es una guardia triste.

Dejé de ver a La Estrella un tiempo, no sé cuánto y no supe de ella hasta que vi el anuncio en el periódico de que iba a debutar en la pista del Capri y ni siquiera sé hoy cómo dio ese salto de calidad su cantidad de humanidad. Alguien me dijo que un empresario americano la oyó en Las Vegas o en el Bar Celeste o por la esquina de O y 23, y la contrató, no sé. Lo cierto es que estaba su nombre en el anuncio y lo leí dos veces porque no lo creí y cuando me convencí me alegré de veras: de manera que La Estrella por fin llegó dije y me asustó que su eterna seguridad se mostrara un augurio porque siempre me asusta esa gente que hacen de su destino una convicción personal y al mismo tiempo que niegan la suerte y la casualidad y el mismo destino, tienen un sentimiento de certeza, una creencia en sí mismos tan honda que no puede ser otra cosa que predestinación y ahora la veía no solamente como un fenómeno físico sino como un monstruo metafísico: La Estrella era el Lutero de la música cubana y siempre estuvo en lo firme, como si ella que no sabía leer ni escribir tuviera en la música sus sagradas escrituras pautadas.

Me escapé del periódico esa noche para ir al estreno. Me habían contado que estaba nerviosa por los ensayos y aunque al principio fue puntual había dejado de ir a uno o dos ensayos importantes y la multaron y por poco la sacan del

programa y si no lo hicieron fue por el dinero
que habían gastado en ella y también que recha-
zó la orquesta, pero sucede que no se fijó cuando
le leyeron el contrato que está bien claro que
debía aceptar todas las exigencias de la empresa
y había una cláusula especial en donde se mencionaba el uso de partituras y arreglos, pero ella
no conocía la primera palabra y la segunda se le
pasó, seguro, porque debajo, junto a la firma de
los dueños del hotel y del empresario, estaba una
equis gigante que era su firma de puño y cruz,
así que tenía que cantar con orquesta. Esto me
lo contó Eribo que es bongosero del Capri y que
iba a tocar con ella y me lo contó porque sabía
mi interés en La Estrella y porque vino al periódico a darme explicaciones y atenuar mi disgus-
to con él por motivo de un gesto suyo que por
poco me cuesta que no sólo no contara yo el cuento de La Estrella sino el cuento a secas. Iba del
Hilton al Pigal y atravesaba la calle Ene cuando
debajo de los pinos que hay junto al parqueo,
allí frente al rascacielos del Retiro Médico vi a
Eribo que conversaba con uno de los americanos
que tocan en el Saint John y me acerqué. Era el
pianista y no conversaban sino que discutían y
cuando los saludé vi que el americano tenía una
cara extraña y Eribo me llevó para un lado y me
preguntó, ¿Tú hablas inglés?, y yo le dije, Un
poco, sí, y él me dijo, Mira, aquí mi amigo tiene
un problema y me llevó al americano y en aquella situación rara me presentó y en inglés le dijo

al pianista que yo me iba a ocupar de él y se viró para mí y me dijo, Tú tienes carro, preguntándome, y le dije que sí, que tenía carro y me dijo, Hazme el favor, búscale un médico, y dije, Para qué, y me dijo, Un médico que le ponga una inyección porque este hombre tiene un dolor terrible y no se puede sentar a tocar así y tiene que tocar en media hora, y miré al americano y la cara que tenía era de dolor de veras y pregunté. ¿Qué tiene?, y me dijo Eribo, Nada, un dolor, por favor, ocúpate de él que es buena gente, hazme ese favor, que yo tengo que ir a tocar, porque el primer show está al acabarse, y se viró para el americano y le explicó y me dijo, Hasta luego, tú y se fue.

Íbamos en la máquina buscando yo un médico no por las calles sino en la mente, porque encontrar un médico que quiera ponerle una inyección a un adicto a la heroína no es fácil de día, mucho menos de noche y cada vez que cogíamos un bache o atravesamos una calle el americano gemía y una vez gritó. Traté de que me dijera qué tenía y pudo explicarme que tenía algo en el ano y primero pensé que sería otro degenerado y luego me dijo que no eran más que hemorroides y le dije de llevarlo a una casa de socorros, a Emergencias que no estaba tan lejos, pero él insistía que no necesitaba más que una inyección calmante y quedaría como nuevo y se retorcía en el asiento y lloraba y como yo había visto *El hombre del brazo de oro* no tenía la menor duda de dónde le dolía. Entonces recordé que en el Edificio Paseo vivía un médico que era amigo mío y fui y lo desperté. Estaba asustado porque pensó que era un herido en un atentado. Un terrorista al que le estalló una bomba o tal vez un perseguido por el Sim, pero le dije que yo no me metía en nada, que no me interesaba la política y que lo más cerca que había visto a un revolucionario era a la distancia focal de dos metros cincuenta y me dijo que estaba bien, que lo llevara a su consulta, que él iría detrás y me dio la dirección. Llegué a la consulta con el hombre desmayado y tuve la suerte de que el policía de posta llegara en el momento en que trataba de despertarlo para hacerlo pasar a la casa y sentarlo en el portal a esperar al médico. El policía se acercó y me preguntó que qué pasaba y le dije quién era el pianista y quién era mi amigo y que tenía un dolor. Me preguntó qué tenía y le dije que almorranas y el policía repitió, Almorranas, y yo le dije, Sí, almorranas, pero entonces lo encontró más raro que yo lo había encontrado y me dijo, No será éste uno de esa gente, me dijo haciendo una seña peligrosa y le dije, No, qué va, él es un músico, y entonces mi pasajero se despertó y le dije al policía que lo llevaba para dentro y a él le dije que tratara de caminar bien porque este policía que tenía al lado estaba sospechando y el policía entendió algo, porque insistió en acompañarnos y todavía recuerdo la verja de hierro que chirrió al entrar nosotros en el silencio del patio de la casa y la luna que daba en la palma enana del jardín y los sillones de mimbre fríos y el extraño grupo que hacíamos sentados en aquella terraza del Vedado, en la madrugada, un americano y un policía y yo. Entonces llegó el médico y cuando vio al policía al encender las luces del portal y nos vio a nosotros allí, el pianista medio desmayado y yo bien asustado puso la cara que debió tener Cristo al sentir los labios de Judas y ver por sobre su hombro los esbirros romanos. Entramos y el policía entró con nosotros y el médico acostó al pianista en una mesa y me mandó a esperar en la sala, pero el policía insistió en estar presente y debe haber inspeccionado el ano con un ojo vigilante porque salió satisfecho cuando el médico me llamó y me dijo: Este hombre está mal, y vi que estaba dormido y me dijo, Ahora le di una inyección, pero tiene una hemorroides estrangulada y hay que operarlo enseguida, y yo fui el asombrado porque después de todo tuve suerte: jugué un billete jugado y me saqué. Le expliqué quién era bien y cómo lo encontré y me dijo que me fuera, que él se lo llevaría a su clínica que no estaba lejos y se ocuparía de todo y salió a despedirme a la calle y le di las gracias y también al policía que siguió su posta.

En el Capri había la misma gente que siempre, quizás un poco más lleno porque era viernes y día de estreno, pero conseguí una buena mesa. Fui con Irenita que quería siempre visitar la fama aunque fuera por el camino del odio y nos sentamos y esperamos el momento estelar en que La Estrella subiría al zenit musical que era el escenario vestida de raso y los hombres que tenían cara de usar calzoncillos y las viejas que debían volverse locas por un ramo de flores de nailon. Hubo un redoble de tambores y el locutor tuvo el gusto de presentar a la selecta concurrencia el descubrimiento del siglo, la cantante cubana más genial después de Rita Montaner, la única cantante del mundo capaz de compararse a las grandes entre las grandes de la canción internacional como Ella Fitzgerald y Katyna Ranieri y Libertad Lamarque, que es una ensalada para todos los gustos, pero buena para indigestarse. Se apagaron las luces y un reflector antiaéreo hizo un hoyo blanco contra el telón malva del fondo y por entre sus pliegues una mano morcilluda buscó la hendija de la entrada y detrás de ella salió un muslo con la forma de un brazo y al final del brazo llegaba La Estrella con un prieto micrófono de solapa en la mano que se perdía como un dedo de metal entre sus dedos de grasa y salió entera por fin: cantando *Noche de ronda* y mientras avanzaba se veía una mesita redonda y negra y chiquita con una sillita al lado y La Estrella caminaba hacia aquella sugerencia de café cantante dando traspiés en un vestido largo y plateado y traía su pelo de negra convertido en un peinado que la Pompadour encontraría excesivo y llegó y se sentó y por poco silla y mesa y La Estrella van a dar todos al suelo, pero siguió cantando como si nada, ahogando la orquesta, recuperando a veces sus sonidos de antes y llenando con su voz increíble todo aquel gran salón y por un momento me olvidé de su maquillaje extraño, de su cara que se veía no ya fea sino grotesca allá arriba: morada, con los grandes labios pintados de rojo escarlata y las mismas cejas depiladas y pintadas rectas y finas que la oscuridad de Las Vegas siempre disimuló. Pensé que Alex Bayer debía estar gozando dos veces en aquel momento y me quedé hasta que terminó, por solidaridad y curiosidad y pena. Por supuesto no gustó aunque había una claque que aplaudía a rabiar y pensé que era mitad amigos de ella y la otra mitad la pandilla del hotel y gente pagada o que entraba gratis.

Cuando se acabó el show fuimos a saludarla y, por supuesto, no dejó entrar a la Irenita en su camerino que tenía una gran estrella afuera pintada de plata y con los bordes embarrados de cola: lo sé muy bien porque me la aprendí de memoria mientras esperaba que La Estrella me recibiera el último. Entré y tenía el camerino lleno de flores de esa mariconería de los cinco continentes y los siete mares que es la clientela del San Michel y dos mulaticos que la peinaban y acomodaban su ropa. La saludé y le dije lo mucho que me gustó y lo bien que estaba y me tendió una mano, la izquierda, como si fuera la mano del papa y se la estreché y se sonrió de lado y no dijo nada, nada, nada: ni una palabra, sino sonreír su risa ladeada y mirarse al espejo y exigir de sus mucamos una atención exquisita con gestos de una vanidad que era, como su voz, como sus manos, como ella, simplemente monstruosa. Salí del camerino lo mejor que pude diciendo que vendría otro día, otra noche a verla cuando no estuviera tan cansada y tan nerviosa y me sonrió su sonrisa ladeada como un punto final. Sé que terminó en el Capri y que luego fue al Saint John cantando, acompañada por una guitarra solamente, donde su éxito fue grande de veras y que grabó un disco porque lo compré y lo oí y que después se fue a San Juan y a Caracas y a Ciudad México y que donde quiera hablaban de su voz. Fue a México contra la voluntad de su médico particular que le dijo que la altura sería de efectos desastrosos para su corazón y a pesar de todo fue y estuvo allá arriba hasta que se comió una gran cena una noche y por la mañana tenía una indigestión y llamó un médico y la indigestión se convirtió en un ataque cardiaco y estuvo tres días en cámara de oxígeno y al cuarto día se murió y luego hubo un litigio entre los empresarios mexicanos y sus colegas cubanos por el costo del transporte para traerla a enterrar a Cuba y querían embarcarla como carga general y de la compañía de aviación dijeron que un sarcófago no era carga general sino transporte extraordinario y entonces quisieron meterla en una caja con hielo seco y traerla como se llevan las langostas a Miami y sus fieles mucamos protestaron airados por este último ultraje y finalmente la dejaron en México y allá está enterrada. No sé si todo este último lío es cierto o es falso, lo que sí es verdad es que ella está muerta y que dentro de poco nadie la recordará y estaba bien viva cuando la conocí y ahora de aquel monstruo humano, de aquella vitalidad enorme, de aquella personalidad única no queda más que un esqueleto igual a todos los cientos, miles, millones de esqueletos falsos y verdaderos que hay en ese país poblado de esqueletos que es México, después que los gusanos se dieron el banquete de la vida con las trescientas cincuenta libras que ella les dejó de herencia y que es verdad que ella se fue al olvido, que es como decir al carajo y no queda de ella más que un disco mediocre con una portada de un mal gusto obsceno en donde la mujer más fea del mundo, en colores, con los ojos cerrados y la enorme boca abierta entre labios de hígado tiene su mano muy cerca sosteniendo el tubo del micrófono, y aunque los que la conocimos sabemos que no es ella, que definitivamente esa no es La Estrella y que la buena voz de la pésima grabación no es su voz preciosa, eso es todo lo que queda y dentro de seis meses o un año, cuando pasen los chistes de relajo sobre la foto y su boca y el pene de metal: en dos años ella estará olvidada y eso es lo más terrible, porque la única cosa por que siento un odio mortal es el olvido.

Pero ni siquiera yo puedo hacer nada, porque la vida sigue. Hace poco, antes de que me

trasladaran, fui por Las Vegas que está abierto
de nuevo y sigue con su show y su chowcito y la
misma gente de siempre sigue yendo todas las
noches y las madrugadas y hasta las mañanas y
estaban cantando allí dos muchachas, nuevas, dos
negritas lindas que cantan sin acompañamiento y
pensé en La Estrella y su revolución musical y en
esta continuación de su estilo que es algo que
dura más que una persona y que una voz, y ellas
que se llaman Las Capellas cantan muy bien y tienen éxito, y salí con ellas y con este crítico amigo
mío, Rine Leal, y las llevábamos a su casa y por
el camino, en la misma esquina de Aguadulce,
cuando paré en la luz roja, vimos un muchacho
que toca la guitarra y se veía que era un guajirito,
un pobre muchacho que le gustaba la música y
quería hacerla él mismo y Rine me hizo parquear
y bajarnos bajo la llovizna de mayo y meternos en
el bar-bodega donde estaba el muchacho y le presenté a Las Capellas y le dije al músico que ellas se
volvían locas por la música y cantaban pero bajo
la ducha y que no se atrevían a cantar con música
y el muchacho de la guitarra, muy humilde, muy
ingenuo y muy bueno dijo, Prueben, prueben y
no tengan pena que yo las acompaño y si se equi-
vocan las sigo y las alcanzo, y repitió, Vamos,
prueben, y Las Capellas cantaron con él y él las
seguía lo mejor que podía y creo que las dos be-
llas cantantes negras nunca cantaron mejor y Rine Leal y yo aplaudimos y el dependiente y el
dueño y una gente más que estaba por allí aplau-

dieron también y nos fuimos corriendo debajo de la llovizna que ya era aguacero y el muchachito de la guitarra nos siguió con su voz, No tengan pena que ustedes son muy buenas y van a llegar lejos si quieren y nos metimos en mi máquina y llegamos hasta la casa de ellas y nos quedamos allí dentro del carro esperando que escampara y cuando paró de llover seguíamos hablando y riéndonos hasta que se hizo un silencio íntimo en el carro y oímos bien claro, fuera, unos golpes de alguna puerta y Las Capellas pensaron que era su madre. Es muy chévere, dijo una de ellas y volvimos a oír el toque y nos quedamos quietos y se volvió a oír y nos bajamos y ellas entraron en su casa y su madre estaba durmiendo y no vivía más nadie en la casa y todo el barrio estaba durmiendo a esa hora y nos extrañamos y Las Capellas empezaron a hablar de muertos y de aparecidos y Rine hizo unos cuantos juegos malabares con los bustrofantasmas y yo dije que me iba porque me tenía que acostar temprano y volvimos Rine y yo de regreso a La Habana y pensé en La Estrella y no dije nada, pero al llegar al centro, a La Rampa, nos bajamos a tomar café y encontramos a Irenita y una amiga sin nombre que salían del Escondite de Hernando y las invitamos a ir a Las Vegas donde no había show ni chowcito ni nada ya, solamente el tocadiscos y estuvimos allí como media hora tomando y hablando y riéndonos y oyendo discos y después, casi amaneciendo, nos las llevamos para un hotel de la playa.

Metafinal

Te equivocaste en un detalle me dijo Walter Socarrás, socarrón, para añadir socorrido, corrido, corriendo, corrigiendo, te equibotaste. Lo que éste quería decir es no que era verdad lo que dije de La Estrella, el tercero en decirme que no era verdad lo que dije pero él no hablaba de la mentira de su vida sino de su muerte. No de su muerte sino de la Muerte de La Estrella. A lo que Silvestre replicó cómo es posible, hay vidas inauténticas pero todas las muertes son auténticas. Y ahí se paró, dándose cuenta demasiado tarde para su ser de que no daba pie porque le había dado pie al muy cabrón de Socarrás para que dijera socorriendo, No todas las muertes son auténticas, Silverio. Hay muertes ortodoxas.

Pero tenía razón Walter Socarrás, de verdadero nombre Gualterio Suárez, que es el marido de Gloria Pérez cuando ella se llama Cuba Venegas, ése que no sé si ustedes saben que es director de orquesta o un conductor como dicen sus peores amigos queriendo decir que éste está mejor en una guagua de pie cobrando el pasaje que orquestando un pasaje parado sobre el podium o podio o poyo o como se llame esa tribu-

na de gestos, salvado en el último rollo por el
Difunto quien solía decir solito que en definitiva ir en guagua de pie, con aquello de la velocidad, los tumbos y las maneras de ser de los gua-
gueros no es más que estar sobre un podium que
camina. Lo cierto es que Doblevé Ese es arreglista y él mismo dice de sí mismo en el mismo
disco de plomo de La Estrella para el que debía
de haber una goma de borrar sonidos, escribió
él de él: «Walter Socarrás reclama, al lanzar este
disco, el puesto de el mejor arreglista de América.» Discóbolo que le da la razón a Carpentier (o
a la Condesa de Marlín, no sé: tal vez a los dos)
cuando dijo que los cubanos estaban todos grisés, diciendo así quizás en francés que Cuba es
una isla rodeada (por todas partes) por un mar
de genios o genios del mar. Aunque Silvestre
cuando él se llama Isla dice que las islas siempre
terminan por (o al menos tratan de) dominar al
continente, como el líquido que contiene una
botella. A lo que el Diphunto respondía citan-
do, recitando a las islas del Maregeo, a esa isla
de Cretinos, Creta a Sicilia, a Inglaterra y ulti-
madamente —dijo El al Japón, conocido también, como Nipón, Nihon o Imperio del Sol Na
Siente.

Pero volviendo a dar vueltas a este disco
o mejor a su envoltura o cuadratura del círculo
donde se dicen o dice WalSoc cosas como éstas
que hay que leerlas para creerlas y sic sic sic: La
Cadena de evocaciones que llega a cada amante

de la música del acento auténtico de Cuba, lo
lleva al público una voz de mujer, la de La Estrella. La Reina, La Monarca absoluta de la música cubana en todas sus manifestaciones. En las
modalidades y estilos dentro de un mismo ritmo, en la expresión definitiva, en el alarde acen-
tuado de una realidad indiscutida, desde el ayer
lejano al presente y, quizás en el futuro, hay una
sola estrella: La Estrella (¡del carajo!) más que
del pobre Gualterio Suárez que después de todo
quizá no ha escrito esto porque interrogación lo
permitiría Cuba cierra interrogación cierra paréntesis punto y seguido Pero sí fue WSeguro
quien escribió lo que sigue sobre sí sobre la cubierta del disco «En este álbum Walter Socarrás
hace un alarde inusitado del perfecto dominio
que tiene sobre las distintas combinaciones orquestales imaginablemente (¡así mismo!) posibles y traza pautas en la orquestación moderna»
mierda, ¡trazar pautas en la orquestación! «Así
vemos cómo logra magníficas combinaciones de
cuerdas y metales, quintetos de trombones con
piano, bajo y ritmo» para terminar diciendo que
comillas actualmente dirige la orquesta además
de hacer los arreglos orquestales para otro fas-
tuoso Casino siempre con C mayúscula cierra
comillas y cogiendo al todo por el culo de la parte
hace de la orquesta casino (no confundir por
favor con la Orquesta Casino de la Playa) y convierte o se convierte a sí mismo en sus notas nada musicales en Walter Socarrás el dealer que

orquesta, además de que me cago! TODOS grisés. Hasta los casinos o Casinos. Cacasinos.

Estás equivocagado, me dijo Walter Socarrás en esa o esta ocasión. (¡O casino!) La Estrella no está enterrada en México, me dijo aunque no así sino con jota. No, le dije, le grité yo: ¿NO? no, me respondió él, no está enterrada en México con jota. Entonces dónde pregunté yo interrogante. Ella no está enterrada en Méjico ni en ninguna parte. ¡Cómo! dije yo preguntando con signo de exclamación doble, por delante y por detrás, la palabra cogida, como el general Custer, entre flechas. ¿Ella no está muerta entonces? ¡¿¡Que NO está muerta!?! me dijo él interrogante asombrado aunque no estaba asombrado ni interrogante sino más bien arrogante, abrogante, atorrante. Está más muerta que el mar muerto me dijo y se rió. Lo que después de todo no es tan mal acorde, me dijo, no señor. Aunque sería mejor hacerlo un acorde invertido, muerto el mar, así y en este caso un acorde perfecto o mayor si se dice muerta en el mar. Porque así es me dijo y me dijo mucho más.

La Estrella se murió de verdad en México y su secretario con el neceser hizo lo imposible por traerla a enterrar en Cuba y ya se sabe lo que pasa cuando se hace lo imposible posible que todo termina en el caos. La cosa o el caos empezó cuando intentaron embalsamarla y unos amigos del amiguito de La Estrella buscaron el embalsamador adecuado, de nombre Inocente Adecuado, que era el que tenía más fama en México porque no era otro (es decir que era él mismo) que el que embalsamó el caballo de Zapata. Pero resulta ser que este embalsamador Adecuado era ahora una momia él mismo, un viejo viejo pero muy viejo que apenas si veía a quien embalsamar y tal vez hasta había empezado a autoembalsamarse, y como todos los embalsamadores estaba bastante tocado o tal vez todo lo contrario: es decir, ¡intocable! Lo cierto es que este taxidermista mexicano tenía la teoría de que la mejor manera de embalsamar es la natural, que no es tan desatinado como suena o como se lee sino que es más, porque este doctor en taxidermia de Oaxaca dice o decía tal vez dice todavía (nunca se sabe cuando un embalsamador está del todo embalsamado), decía que la mejor tajidermia, así dijo, lo hace la Madre Natura y ahí están los mamuts, dicen que dijo y los amigos del amiguito y el amiguito que no era otro que el necesario con su secreter se volvieron agitados para eludir el alud de mamuts, la estampida, antes de que el viejo tuviera tiempo de agregar «que aparecieron en Siberia». Y con esta confidencia más el suspiro aliviado de la concurrencia comenzó su conferencia con la inferencia que era una teoría a tomar en consideración por la congregación. En una palabra (que es un decir: ya verán) su texis era embalsamar a la gente tal y como están, es decir, muertas, pero sin destriparlas ni limpiar sus vísceras (que el viejo pronunciaba viseras) ni

formolizarlas pero teniendo cuidado de colocar-
las en una tartera de zinc ad hoc y echándoles
encima celofán derretido pero no derretido al
calor sino al frío, licuado, dijo el viejo, y con este
plástico hacer un molde transparente rodeando
al cadáver por todas partes menos por una que se
llama tarta. Isla incorrupta en un mar de plástico,
dijo el viejo. Sí, dijo un amigo entre los amigos,
como la Bella Durmiente. Y para qué lo dijo
porque el sectario recordó a La Estrella antes de
haberla olvidado y se cubrió los ojos con una ma-
nita, así como diciendo Que no quiero verla pero dijo ¡Ay no! con lo cual el viejo momificante
puso punto final a su charla diciendo, Y eso es lo
que cuesta, hijito, ¡un ojo de la cara! Ahí no estaba el punto final de la charla sino un poco más
adelante cuando el viejo dijo su precio, este taxidermista poniendo el taxis por delante de la der-
mia y ver que nadie tenía dinero suficiente para
iniciar el proceso que después de todo era absoluta y totalmente experimental en el sentido de
que, como decía el Difundido, es perimental toda
teoría sin prajis. (Entre paréntesis) Si los amigos
de La Estrella no tenían dinero La Estrella misma no tenía mucho tiempo y ya se sabe que time
is money como money is time y lo que es peor
todavía y terrible: ¡time is time!

De manera que, la momia aconsejó que
después de todo él estaba por lo positivo, que era
aquí lo natural y que tan bueno como el hielo
plástico era el hielo verdadero y si no se podía

conseguir hielo glaciar o siberiano el hielo aunque fuera seco hielo era y mejor que nada o que la Nada. Acto seguido le dio dos inyecciones de caballo (zapatista) de formol a La Estrella que estuvo allí de cuerpo presente todo el tiempo y recomendó (el viejo taxidérmico) que aceptaran la oferta de enviarla por mar, que después de todo el mar es salado y la sal cura. Además de ser el transporte marítimo mucho más barato, dijo. Y luego habló de la calma oceánica, del yodo, del aire puro y de cómo se gana perspectiva cuando uno se rodea de horizontes y se hace isla. Termino. Pero antes, una mención comercial. Son diez pesos. Digo dólares, al cambio actual. Por la consulta. Ustedes la pasen bien.

El secresectario de La Estrella la embarcó por tren hasta Veracruz donde la caja o como dicen en Gran Be no un ataúd, el esféretro, donde sería embarcada rumbo a La Habana. La Compañía Nacional de Transporte Ese A había quedado en que en la aduana mexicana después que abrieran la caja para la inspección (ya ustedes saben: plata posible, el Sagrado Patrimonio Artístico de la Nación Azteca siendo saqueado seguro, mariguana que fumar) se le pondría más hielo seco, antes de cerrarlo claro está. Y en Ver-a-Cruz abrieron y cerraron el, el, el cajón sin más problema que el pequeño, casi insignificante, deleznable olvido de un adjetivo, que, a quién se le va a ocurrir joven que haga daño que falte dígame usted. Es decir que enviaron a un mandadero

a echarle hielo seco dentro y éste y compró hielo a
secas en el bar de enfrente y lo regó bien por
todas partes de la isla de acero macabro que tenía adentro la perla negra barrueca. Fue cuando
le preguntaron (no a la perlada sino al pelado) si
era hielo seco que dijo, Qué seco niqué seco. ¡Pero tiene que ser hieloseco! Seco o mojado, joven,
todo es hielo, y siguió echando el hielo, si bien
frappé, alrededor del estuche de metal que encerraba a la momia mortal de La Estrella. Luego cerró
la caja y dijo que ya podían embarcarla gritando, ¡Arriba con la Escarchada!

No sé si ustedes saben que cuando se dice
que hace calor en Veracruz quiere decir que la
olla del golfo hierve bajo el sol y que de la selva
viene un vaho tórrido que convierte el puerto en
agua a baño de maría. Ese día hizo calor en Veracruz y el barco estuvo atracado desde por la
mañana con el ataúd con La Estrella encerrado
en la bodega, una caja con hielo dentro de una mar-
mita en agua a baño de maría cociéndose a fuego
violento en la olla del golfo calentada a vaho sel-
vático.

El barco zarpó a las quince dos puntos
cero cero horas. Dos horas mar afuera el hedor se
sentía en todo el barco cubriendo todas las zonas
de la rosa de los vientos fétidos y supieron que el
barco era el centro universal de la peste. En sus
entrañas encontraron la caja chorreando agua pú-
trida, soltando vapor hediondo, chirriando me-
fítica. El médico de a bordo declaró que no llega-

ría a La Habana y si llegaba el ataúd no llegaba el barco. La disyuntiva impresionó al capitán quien haciendo uso de sus prerrogativas navales rompió en pedazos el manifiesto de carga fúnebre y ordenó lo único posible, echarle el muerto a otro. En este caso al agua.

Izaron con gran trabajo la caja a cubierta y la dejaron sobre el puente mientras, en deferencia a su condición de mujer (la del cadáver no del féretro), buscaban una bandera cubana, con respeto a su condición de tal, con que cubrirla (la caja no el cadáver), acciones que fueron gestos innecesarios o sentimentales porque dentro de la caja no había un ciudadano cubano ni una mujer sino una increíble masa de carroña al vapor. Casi como quien dice carne asada. Para añadir al absurdo ocurrió que nadie a bordo sabía cómo era una bandera cubana, cosa nada extraña en un barco canadiense fletado por un armador griego que navega bajo bandera panameña con una tripulación compuesta de mexicanos, argentinos, un gallego, un liberiano, la morralla de siete continentes y cinco mares (¿o es al revés: la morralla de cinco mares y siete continentes?) más el capitán, polaco exilado y un polizón de Pernambuco nacido en la isla de Malta que nadie detectó hasta llegar el barco a Madeira. Finalmente, el capitán decidió o dictó que la bandera de Havana, así dijo, debía ser color habano ya que ése era el nombre y el color de un buen cigarro, y de la bodega trajeron un pedazo de lana color chocolate

sucio en que envolvieron el ataúd de acuerdo con
la tradición marina. Pero todavía no lo echaron
al mar.

Antes de hacerlo decidieron buscar lastre.
¡Qué lastre ni qué lastre! dijo uno de los mexicanos o el otro. ¡No están viendo nomás que no
hay cristiano que levante ese fardo! ¡Se va! fondo, dijo, predijo, al mero fondo que se va como
van las arengas al mal! Le hicieron caso, siempre
se hace caso al hiperbólico: en todo caso mucho
más caso que al parabólico. Toda la tribulación,
menos el capitán, el timonel y el polizón, tuvo
que dar una mano y luego la otra para levantar el
ataúd, mientras el mexicano decía, declaraba,
gritaba, ¡Quéles dije, quéles dije! ¡Quéles dije!
¡Quéles dije! ¡Quéles dije!, varias veces y finalmente exclamó: ¡Qué les dije! justo antes de tro-
pezar con un cabo, caer hacia delante, empujar al
cocinero gallego en su caída que en la propia se
aferró a la caja al tiempo que también caía (como
todos los cocineros gallegos cuando son empuja-
dos por detrás mientras llevan en andas un ataúd
pesado a bordo de un barco de carga para echarlo
a la mar porque hiede) hacia delante, logrando
en su gestión cayente tumbar al primer andero y
ambos servir de propulsor al cuerpo inerte con-
virtiéndolo gracias al impulso en proyectil y hacer que saliera disparado sobre cubierta mientras
los demás anderos, en acción tardía, agarraban
primero aire hueco y finalmente lienzo vacío y todavía color habano entre las manos, mirando inú-

tiles cómo la bala de lata envuelta en madera, el balón cuadrado, el misil inverso caía de regreso a la cubierta, cepillaba las planchas de hierro, se deslizaba libre y rompía la baranda del puente para volver a ser cohete segundos antes de decidir convertirse en torpedo y zambullir en arco de trayectoria y caer al agua con un ruido de barrigazo tan alto como la columna de doce metros de altura por cuatro de ancho que levantó agua, rocío y salitre hasta las caras aliviadas del peso y la responsabilidad de los anderos y su capitán mientras el marinero mexicano, en pie de nuevo y asomándose al agua, gritaba otra vez ¡Quéles dije, hijos de la, quéles dije! ¡ay Chihuagua!

Ya se iban a ocupar sus puestos los miembros de la tripulación, a reparar el puente algunos, el capitán a fumar su pipa, el cocinero al caldero, cuando el silencio abrupto del mexicano entre dos ¡Quélesdije! Qué les di-je les hizo volver la cabeza y luego los cuerpos respectivos hacia donde estaba éste mirando con la boca abierta debajo del arco de sus bigotes mexicanos. O séase, hacia el arco abierto debajo del barco. Vieron, como el mexicano, un poco después, un poco más, surgir primero un extremo oscuro y agorero y después todo el féretro como un submarino de madera, como un pez muerto y obsceno ¿y no es verdad qué bien narro? preguntó Socarrás, socarrando, mirando a Silvestre. Nadie le respondió ni nadie tuvo tiempo de hacerlo porque enseguida explicó, otrorineleanringólogo, que evidentemente, así dijo, con el agua del hielo hecha vapor dentro del vapor se había hinchado la madera y ahora el estuche del féretro técnicamente era impermeable, navegante y flotaba. Es decir, era una nave del tiempo exterior.

Los mexicanos Quélesdije y su carnal y un estibador liberiano vieron en el ataúd flotante un castigo si no del cielo por lo menos del mar insultado, un seguro signo de mal agüero, la señal de la profecía y decidieron por su cuenta (y riegos) que había que hundir aquel navío satélite que insistía en navegar junto a su rampa de lanzamiento. Sin consultar con nadie empezaron a tirarle varias cosas, todas lanzables: un pedazo de baranda del puente roto hecha flecha, lanzas de trozos de madera del mismo origen, un zapato de baqueta, un huarache, un chorro de insultos, varias balas de saliva y finalmente su desesperación individual y colectiva y su odio ciego y mudo. Finalmente, alguien los socorrió trayendo una escopeta con que dispararle una, dos, varias descargas. Pero las balas (de plomo) o caían cerca o muy lejos y no daban nunca en blanco tan visible y oscuro o daban todas en diana si el blanco era el mar. Por fin un plomo pegó en el paquebote y rebotó hacia el agua, la madera no sólo hecha impermeable sino también impenetrable. El capitán contagiado (ese no era su nombre: su nombre completo era capitán Josef Teodor Achabowski, nacido en Korzeniev en la Ucrania Rusa, entonces bajo dominio polaco) decidió ordenar bajar un bote cuando vio a los tres en cuestión descendiendo en otro bote y dejó su orden sin efecto o con efecto retroactivo. Los mexicanos y el liberiano embarcaron con las hachas de incendio en mano y luego de alguna indecisión decidieron depositarlas en el fondo de la embarcación para remar, cuidando de que no quedaran filo abajo. Como el barco tuvo que aminorar la marcha para arriar el bote, cuando éste tocó agua ya el féretro les llevaba algunos largos de ventaja hacia la proa y se vieron obligados a remar duro y contra el viento, logrando con su pericia y esfuerzo disminuir la ventaja del ataúd flotante. Ya le estaban dando alcance a éste cuando un golpe de mar, el cambio de viento, la estela del barco, la corriente, el trópico de cáncer o el azar (o todas esas cosas juntas) hicieron que el ataúd barloventeara bruscamente, se volteara en redondo y embistiera al bote, abriéndole un boquete de tamaño regular antes de que nadie pudiera evitar el choque de los cuerpos y mucho menos descargar un golpe de hacha salvador o bueno para paralizar al agresor, y fue el bote el que hizo agua, se inclinó y se iba a pique entre el silencio del mar y los marinos. Silencio que duró poco porque otra embestida del ataúd con chirrido como un chillido triunfal dio contra la popa del bote que se hundía al mismo tiempo que los dos mexicanos nadaban con furia hacia el barco y el liberiano chapoteaba, tragaba agua, parecía que se ahogaba y finalmente nadó también hasta el barco ansiosamente. Los otros marineros no pudieron hacer otra cosa que recogerlos a los tres con cabos y salvavidas mientras el capitán aca ordenaba, Llámenme a Ismaelillo el médico de abordo, antes de volverse a ver alejándose a La Estrella en su tumba flotante que para él era un destino envidiable: el insumergible, el navío perfecto, el anti-Titanic o tal vez fuera el mito: un María Celeste de carne y hueso y madera, la holandesa errante. Fascinado la miró primero a ojo limpio de lobo de mar, después con ojos de marino, después con ojos sucios de llanto, después con su catalejo, después con su catarata y vio como la Nao se hacía Nada: primero fue ballena de madera y grasa, luego pez fúnebre, después cresta de ola negra, luego mosca de los ojos hasta que se la tragó la distancia y se perdió en el mar, en nuestra eternidad Silvestre, navegando viajando flotando en el Gulf Stream a 13 nudos por hora con rumbo nor-noroeste.

Eso fue lo que me nos contó Walter Ego antes de anunciar lo inevitable, que no era el anti-clímax sino el clima, Y por ahí debe andar todavía, dándole la vuelta al globo, y añadió, Un Matías Pérez marino. Bueno, dijo Silvestre, una posdata es una forma de epitafio. O viceversa. Lo que es es un retoque dije yo. O séase, dijo Silvestre, permiso para un leve sobresalto. Casar la verdad con el final. O como diría el Huno, un epitalafio.

Pero el verdadero epitafio, la epifanía, el epifonema, la epístola, el epígrafe, el epigrama

o la epítasis no la dijo el epifito ni el Epígono,
sino menda. Cité, re-cité: Sicut Vita Finis Ita. Sólo que realmente pronuncié: Si Cubita Finisita.

Este libro
se terminó de imprimir
en los Talleres Gráficos
de Unigraf, S. L.
Móstoles, Madrid (España)
en el mes de diciembre de 1997